威尔斯科幻小说集

H. G. WELLS

[英]H.G.威尔斯/著 王松年/译

WHEN THE SLEEPER WAKES

昏睡百年

大连理工大学出版社
Dalian University of Technology Press

图书在版编目（CIP）数据

昏睡百年 / （英）赫伯特·乔治·威尔斯(H.G.Wells) 著 ; 王松年译. — 大连 : 大连理工大学出版社, 2018.9
（重读经典·科幻大师作品集 / 许钧, 吴文智主编. 威尔斯科幻小说集）
ISBN 978-7-5685-1441-5

Ⅰ. ①昏… Ⅱ. ①赫… ②王… Ⅲ. ①科学幻想小说—英国—现代 Ⅳ. ① I561.45

中国版本图书馆 CIP 数据核字（2018）第 098911 号

昏睡百年
HUNSHUI BAINIAN

大连理工大学出版社出版
地址：大连市软件园路 80 号　邮政编码：116023
发行：0411-84708842　邮购：0411-84708943　传真：0411-84701466
E-mail:dutp@dutp.cn　URL：http://dutp.dlut.edu.cn
大连金华光彩色印刷有限公司印刷　大连理工大学出版社发行

幅面尺寸：130mm×185mm　印张：11.375　字数：222 千字
2018 年 9 月第 1 版　2018 年 9 月第 1 次印刷
责任编辑：于建辉　田中原　责任校对：李宏艳
封面设计：奇景创意

ISBN 978-7-5685 1441 5　定价：36.00 元

目录

生命因阅读经典更精彩

——《重读经典·科幻大师作品集》序

记得在三年前，有几位记者朋友来我家，说要看我的藏书。我和他们说，我的书不是拿来藏的，是用来读的。书架是开敞式的，架上的每一本书都像我的朋友，我都触摸过，阅读过，与之交流过，大部分书上还留下了我写下的或长或短的心得与体会。我喜欢读哲学，因为哲学探究人何以为人；我也喜欢读历史，因为历史阐明人何以成其为人；我更喜欢读文学，因为文学给人启迪，指明人何以丰富人生。昆德拉在《不能承受的生命之轻》中有一句话，说人生“没有草图”。无论精彩与否，人生都只有一次，不能重来。那么，如何了解人生，领悟人生，创造人生，让有限的人生活出无限的精彩呢？

回望走过的人生之路，我发现自己命中与书有缘：读书，教书，译书，编书，写书，评书。人生之精彩，各有各的理解与领悟，况且在技术高度发展的今天，人生在现实世界与虚拟世界中仿佛拥有了丰富的双重性，导向了无限的疆域。我的生命之花的确因书而绽放。我爱书，尤其爱经典。经典不应该是供奉在殿堂里的“圣经”，而应在阅读、理解与阐释中敞开生命之源。经典是读出来的，常读常新，在阅读与阐释中生成永恒的生命之流。

因为爱经典，所以我读经典，译经典。我译过雨果的《海上劳工》，巴尔扎克的《贝姨》与《邦斯舅舅》，参加翻译过普鲁斯特的《追忆似水年华》，还翻译过已然成为经典的当代作家昆德拉的《不能承受的生命之轻》与诺贝尔奖得主勒·克莱齐奥的《沙漠》与《诉讼笔录》。我还组织翻译“法国文学经典译丛”，主编法国浪漫主义大师《夏多布里昂精选集》以及已经进入法国文学殿堂的著名作家杜拉斯十五卷本的《杜拉斯文集》。在经典的阅读与翻译中，我得到了双重收获：一是经典滋养着我的人生；二是通过我的翻译与阐释，也在参与经典的创造。为此，我说过一句话：阅读参与创造，翻译成就经典。

正是基于这样的认识，我和老朋友吴文智先生经过多次交流，商定依托我主持的中华译学馆，组织全国优秀的翻译力量，译介一套《科幻大师作品集》，向广大读者倾心推荐威尔斯、凡尔纳、阿西莫夫等科幻文学大家的作品，一起重读科幻文学经典，让科学与幻想互动，拓展我们的想象世界，丰富我们的现实人生。有学者评论说：“科幻历来有两大经典主题，一为星际旅行，一为生命智能。前者以宇宙为舞台，拓展人类生存空间的广度；后者以人为核心，探索生命自身生存的意义。”循着这两大主线，我们也许可以更好地把握科幻文学的发展脉络，但在不同的科幻大师的笔下，会呈现出异样的精彩与深刻。我一直觉得，只要人类有梦想，文学就不会死。重读科幻文学经典，放飞想象，拓展生命的空间，相信你的人生会闪现出属于你的精彩光芒。

许 钧

2018 年春

现代科幻文学的奠基者

——赫伯特·乔治·威尔斯

自1818年《弗兰肯斯坦》[1]问世以来，科幻文学已经整整走过了200个年头。200年来，科幻文学由浪漫主义催生的科学传奇逐步转变为由现实主义启发的现代科幻文学。作为将科幻文学由浪漫主义过渡至现实主义的一代大师，赫伯特·乔治·威尔斯自创作以来便在其别具一格的作品中融入对社会与科学的深刻思考，因而无论是在主流文学领域还是在科幻文学领域，都有着令人惊叹的成就与地位。在主流文学领域，威尔斯曾先后四次获得诺贝尔文学奖提名，与阿诺德·贝内特、约翰·高尔斯华绥并称作“20世纪英国现实主义文学三杰”。在科幻文学领域，威尔斯

1 1818年，英国作家玛丽·雪莱出版了《弗兰肯斯坦》，该书被誉为第一部科幻小说。

被称为“科幻小说界的莎士比亚”，与儒勒·凡尔纳并称作“科幻大师中最闪亮的双子星”。

一
走进威尔斯

1866年9月21日，威尔斯出生于伦敦城外东南部的肯特郡。父亲约瑟夫是一位园丁，同时也是一名职业板球手，后靠经营一家小店为生；母亲莎拉是一家名为“上花园”宅邸里贵妇人的女佣。父母低微的社会地位和童年清贫的生活使威尔斯深切体会到底层社会的艰辛。

7岁那年，威尔斯意外跌断了胫骨。在养病期间，他在酷爱阅读的父亲的影响下养成了阅读的习惯。同年，威尔斯进入小学学习，阅读的兴趣伴随着他进入接下来的学生时代。10岁时他开始对写小说、画插画产生了浓厚的兴趣。

1877年，他的父亲在一次意外事故中成了跛子。这次事故产生的高额医药费使一家人的生活变得愈发艰难，家庭的收入越来越不足以支付孩子们的读书费用。两年后，13岁的威尔斯便早早进入社会谋生。

1880—1881年，威尔斯先后做过布店伙计、药店学徒、信差和小学助教，但都没做多久就被辞退。被辞退后，威尔斯便来“上花园”投靠母亲。而他就是利用在“上花园”这短短的接触上层社会的时间，琢磨出了使用望远镜观测天体的方法，并通过宅邸丰富的藏书，阅读了诸如伏尔泰的散文、斯威夫特的《格列佛游记》以及柏拉图的《理想国》等对其后来思想及文学创作具有启发作用的名家名著。在这期间，威尔斯还接受了不系统的教育，在一所中学寄读，以高于同龄人的禀赋学习了各种基础科学知识。

1883 年，在最后一次做学徒后没多久，威尔斯想重回校园当助教。他曾经寄读的那所中学的校长很欣赏威尔斯，主动给他提供了职位。在当助教期间，威尔斯既是教员又是学生。在校长的热心协助下，他仅仅用了两年时间，便修习了文学、数学、地质学、无机化学、物理学、天文学、人类生理学、植物生理学等学科，不但通过了考试，还获得了奖学金。

就在优异的成绩换来奖学金的回报时，英国教育部门下发了一则通告：集合各地科学教员，统一组织到科学师范学校（后来的英国皇家科学院）的“教师训练班”进行培训，以提高其素质。当时这所学校恰好有一定的免费生名额，且每人每星期还能得到生活补助。对于一直在贫困中挣扎的威尔斯来说，这是一次从底层社会翻身的契机。

1884 年，18 岁的威尔斯顺利进入科学师范学校学习。这一年最令他兴奋的是他的生物学教师由大名鼎鼎的“达尔文斗士”托马斯·赫胥黎担任。在自传中，威尔斯曾饱含钦佩地回忆道：

“他用一种清晰而坚定的声音讲解着，不慌不忙，也不踌躇，不时转身在后边黑板上画些图解。在他继续讲之前，常常要把手指间的粉笔灰拂得干干净净，他是颇有洁癖的……由赫胥黎任教的生物学课程，在性质上是纯粹而精确地属于科学的。他除了充实、研究、完成在他范围内的知识以外，没有其他（如经济利益上的）目的……”[1]

然而，之后两年所修的物理学、地质学课程，由于教师授课的枯燥乏味，威尔斯的学习热情消耗殆尽，他将这种热情逐步转移到了创作上。在一次学生辩论会上，威尔斯偶然听到一个关于四维时空的宇宙理论的新观念，这对于当时的物理学宇宙观可谓一种新见解。他把握住了这种思想，在将其作为《时间机器》的理论设定基础之前，尝试着写了一篇题为《刚性宇宙》的思辨性论文。在大学期间，他还创办并主编了名为《科学学派杂志》的刊物。在 1887 年的学年测验中，他因地质学成绩不及格，没能在当年拿到学位，只好放弃学业回去教书。在教书期间，威尔斯曾试图锻炼瘦弱的身体，却伤病不断。他在一次足球比赛中遭到撞击，导致肾破碎和肺出血，被迫辞去了教职。在接下来的一段时间，威尔斯静心休养，并全身心投入写作。

1888 年，受纳撒尼尔·霍桑的作品《红字》的影响，威尔斯在《科学学派杂志》上连载了一部名为《时空长河中的寻金羊毛者》的小说，这就是他的成名作《时间机器》的前身。

1 H.G.Wells. 韦尔斯自传 . 方土人，林淡秋，译 . 上海：光明书局，1933.

1890年，威尔斯通过了伦敦大学的考试，被授予理学学士学位。随后，他开始在大学函授学院教书，并尝试着给期刊与报纸投稿。他的《独特之物的重新发现》一文很快经由一个名叫弗兰克·赫里斯的编辑发表到了《半月评》上。威尔斯深受鼓舞，于是乘胜追击，将《刚性宇宙》一文寄出，并很快被赫里斯主动约见。赫里斯言辞激烈地表达了对《刚性宇宙》所涉及的四维时空理论的费解，并将论文底稿就此销毁。直到1894年，当赫里斯成为《星期六评论》主编后才回忆起那篇稿件的价值，又悔不当初地向威尔斯约稿，并使其成为期刊的长期撰稿人之一。

这一阶段的威尔斯除了教师的身份外，还成了伦敦的一名记者。他担任的是类似今天公共知识分子的角色，对各领域的问题发表看法，甚至对通灵术也有见解。[1]可以感受到的是，那时的他力图通过独到的理解力将科学知识加以通俗化表达，通过敏锐的察觉将社会问题予以深刻化呈现。

1893年起，在做新闻记者的同时，威尔斯开始在伦敦各类刊物上发表短篇小说、评论以及各类主题的文章。这一年，威尔斯在工作的压力下又一次咳血，不得不在病床上休养数周。他最终决定放弃教学工作，专攻写作。

1895年，威尔斯开始在《新评论》上连载《时间机器》，并于同年结集出版。《时间机器》为威尔斯赢得了巨大的声誉，他也以此为起点，创作出了一系列脍炙人口的科幻小说。

---

1 江晓原．科学外史Ⅱ．上海：复旦大学出版社，2014.

威尔斯十分关注社会问题，并于1903年受邀加入费边社，参与英国的社会主义改良运动，与萧伯纳等人结为好友。但最终因政见分歧而分道扬镳。

在第一次世界大战期间，威尔斯参与了国家联盟活动，前往各国访问并宣扬“世界国”理念，他的采访文章常常引起世界性的轰动。在第一次世界大战后，威尔斯用一年时间编写出了100多万字的《世界史纲》，这部历史著作一经问世，便使威尔斯名气大增，它的销量无论在当时还是在以后的数十年都位列前茅。[1]

诚如布赖恩·奥尔迪斯[2]所言：“到了30年代，小说家威尔斯让位于世界名人威尔斯。他成了一个大名人，忙于规划一个更好的世界。他同高尔基交谈，与乔治·萧伯纳斗嘴，飞往白宫与罗斯福会谈，或者飞往克林姆林宫与斯大林会谈。”

1939年，73岁的威尔斯给自己写了一句简短的墓志铭：“上帝将要毁灭人类——我警告过你们。”这句墓志铭深刻地反映了他对人类未来、科学未来的关注和担忧，也表明他的科幻小说具有警示灾难的意义。

即便是到了将要踏上人生归途时，威尔斯仍旧热心于公共事务。1946年8月13日，威尔斯在伦敦病逝，享年79岁。

个人之于宇宙犹如一粟之于沧海。威尔斯知道，无论走访多少国家，途经多少城市，结交多少名人，其所能带来的影响、留

1 赫伯特·乔治·威尔斯．世界史纲．吴文藻，冰心，费孝通，译．南京：译林出版社，2015.

2 布赖恩·奥尔迪斯（1925—2017），英国著名科幻作家。

下的印迹与书籍传播的力量相比都将是微不足道的。书籍作为那个时代的最佳思想载体，有着无可比拟的延展性，而思想对于人类塑造文明、改变周遭环境的启迪无疑引领着我们一路走到了今天。

二
解读威尔斯

在威尔斯所处的时代，第二次工业革命如火如荼，社会生产力突飞猛进，划时代发明目不暇接，引发了人类社会各方面的空前变革。在科学技术和生产力发展的同时，国际形势风云变幻，帝国主义殖民地扩张与争夺空前激烈，维多利亚晚期的英国社会阶级分化严重，劳资冲突不断加剧。在这一时代背景下，威尔斯以其广博的自然科学知识、深刻的思想性、超凡的预见性及卓越的想象力，创作出了一部部引人入胜的科学传奇，开创了“时间旅行”“外星人入侵”“反乌托邦”等一系列题材的范式，并在作品中融入了富有预见性的观点和对人类社会深刻的洞察。

本套丛书选取了威尔斯最具代表性的中长篇科幻小说和短篇小说。这些中长篇科幻小说有科幻史上里程碑式的经典，也包括一些稍显冷门但仍然很具代表性的作品。其中，有广为流传的科幻经典《时间机器》和《隐身人》，也有知名度极高、曾在美国引起巨大恐慌的《世界大战》，还有被多次改编成电影的《莫罗博士岛》和《神食》，更有启发了“反乌托邦小说三部曲”的《昏睡百年》和影响了 C.S. 刘易斯“空间三部曲”的《月球上的第一批来客》，以及预言了原子弹的《获得自由的世界》、预言了“空中战争”的《大空战》、与《世界大战》有着千丝万缕联系的《新人来自火星》、威尔斯的第一部乌托邦小说《彗星来临》和寄托了威尔斯后期乌托邦理想的《神秘世界的人》。威尔斯的中长篇科幻小说读者并不陌生，一直被认为是现代科幻小说的先驱之作；而他的另一类短篇小说名篇，如《水晶蛋》《盲人乡》等则知者较少，但在他的整个创作中有着特殊的意义。下面按威尔斯创作这些作品的时间顺序做以介绍。

《时间机器》（1895）是威尔斯最早获得成功的一部科幻小说。威尔斯利用早在《刚性宇宙》就已阐述的观点，借“时间旅行者”之口解释了四维时空的概念，探讨时间旅行的可能性。故事的主人公“时间旅行者”发明了一部“时间机器”，乘上它就能够自由驰骋于过去和未来的世界。当他乘着机器来到公元802701年时，发现人类已分化为两个人种：一种是住在颓败宫殿中悠闲优雅、娇小柔弱的艾洛伊人；另一种是生活在地下的面目狰狞、终日劳动的莫洛克人。不劳而获的生活使艾洛伊人的体力和智力明显退化，而莫洛克人白天为艾洛伊人制造生活的必需品，夜晚却到地面上到处捕食他们。“时间旅行者”还来到了几百万年之后，那时人类已经灭绝，沙滩上只有巨蟹、蝴蝶、日食等复古图景。善于科学思辨的威尔斯对当时高度工业资本化而极度缺乏人文关怀的英伦社会有着丰富的阅历。他自幼就对斯威夫特的讽刺小说如痴如醉，因而在《时间机器》中继承了《格列佛游记》的衣钵，以斯威夫特式的辛辣讽喻风格，尖锐地揭示了艾洛伊人与莫洛克人的畸形共生关系，并从进化论的角度出发，将人类历史演进中所要面对的冷酷现实与阶级暴力予以生动的体现，为社会分工最终演化为某种或然存在的恶性循环做出警示。

《莫罗博士岛》（1896）讲述了一个名叫莫罗的科学家，在一个无名的小岛上对各种动物进行活体解剖和器官移植，将其改造成兽人。这些兽人能直立行走，能讲话，具备人的某些特性，并且能够进行一些人类活动。莫罗试图对兽人进行肉体和精神的双重控制，却惨遭失败，最后和助手双双被兽人杀死。《莫罗博士岛》从古老神话传说与当时争议颇大的活体解剖实验中汲取灵感，结合威尔斯师从赫胥黎的经历以及对达尔文进化论的认识，从生物学角度构想出了“兽人合体”与“动物人化”的可能性。小说借由疯狂科学家莫罗的所作所为警示读者，却也为当今跨物种器官移植的动物培育技术提供了一个新的方向。

《隐身人》（1897）描写了穷困的研究员格里芬怀着极大的热情发明了一种隐身术，把自己变成了来去无踪的隐身人。这种“超能力”使他渐渐迷失了自我，企图依靠此发明建立一个“恐怖王朝”，使自己成为凌驾于社会之上的超人。最终隐身人在与人们的对抗中，跌入了犯罪的深渊，走向了毁灭的末路。《隐身人》异常大胆地想象了存在一种理论上可以改变身体折射率的药物，人服下后可以实现真正意义上的肉身隐形。如今隐形技术广泛地运用在军事上，却不是真正意义上的可见光波段隐形。而一种具有负折射率的人工合成材料——超颖材料——已经能够在微观条件下实现可见光波段的隐形。《隐身人》这部小说在某种程度上暗示了隐藏于社会之外的边缘人群的潜在矛盾，也从另一面揭示了受制于社会陈规约束的常人在脱离社会约束后可能带来的社会威胁，为社会忽视边缘人群提供了警示。

当《莫罗博士岛》和《隐身人》这两部作品将自玛丽·雪莱的《弗兰肯斯坦》以来塑造的“疯狂科学家”形象再度演绎时，我们会发现威尔斯笔下的两位科学家已然抛弃了弗兰肯斯坦还曾仅存的关乎伦理道德的愧疚之情，反而像斯蒂文森的《化身博士》里的海德先生一般，成为脱离社会约束的法外之徒。威尔斯或许从来都不会质疑科技的力量，却一度对科技力量之外所涉及的道德挑战与社会问题感到焦虑，并尽其所能地对个体获得科技力量后可能带来的负面影响做出令人赞叹的预想与反思。

《世界大战》（1898）据说源于威尔斯与兄长弗兰克的一次对话，这次对话中两兄弟讨论到了 19 世纪装备先进的英国殖民者对塔斯马尼亚土著实行种族屠杀这一话题。当时，弗兰克在讨论中设想了当天外来客如英国殖民者一般对待地球人类的情境，令威尔斯印象深刻，此后便将其通过《世界大战》呈现给世人。

故事中，入侵者并非敌国，而是地球以外的火星人。火星人被叙述成狰狞的怪物，且依靠吸食人类的血液为生。这些怪物在英国进行大肆破坏，而威尔斯却从一个寻常之极的市民视角，以荒芜萧索的笔触营造了一种凄凉的绝望，在平淡与挣扎中呈现世界由人间堕入地狱的恐怖末日……故事的结尾将末日的转折交给了为人所忽略的细微之物，着实耐人寻味，令人眼界大开。威尔斯所设想的突袭地球的火星人所使用的物理武器“热线”，尤似几十年后才实现的激光武器，而激光的理论基础——受激发射理论——在《世界大战》出版将近 20 年后的 1917 年，才由爱因斯坦发表的论文《关于辐射的量子理论》正式提出。

《昏睡百年》（1899）讲述的是主人公格雷汉姆在长期失眠后终于昏睡过去，醒来时却发现自己已然身处两百年后的世界。存款复利的神秘增长使他牢牢控制了世界经济，从而“莫名其妙”地成为世界之主，且有 12 名受托人以他的名义组成管理团体。管理团体对格雷汉姆的苏醒毫无准备，以至为了维护统治地位，试图隐瞒和控制格雷汉姆的行动。然而东窗事发，格雷汉姆最终还是成为反抗管理团体统治的人民领袖，与管理团体决一死战。而对抗管理会的革命者实际上也是为了私利在利用他。故事的结局，作为首领的格雷汉姆亲自架机阻击敌军——“尽管他不敢向下看，但骤然意识到大地已近在咫尺。”这是一部出彩的作品，其近乎反乌托邦的故事架构相当引人入胜。反乌托邦文学作为社会科幻小说中备受重视的子类型，以其颠覆人性长久以来对乌托邦的美好幻想而见长。在反乌托邦科幻小说中，极端化的政治、经济、宗教等意识形态是常见的社会背景，而《昏睡百年》虽然用了一个谈不上严肃的“长眠苏醒”设定，却能将两百年后的社会体系置于一个初看合理却极其恐怖的意识形态中预演。

《月球上的第一批来客》（1901）或许可以称为威尔斯版的《真实的故事》[1]。故事幻想了一位天才科学家卡沃尔研制出了一种“反重力”金属，在制成飞行舱后卡沃尔携朋友柏德福进行了登月实验。两位冒险者在成功登月后遭遇月球人追捕的惊险遭遇，展现了威尔斯天马行空的丰富想象力。小说中对于月球表面奇幻景色的描写与半个多世纪后人类真正登上月球时发回的照片也不无相似之处。威尔斯笔下的月球人是一种近似蚂蚁的“虫族”生物，它们十分脆弱，不堪一击。小说意在通过月球人的蜂巢思维剖析维多利亚时代的社会分工，将抹杀个人自由的管理体制进行戏剧化表达。

《神食》（1904）乍看之下很容易被误认作《莫罗博士岛》和《隐身人》的延续，从而被认为是对科技盲目发展和滥用的警示寓言作品，实则不然。故事讲述的是两位科学家发明了一种新的营养品“神食”，这种营养品能让食用者生长加速且变得巨大：鸡吃了后大得能食人，黄蜂和老鼠吃了后也能大得攻击人，婴儿

1 卢奇安的这部作品对威尔斯影响匪浅。卢奇安，又译琉善，古希腊讽刺散文作家、无神论者，其主要代表作品是讽刺散文《真实的故事》。在《真实的故事》中，主人公越过大西洋去旅行，经历了一连串令人难以置信的历险，如乘船时意外被吹到月球，之后还遭遇了太阳与月球军队争夺金星的战役等。

吃了后则很快长成巨婴乃至巨人。然而就在读者眼看着故事中的世界即将陷入一场恐怖的危机、人类社会将可能被斯威夫特笔下的“巨人国”所取代之时，威尔斯却笔锋一转，描绘起被排挤的巨人。这些巨人在人类的压迫下组成了一种“新人类”团体，为了突破传统人类的各种约束壁垒，最终决定奋起反抗，为自由而战。这种剧情上的转变与威尔斯那段时间世界观的转变是有联系的。在威尔斯看来，人类社会的矛盾冲突不是纯粹的利益之争，更不是简单的正邪对立、善恶分明，归根到底还是人性本质中的排异心理与人类社会日益演化形成的阶级隔离屏障作祟，这就使得吃下“神食”的巨人成了原始人类社会“党同伐异”的对象。而威尔斯则借巨人的抗争打通了这种社会阶级隔离屏障，意欲唤起人类在形成文明后所具有的同理心，从而实现某种意义上的阶级融合。“新人类”的存在将逐步消解人类的阶级隔阂，这样一场自由之战也将预示着人类在通过“神食”诱发人体改良后，将迎来一个或然存在的乌托邦。

《彗星来临》（1906）以一种散文式的记述，缓步推进着一个看似俗套的三角恋故事，却在关键节点上通过一条漫不经心的暗线将一次情杀危机反转，而故事也最终走向了一个充满光明、友爱等良善品质的乌托邦。故事背景是一颗彗星即将接近地球的消息不断在剧情中跟进，而情节上讲述的则是一位四处碰壁的主人公，在接连的失败与对刚刚分手不久的女友立即寻获归宿的妒意之下，决定谋杀前女友及其情夫。但就在下手的当晚，一颗彗星的尾巴扫过地球，通过与空气中的氮气反应产生“绿色烟雾”，给予世间人心以光明、友爱等良善品质。于是，世界变成了乌托邦，故事变成了大团圆。在《彗星来临》中，威尔斯最终想要表达的主旨，可以说就是在《神食》中还未到来的乌托邦图景。这种乌托邦式的理想社会在小说中最显著的一点即男、女主人公在彗星来临后消除私欲的过程。而在更深层次，威尔斯真正想要探索的还是一种破除传统道德束缚、打破阶级壁垒的美好新世界。

《大空战》（1908）一方面受莱特兄弟于1903年首次试飞成功后，各国精英对战场制空权思考的影响；另一方面又显然受到了M.P.希尔的小说《黄祸》（1898）以及1905年日俄战争的影响。故事讲述了身处社会中下阶层的主角意外卷入了德国空袭美国的战争，随之引发了一场飞艇对飞艇、飞机战飞机的世界性战争，整个世界陷入了空战。这样的战争最终无疑会把世界拖入万劫不复的末日之境，《大空战》中关于“废土世界”的结局书写与《时间机器》一般开放悲凉。《大空战》为我们呈现了另一种与《世界大战》相悖的末日殊途。具有敏锐洞察力的威尔斯再度通过小人物的视角预想出他想象的空中战场，并以其出色的社会寓言性指代了某种群体或团体在获得科技力量后对平民的威胁。

《获得自由的世界》（1914）以当时拉姆齐、卢瑟福、弗雷德里克·索迪等科学家的理论与发现为指导，并从索迪的《镭的介绍》（1908）一书中获取灵感，设想了一个人类广泛使用核能后的未来图景。威尔斯充分预见了核能产生后人类将其运用在武器上的可能性，并开创性地使用了“原子弹”一词来给故事中的一种能够加速核物质衰变、引发连锁反应的持续性燃烧弹式核武器命名，而故事中的“原子弹”也正如现实中一般，给世界带来了极大的震慑性后果。在小说后半段，当人类即将因滥用核武器而走向无可挽回的深渊时，威尔斯又借由一位具有远见卓识的政治家在各大国家中积极斡旋，最终让故事中那个硝烟四起的世界获得了自由。《获得自由的世界》以其在预想核武器的使用及应对核管控等方面的先见之明而显得格外不同寻常，但这部作品在展现威尔斯极为敏锐的洞察力的同时，也充满了对反战思想及世界主义的说教。这种立足于技术官僚与权威主义的乌托邦构想，几乎成为威尔斯中后期幻想作品的核心思想，这些小说也逐渐成为一种传播这类思想的说教工具。当然，尽管小说中那些饱含感染力的说教不可避免地削弱了阅读观感，但读者依然可以追寻到它的时代意义。

《神秘世界的人》（1923）可以看作威尔斯在积极投身反对战争、维护人权的国际联盟建设事业后，对重建人类文明满怀信心的蓝皮书。在《神秘世界的人》中，威尔斯将其中后期日渐成型的乌托邦蓝图描绘得细致考究。这部作品再次借助《时间机器》的四维时空理论设定，讲述了一位旅行者因为神秘世界的一次物质空间循环实验意外，莫名进入了一个被称为“乌托邦”的神秘星球。在这个“乌托邦”中，威尔斯通过旅行者的所见所闻，将这个神秘星球的美妙境况和盘托出，向世人展现一个曾经与人类面对过相同灾害与命运的世界，是如何依托于技术官僚的运作，发展出属于他们的高度发达的技术文明，以及仍在不断完善建设的“动态”乌托邦的。《神秘世界的人》所描绘的这种“动态”乌托邦，无疑是给同样存在诸多社会问题的世人提供了一种建设理想社会的参考。小说中对于人类科技发展带来的物质财富的激增所引发的生态灾害及人口爆炸等社会问题提供了理论指导，也深刻反映了威尔斯重视心理教育、关注生态环保等理念。

《新人来自火星》（1937）再次展现了《世界大战》中火星人的先进技术。《世界大战》中的火星人以激进暴力的方式对人类进行“革命式”入侵，而《新人来自火星》中的火星人则以渐进温和的手段对人类进行“改良式”渗透，从对社会变革角度的思考来看，简直与威尔斯一直身体力行的政治改良思想如出一撤。作品间接描述了一种来自火星人的长期外部干预。火星人通过发射宇宙射线的形式诱导地球人实现改良性质的突变，将人类转化为智力超群且足以构建地球乌托邦的新人类。主人公在听闻火星人发射宇宙射线对人类影响的坊间传闻后，对即将降生的孩子可能产生的变异感到不安。直到他最终发现，自己早已是被改良的新人类，而新世界的秩序与乌托邦未来，由他们这些伟大的新人类联合起来方能重塑。有评论家认为，这部充满超人式设定的作品在欧洲法西斯主义盛行时期，“不合时宜”地表露出了威尔斯对权威主义的改良幻想。倘若仔细观察作品中极富隐喻色彩的预言与文字，读者也能从另一角度感受到威尔斯真诚而严肃地探讨摆脱现实世界纷乱秩序的努力。

像众多科幻名家一样，威尔斯在进行中长篇科幻小说创作之前，也是通过在各类刊物上发表短篇小说积累写作经验的。从1893年起，威尔斯发表了一系列短篇幻想作品。其中最具野心的早期作品是在《蓓尔美尔街公报》发表的短篇——《公元100万年之人》（1893）。这篇小说大胆地描述了一种在自然选择下最终重塑的人类：一种因为太阳冷却后被迫撤离到地下的生物，他们有着硕大的头颅、巨大的眼睛、纤细的双手，躯干部分则占其中的一小部分，这种人类只能永久沉浸在营养液中。这种新人类的设定很容易令人联想起《时间机器》里生活在地上的艾洛伊人与生活在地下的莫洛克人的部分特征，从而奠定了威尔斯在创作初期对于人类异化或演化主题探索时频频涌现的社会寓言特质。其他作品还有《飞人现世》（1893）、《人的灭绝》（1894）、《浅游太阳》（1894）等，其中《浅游太阳》讨论了硅基生命的可能性。他早期集中出版的短篇小说集《失窃的细菌与其他事件》（1895）中收录的《失窃的细菌》《奇兰花开》《怪物大闹天文台》等作品在惊险程度上虽然不如前述短篇，却也对后世作品产生了一定的影响，如克拉克的短篇作品《扭捏的兰花》就提到了《奇兰花开》。

19世纪末，威尔斯在短篇主题创作上的想象愈发大胆。这在其1895年以后的短篇《手术刀下》（1896）、《天外来客撞击地球》（1897）、《一个石器时代的故事》（1897）、《水晶蛋》（1897）、《能够创造奇迹的人》（1898）中足以见得。《天外来客撞击地球》

讲述的是不明天体向地球逼近的灾难故事。值得注意的是，类似的情节在《彗星来临》亦有体现，相信两者之间在创作上也联系匪浅。在《水晶蛋》中，威尔斯通过一种"以小见大""以平凡见证奇迹"的叙事策略，将科幻小说中揭示未知世界时的惊奇感，在与之形成鲜明反差的平凡现实中进行演绎，并从中下阶层的小人物视角出发，见证"水晶蛋"中诡异神秘的世界。

到了20世纪，威尔斯的短篇幻想作品同样不乏佳作。《新时间加速剂》（1901）以一种漫不经心的方式对科技新发明可能带来的社会问题进行了探讨。《盲人乡》（1904）被许多西方评论家认为是威尔斯最好的短篇小说。尽管这篇小说并不描述未来，而是描述遥远的山谷，但它具备了科幻小说的全部要素，使读者动摇对传统的信心，并引发人们去思考事物的本来面貌。[1]《墙上之门》（1911）以主人公的成长为线索，通过对比在"梦幻花园"内、外的成长过程，揭示了工业革命对现代文明生活方式的影响。

威尔斯把科学幻想和人类的发展结合起来，以深切的忧患意识关注人类未来和科学未来。其远见卓识的抗争意识与精雕细琢的艺术追求，又体现了其不囿于特定时空的超越精神。威尔斯的科幻小说体现了在所处时代对人类未来的想象与思考，其思想源于维多利亚时代的历史环境与文化土壤，因而有一定的局限性。我们应该从其生活的时代出发，取其精华，对所涉及的政治性、思想性内容进行辩证的思考与择弃。

1 詹姆斯·冈恩．过眼云烟：英国科幻小说．北京：北京大学出版社，2008.

三

重读威尔斯

经典作品是那些你经常听人家说“我正在重读……”而不是“我正在读……”的书。即使我们初读也好像是在重温以前读过的东西，每次重读都好像初读那样会带来发现。我们越是道听途说，以为懂了，当实际读时，就越是觉得它们独特、意想不到和新颖。[1] 威尔斯的科幻小说就是这样的经典。科幻小说作为一种与科技发展有密切联系的文学类型，犹如一架人类的望远镜，遥望着浩瀚的天河，对科技发展带来的种种可能性，对社会的潜在影响进行提问、预测、探讨与思辨——这亦是现代科幻小说的核心精神。而这一精神的源头正是威尔斯。

威尔斯所处的时代正值人类历史的转折点。他出生的那一年，德国工程师西门子发明了世界上第一台大功率发电机，标志着人类进入了电气时代；他逝世的那一年，世界上第一台电子计算机诞生，掀开了信息时代的序幕。其人生横跨的两次工业革命颠覆性地改变了人类文明的发展进程，科技、政治、经济的变迁使得世界发生着难以想象的变化。正是在这种时代背景下，威尔斯对科技前景和社会现实进行了可信的分析与预测，对当时的诸多问

1 伊塔洛·卡尔维诺．为什么读经典．黄灿然，李桂蜜，译．南京：译林出版社，2012.

题都有深入的探究与思考。他一方面肯定科学技术的巨大作用，另一方面也意识到当科技被枉顾伦理道德之辈利用时，人类将会为此付出惨痛的代价。除了创作针砭时弊、充满寓言色彩的作品外，胸怀社会改良理想的威尔斯还身体力行地参与政治活动。尽管威尔斯的作品及其对社会问题的思考具有一定的历史局限性，但无疑对那个时代产生了深远的影响。

正是由于这种特殊的生平背景，以及艺术想象、科学警示、社会批评相结合的创作手法，使得威尔斯的作品具有深刻的思想性和恒久的生命力。在100多年后的今天，人类文明又一次面临重大拐点，随着以人工智能为核心的“第四次工业革命”的到来，各项重大技术创新即将在全球范围内掀起波澜壮阔、势不可挡的巨变[1]。作为曾经变革浪潮的亲历者和预言者，威尔斯在作品所展现出的预见性和对科技、社会问题的思索，在照亮那个时代的同时，也冥冥中关照了人类未来相似的发展境遇。也因此，时至今日，我们依然需要去聆听这位科幻先知的思想，去感受现代科幻小说发轫阶段所寄托的希望与沉思，去体会在激荡的洪流中一个知识分子的理想与信念。

或许，当1895年威尔斯写出《时间机器》的那一刻，他便真的发明了一台“时间机器”，并乘着它到达了未来，带回了警示的讯息。后世的科幻作家无不踏着这位前辈的脚印，乘坐这台机器，开启了一次又一次抵达未来的旅程，捎回一封又一封来自

1　施瓦布．第四次工业革命．北京：中信出版社，2016.

未来的信，谱写了科幻 200 年间一段又一段波澜壮阔、气象万千的乐章。如今，与未知同行的这一代人，或许很渴望也有一台这样的“时间机器”，以便到达未来一探究竟，用更有远见的视野指导今天的生活。若真是这样，拜访这些乘坐过“时间机器”的科幻作家或许是一个不错的方法。当然，最应该拜访的当然是那个发明了“时间机器”的人。他是社会科幻的领路人，更是现代科幻的奠基者，他是 H.G. 威尔斯。

《科幻世界》 陈 俊

2018 年夏

第一章
失眠

那天下午，海水退潮，年轻的艺术家伊斯比斯特先生从住处博斯卡斯尔来到风景如画的彭塔根海湾，想细细看看那里的洞穴。在从陡峭的小径下到彭塔根海湾的途中，他意外地遇到一个人。这个人坐在一块凸出的硕大岩石下，一副忧伤的模样。他的双手无力地耷拉在膝上，眼睛红红的，凝视着前方，面颊上泪痕斑斑。

听到脚步声，他转过身来朝伊斯比斯特匆匆一瞥，两人都有些窘迫。伊斯比斯特尤其不自在，为了摆脱沉默带来的尴尬，他故作镇静地说："今年够热的啊。"

"很热，"陌生人简短地答道，踌躇片刻后又以平淡的口气加了一句，"我没法入睡。"

伊斯比斯特停了下来。"没法入睡？"虽然他仅仅随口说了这么一句，但能看出他很想帮他一把。

“这听起来令人难以置信，”陌生人将那双倦怠的眼睛转向伊斯比斯特，无精打采地举起一只手，仿佛是为了强调他所说的话，“我已经六个晚上没合眼了。”

“请教过医生吗？”

“请教过，多半是很糟的建议。他们要我服镇静剂，说我的神经系统有问题……这些药都是些对各种类型的人都有效的万用药。我不知该怎么解释，我不敢乱服……这些药力大的镇静剂。”

“这就难办了。”伊斯比斯特说。

他一筹莫展地伫立在狭窄的小径上，茫然不知所措。显然，这位陌生人想要找人倾诉。伊斯比斯特忽然心生一念，把话茬接下去。

“我从不失眠。”他以通常那种唠叨的口气说道，“但是在我所知道的那种失眠症患者中，人们通常可以发现某种东西——”

“我不敢做实验。”陌生人疲惫地说，并做出一种拒绝的手势，接下来俩人语塞了片刻。

“尝试过锻炼吗？”伊斯比斯特的目光从那人悲哀的脸转向他身着的旅行装，犹豫地提出建议。

“我已经试过了，也许不得法。我从纽奎出发，沿海岸散步，日复一日，可这只是徒增从肌肉到精神的疲劳和痛苦。虽然曾经也起过一些作用——”

说到这儿他打住了，好像精疲力竭了。他抬起一只干瘦的手擦着前额，然后继续说起来，好像在自言自语。

“我是一头孤独的狼、一个离群索居的人，漫游在一个和我毫无关联的世界里，我没有妻子和儿女。不是有人说过吗，没有儿女的人就如同生命之树上的枯树枝。我没有妻子和儿女，也不可能有什么应尽的义务，我内心连这样的欲望也没有。我最终决心要做的只有一件事。

“我说过，我愿意做这件事。为了做这件事，为了克服这麻木的躯体的惰性，我求助于镇静剂。天哪！我已经服用了太多的镇静剂了！我不知道你是否能感受到身体对这种烦扰有多么难以忍受，它不断地通过心灵提出对时间的恼人要求。时间！生存！生存！我们只是活在平庸琐细之中。我们必须吃东西，接着就陷于慢慢消化食物时带来的满足或刺激之中。我们必须呼吸新鲜空气，否则我们的思维就会变得呆滞、愚笨，甚至因此陷入困境。我们有许许多多来自心灵内外的忧伤。我们还需要打盹儿和睡觉。人似乎还得为了睡觉而活着。在人的一生中，即使在风华正茂时，自己的时间也少得可怜！再加上那些虚伪的朋友，那些暴徒一样的伙计，还有吗啡，抑制你正常的疲劳，让你不得安生，还有清咖啡、可卡因……”

“我明白。”伊斯比斯特说。

“该做的事我都做了。”这个失眠的男人以忧怨的语调说道。

“难道这就是代价？”

“可能是吧。”两个人沉默了一会儿。

“你无法想象我对休息有多么渴望，就如同饥渴的人渴望食物和水一样。该做的事情我都已经做完了，整整六天了啊，我的心灵一直像旋涡一样不停地飞旋着。我思想的急流奔腾不息却去无定处，只是一刻不停地飞速旋转着——”他停顿了一会儿又接着说，“朝海湾的方向。”

“你必须睡觉，”伊斯比斯特以一种好像发现了某种疗法的神情坚定地说，“毫无疑问，你必须睡觉。”

“我的头脑十分清醒，而且从未如此明澈过。但是我知道我正在接近旋涡的中心，不久——”

“是吗？”

“你看过随着涡流下沉的东西吗？就那样脱离视野、脱离这美妙的理性世界，沉了下去。”

“但是……”伊斯比斯特规劝地说。

这时，陌生人朝他的方向猛地甩出一只手，两眼露出兴奋的目光，声音也突然高亢起来。

“要是再没有办法，我就自杀，就在远处幽暗的悬崖下。那里碧波万里，雪白的浪头上下翻腾，细细的波纹不停颤动。就在那里，不管浪多大，睡他一觉。”

“那太荒唐了，”伊斯比斯特说，他对眼前这个男人歇斯底里的情绪感到很吃惊，“吃药总比那样好。”

“不管浪多大，睡他一觉……”陌生人旁若无人地重复着。

伊斯比斯特看着他，刹那间感到有些不可思议：这天下午的偶遇，莫不是天意？

“要知道，死也不是必然的，”陌生人自言自语道，“总之，在拉尔沃思湾有一座类似的悬崖，同样高，而且曾经有一个小姑娘从那上面摔了下来。但她现在依然活着，理智而健康。”

“但是，摔在那些岩石上，怎么可能活下来呢？”伊斯比斯特问。

“或许有人会躺在那上面，阴郁地度过寒冷的一夜，当刺骨的海水溅在身上时，他颤抖着，浑身的骨头像散了架似的，不停地发出嘎嘎声——嗯？”

他们的目光相遇了。“抱歉，如此完美的构想让我给打断了，”伊斯比斯特说，他的话蕴含着睿智，略带锋芒，“但是，对于一个艺术家来说，在那座悬崖上自杀，或在任何一座悬崖上干那种事，实际上是——”他笑了起来，“很外行的。”

“但从另一方面讲，”这位失眠者烦躁地说，“从另一方面讲，任何人都无法永远保持心智健全，如果夜复一夜地饱受折磨——”

“你一直沿着这海岸独自散步吗？”

“是的。”

“这么做是愚蠢的。恕我无礼。一个人散步！正如你所说的，身体的疲劳并不是治疗脑力衰竭的良药。谁让你这么做的？难怪没效果。散步！头顶着烈日，忍受着酷热、疲劳，还有孤独，整整一天，接下来，我猜，你上床睡觉，并竭尽全力去入睡——嗯？”

伊斯比斯特戛然而止，疑惑地看着这个备受失眠折磨的陌生人。

“瞧这些岩石！”坐着的这人叫了起来，突如其来地做出一个有力的手势，“你瞧那海，永远是波光粼粼的，颤动着的！看啊！那泛起的泡沫涌进了那座巨大悬崖下的黑暗之中。炫目的太阳从苍穹的顶部播撒出万道金光，这苍穹就是你的世界。你接受了它，你为置身其中而感到欣喜。它温暖着你，支撑着你，使你感到欢愉。而对于我——”

他转过头，脸上一副可怖的神情，布满血丝的双眼透射出病态的目光，双唇毫无血色。他几乎是在低声细语：“这就是隐藏在我内心的痛苦。这个世界……掩盖了我的不幸。”

伊斯比斯特环顾四周，汹涌的波涛拍击着沐浴在阳光中的悬崖。处处散发着原始的自然美。当他转过身来，面对着那张绝望的面孔时，立刻沉默了。

他终于开腔了，并且做了一个不耐烦的、表示拒绝接受的手势。“如果你睡上一觉，”伊斯比斯特说，“那么你到这儿来就不会感受到那么多的痛苦，我保证。”

这会儿，伊斯比斯特确信，他们的邂逅是天意。就在半小时前，他还感到百无聊赖。有事可干令人有充实感，而现在事情就在眼前。这时他已不能释然了。在他看来，这个疲惫不堪的陌生人最需要的就是友情。于是他在这个动也不动的人身边坐下，和他边争论边闲聊。

他的谈话对象似乎已陷入漠然状态，悲凄地朝海的方向凝视着，只是在伊斯比斯特直接提问时才搭腔，而且并非对所有问题都作答。但是，对于在绝望之中所受到的这种善意的侵扰，他并未表示反对，似乎连表达感激都显得力不从心。不久，伊斯比斯特意识到，他们之间的谈话孤掌难鸣，正渐渐失去效力，于是他提议重登那段斜坡，然后返回博斯卡斯尔，理由是沿途可以眺望布莱卡深渊的景致。陌生人不置可否，但还是听从了这一提议。在上坡途中，陌生人开始自言自语，接着，又突然转过那可怖的面孔朝着伊斯比斯特。“可能会发生什么呢？”他伸出一只瘦削的手，以表示疑问，“可能会发生什么呢？旋转，旋转，旋转，旋转。它转啊转，转啊转，直至永远。”

他站在那儿，一只手不停地比画着。

“好了，老兄，”伊斯比斯特摆出一副老朋友的姿态说道，“别自寻烦恼了，相信我。”

这人垂下了手，然后又转过身去。上到坡顶时，他们沿悬崖边缘一前一后地走过去，然后朝佩纳利另一边的岬角走去。一路上这位失眠者不时地比画着手脚，而且语无伦次地谈论他那旋涡般打转的大脑。他们在岬角待了一会儿，伫立的位置正好可以窥探到布莱卡深渊的隐秘，后来他们坐了下来。刚才路很窄，他们一前一后不好说话，不能并肩，现在可以了，于是伊斯比斯特详细地叙述了在恶劣的天气中建造博斯卡斯尔港时遇到的多方面困难，而这时，他的伙伴却唐突地以毫不相关的话打断了他。

“我的头脑早已大不如前，”因为缺乏具有表现力的语汇，陌生人手脚并用地比画着，“大不如前。有一种压抑感，一种负重感。不，不是困乏，但愿老天知道这是什么！它就像一片阴影，突然下落，继而又疾速地在某种使人眼花缭乱的东西上掠过。它不停地旋转，愈转愈模糊，愈转思维愈混乱，接着是迷惑，最后是阻不断的涡流。我无法表述它。我几乎无法对它集中注意力——集中到足以能告诉你的程度。”

他有气无力地停了下来。

“别费神了，老兄，”伊斯比斯特说，“我想我能理解。不管怎样，别急着现在就告诉我，这并不重要。”

失眠者用指头揉搓着眼睛。伊斯比斯特不失时机地与他交谈着，与此同时，那人一直在揉眼睛。接下来，伊斯比斯特别出心裁地提议：“不如到我家里来坐坐，试试烟丝的效果。如果你不介意，我可以给你看一些有关这个布莱卡深渊的草图。”

陌生人顺从地立起身，跟着伊斯比斯特沿斜坡走下去。

下坡途中，伊斯比斯特有好几次听到他踉踉跄跄、几乎摔倒的脚步声。他的动作缓慢而迟疑。“跟我进来，”伊斯比斯特说，“试着抽几支烟，喝点上天赐予的美酒。你喝酒吗？”

陌生人在庭院篱笆门旁犹豫着。这会儿，他似乎对自己的行为不再有清晰的意识了。“我不喝酒，”他缓慢地说着，沿着庭院的小径朝前走来，眼看就要挨近屋子时，他又心不在焉地重复了一句，“不，我不喝酒。它转起来了，它转——转——”

在进入屋子前，他几乎绊倒在门阶上，其举止就像什么都看不见的人。

接下来，他一屁股坐进安乐椅，身体前倾，双手捂住额头，一动不动。

过了一会儿，伊斯比斯特感到了不安，就像一个缺乏经验的主人。他稍稍清了清嗓子，开始在屋子里转悠起来，嘴里不时地说些什么，都是些无关痛痒的话。他走到屋子另一头，拿起文件夹，然后将它搁在桌子上，这时他注意到了壁炉架上的钟。

“是否介意和我共进晚餐？”伊斯比斯特拿着一支未点燃的香烟说，心里却在苦苦地盘算如何能在对方全然不知的情况下让他服用水合氯醛。“要知道我只有冷羊肉，但是甜点还说得过去，另外还有威尔士干酪和水果蛋糕。”沉默片刻后，他又重复了一遍自己的提议。

坐在椅子里的人不作声。伊斯比斯特停了下来，拿着火柴注视着他。

沉默在延续。火柴熄灭了，香烟未点着，这人仍然静坐着。伊斯比斯特拿起文件夹，打开又合上，嘴里支吾着，好像要说些什么。“也许……”他含糊地轻声说。他瞥了门一眼，然后又将目光转向这个端坐着的年轻人。接下来，他蹑手蹑脚地朝屋外溜去，每走一步都小心翼翼，并不时地回头瞥一眼同伴。

他悄无声响地关上房门。通向屋外的门一直敞开着，他跨过门廊走到庭院里。花坛一角长着附子草，他停下来。从这个角度他能通过敞开的窗户看到这个陌生人，他仍然静静地、毫无生气地坐着，手捂着前额，一动不动。

一些沿街而行的孩子在院门口停下来，好奇地注视着这个艺术家。一位出租小艇的人过来与他寒暄了几句。他感到，可能是自己的谨慎态度和当下的状况使自己显得异乎寻常，也许抽烟会看起来自然些。他从口袋里掏出烟斗和烟袋，然后不紧不慢地装着烟丝。

“我感到很纳闷。”伊斯比斯特心里嘀咕着，原先自鸣得意的感觉已不知不觉荡然无存了，“无论如何，必须给他创造一个机会。”他有力地擦了根火柴，接着点着了烟斗。

过了一会儿，他听见了身后的脚步声。女房东正提着在厨房中点着的灯朝他走来。他转过身，用烟斗向她比画着。他在起居室门口挡住了她。他没法小声向她解释眼前的情况，因为她不知道他有客人。她提着灯又退了回去，但根据她的举止判断，她仍有点困惑。他继续在门廊的一角兴奋地徘徊着，但是想到观察对象，他不免有些沮丧。

抽完烟，他又在庭院中徘徊了许久。这时蝙蝠已飞到户外，终于，好奇心占了上风，他不再为种种顾虑所困，于是悄悄地回到黑暗的起居室。他在门厅中止住了脚步。这陌生人姿势依旧，但在窗外浓重暮色的映衬下显得更加阴郁。除了一艘装满石板的小船停泊在海港中、几个水手在唱歌外，那个夜晚一片安宁。在庭院外四周丘陵的阴影中，附子草和飞燕草亭亭玉立。这时，伊斯比斯特突然闪出一个念头，于是走进起居室，倚着桌子，开始倾听。一种令他不快的猜疑在心中油然而生，而且愈加强烈，最终确定无疑。他先是感到愕然，接着便开始恐惧起来！

这个坐着的陌生人没有呼吸了！

他悄悄地缓缓绕过桌子，两次停下来仔细倾听。他终于摸到了陌生人坐的那张安乐椅的椅背，俯下身，直到耳贴耳。

接下来，他将身子俯得更低些，以便能从下往上看清客人的面孔。他猛然惊起，大声地叫了起来。那人双眼木然，毫无生气。

伊斯比斯特又瞧了一眼，只见陌生人双眼睁开，瞳孔已滚到眼睑之下。他突然害怕起来。这人的怪异状态令他不能自持，以至他抓住这人的肩头拼命地晃动。“你睡着了吗？”他的声音突然变得很刺耳，禁不住又问了一句，“你睡着了吗？”

这会儿伊斯比斯特已确信无疑，这人死了。他骤然变得骚动起来，迈着大步匆忙朝屋子的另一头走去，结果撞上了桌子。接着他按了铃。

“请立刻拿盏灯来，”他站在门厅中喊道，“我的朋友出事了！”然后他回到坐着一动不动的陌生人身边，抓住他的肩膀晃动着，并喊了起来。当惊诧的女房东拿着灯进来时，整个房间顿时披上了黄光。他面色苍白地转向她，闪烁其词地说：“我得请一个医生来，他不是死了就是发病了。这村里有医生吗？哪儿可以找到医生？”

第二章

迷睡

陌生人的肌肉已像蜡一样僵硬，这种状况持续之久令人闻所未闻。接下来缓慢地进入虚弱状态，全身呈松弛状，这意味着他正处于深度昏迷之中。

他被从旅馆移送到博斯卡斯尔诊所，数周后又被送往伦敦，但是使其复苏的种种努力都收效甚微。过了一段时间，这些努力被放弃了（其原因以后详述）。他长时间处于那种怪异的状态，一动不动，不死也不活，好像处于生命暂停——介于生死之间——的假死状态。这一状态是不因思维和知觉而中止的关闭状态，是无梦的虚乏或身心空灵的宁静。他的心灵纷乱不断加剧，直至达到骤然平静的极点。这个人赖以存在的空间在哪里？一个失去知觉控制的人将置身于何处？

“好像就在昨天，”伊斯比斯特说，“我感觉一切好像就发生在昨天，也许比昨天更清晰。”

这就是上一章中的伊斯比斯特，但是他已不再年轻了。当初他的头发是棕色的，蓄得略长于流行的长度，而现在已变成铁灰色，而且剪得很短。曾经白里透红的脸现在是浅黄中泛出红润。下巴上尖尖的胡须呈花白色。那年夏天特别热，跟他交谈的老人穿着卡其布夏装，名叫沃明，是伦敦的一位律师，是陷入昏睡的格雷厄姆最近的亲属。这两个人在伦敦的一座寓所里并排站立，注视着一动不动地平卧着的格雷厄姆。

他皮肤泛黄，瘫软地卧在一张水垫床上，瘦骨嶙峋的身子包在一件飘垂的衬衫中。他的脸部皱缩，下巴上的胡茬又短又粗，四肢瘦削，指甲细长。床的四周用薄玻璃罩围着，这玻璃罩似乎是为了将迷睡者与现实隔开。格雷厄姆俨然成了一种与周围分开的东西，一个怪异的、被隔离的畸形物。他们两人紧挨着玻璃罩站着，朝里面张望。

“这可怜的家伙令人震惊，”伊斯比斯特说，“即便是现在，一想到他那双白色的眼睛，我就有一种惊愕与不安。当时他的眼睛是白色的，眼球向上翻起。到这儿来让我又一次感受到了所有这一切。”

“从那时起你就再没见过他？”沃明问。

“我常常想到要来，”伊斯比斯特说，“但问题是我手头的事太棘手了，即便有很多假期也难以处理完。我大部分时间待在美国。”

"如果我没记错的话，"沃明说，"你是个艺术家吧？"

"曾经是。那时我刚刚结婚，但很快我就看出来了，这婚姻是没希望了，至少对一个普通人来说是这样。因此我毅然提出了离婚诉讼。多佛港的悬崖上张贴的大幅广告就是我手下人干的。"

"很不错的广告，"律师说，"尽管张贴在悬崖上的广告令人感到可惜。"

"如果必要，就让这些广告与悬崖永存吧。"伊斯比斯特发出自得其乐的感叹，"这世界变了。二十年前，当他陷入昏睡时，我还在博斯卡斯尔，身边带着一盒水彩颜料，怀着一种高尚却不合时宜的抱负。我未曾料想，有朝一日我的颜料会使英格兰从兰兹角到利泽德角的整个神圣海岸变得更加壮丽辉煌，运气常常眷顾那些并无奢求的人。"

沃明似乎对运气的这一说法不能苟同。

伊斯比斯特继续说："如果我没记错的话，我差点错过了见到你的机会。你回到这儿来时乘坐的双轮轻便马车，又把我带到了卡默尔福德火车站。当时快到周年纪念日了，也就是维多利亚女王执政纪念日，因为我记得在威斯敏斯特有很多的席位和旗帜，而且我在切尔西还和出租马车夫吵了一架。"

"那是执政六十周年纪念日，"沃明说，"第二次盛大的周年庆典。"

"噢！我想起来了！在另一个盛大的周年纪念日，我指的是五十周年的那次盛事，当时我在伍基，还很年轻，我错过了所有那些……当时他给我们惹了多少麻烦啊！我的女房东不愿收留他，也不愿让他住下。他的肌肉很僵硬，模样很怪异。我们只得让他坐在一张椅子里，一直把他抬到旅馆。当时给他看病的那个博斯卡斯尔当地医生并不是现在这位老兄，而是在他之前开业的那个医生，他一直忙到将近两点钟。我和女房东一直在旁边举着灯和一些其他东西。”

“起初，他的肌肉就像蜡那样又干又硬，是吗？”

“是啊！他浑身僵直得厉害！每当我要弯曲他的肢体时，他总是僵着。如果当初把他倒竖起来，没准就会放松了。我从未见过这样僵直的人。当然，这个人是完全不同的。”他将头朝一侧摆动了一下，暗示眼前这个平卧的人，“毫无疑问，就是因为那个小个子医生，他叫什么来着？”

“史密瑟斯。”

“对，是叫史密瑟斯。大家都认为，他不该过早地试图让他苏醒。这一切都是他做的。就是现在都让我感到——咄！芥末、鼻烟、针刺，还有那个令人厌恶的小玩意儿，叫什么来着，不是发电机——”

“感应线圈。”

“对！你可以看到他的肌肉在抽搐和抖动，而且，他周身上下不停地扭动着。当时只点着两根黄蜡烛，所有阴影都在颤动，那个矮个子医生局促不安却妄自尊大，而他——先是僵直着，接着以各种异乎寻常的方式扭动起来。喔，我常常梦见那一幕。”

沉默片刻。

“这种状态很怪异。”沃明说。

“这是一种暂时性的意识完全消失状态。”伊斯比斯特说，“现在这具躯体是个空壳，既不是死了也不是活着。它就像一个座位，虽然空着，上面却标着‘被占用着’的字样。无知觉，无消化，无心跳，无震颤。这具躯体一点都没有让我感到是一个人。从某种意义上讲，这与其说是死亡，还不如说是丧失知觉，因为这些医生告诉我，他甚至连毛发都停止生长了。而在知觉完全缺失的情况下，毛发会继续生长——”

“我知道。”沃明说，脸上闪过痛苦的表情。

他们又透过玻璃仔细地观察着，格雷厄姆确实处于一种怪异的状态，即处于某种迷睡的松弛期，但这种迷睡在医学史上是前所未有的。迷睡通常最多持续一年，到那时，迷睡者或已处于苏醒状态，或已死亡，有些迷睡者在苏醒后很快就死掉了。伊斯比斯特注意到格雷厄姆的肢体上留有注射营养液的痕迹。医生采取这一方法是为了延缓虚脱。他将这些痕迹指给沃明看，在此之前他一直试图不去看它们。

“就在他躺在这儿的期间，”此时的伊斯比斯特对自由自在度过的人生充满着强烈的情致，“我已经改变了生活计划——结婚，养家糊口，我曾经不想要孩子，现在大儿子已经是美国公民，刚从哈佛毕业。我的头发已经有些灰白，而这个人与当年乳臭未干的我相比，无论年龄和才智都未见增长，想起来就令人奇怪。”

沃明转过身，说：“我也已经老了。当我还是个小伙子时，就和他一起打板球，而他现在看起来还那么年轻 。也许皮肤有些泛黄，但他终究还是个年轻人。”

“在这期间已经发生了星球大战。”伊斯比斯特逗趣地说。

“整整一场大战。”

“那些火星人干的。”

“我认为，”伊斯比斯特停顿了一会儿，“他曾拥有属于自己的一份资产，数额不算太大。”

“确有其事，”沃明说，接着一本正经地咳了一声，“碰巧，这笔资产由我代为管理。”

“哦！”伊斯比斯特迟疑了片刻，接着说，“毫无疑问，他在这里的花费是不大的。无疑，他的这笔资产会增加，或者说是——增值？”

“已经增值了。他醒过来的时候，比他迷睡时富裕多了——如果他能醒过来的话。”

“作为一个生意人，”伊斯比斯特说，“我自然会有这样的想法。说实在的，我有时想，从商业角度考虑，这种迷睡对他来说未必不是件好事。比方说，但愿日后他知道，在如此长的无知觉状态下自己在干什么。而如果他当初就那么一直活下去——”

“我怀疑他是不是这么有远见，”沃明说，“他不是那种深谋远虑之人。事实上——”

“是吗？”

“在这个问题上我们意见相悖。在涉及监护人的利益方面，我是多少站在他这一边的。你可能已经注意到了一些问题，足以意识到我们之间偶尔也有些摩擦。但是即使那样，我对他是否会苏醒仍然有疑问。这种迷睡虽然不会使人的元气很快耗尽，但最终还是会耗尽的。显然，他现在正沿着一个斜坡缓慢地、极其缓慢地，而且单调乏味地滑行，不知你是否能理解？”

“如果看不到他苏醒带来的惊喜，那就太遗憾了。这二十年来已经发生了很多变化，瑞普·凡·温克尔[1]醒来时一切都已时过境迁。”

“那时不是瑞普·凡·温克尔了，而是爱德华·贝拉米[2]。”沃明说，“毫无疑问，变化很大。除了其他变化外，我自己也变了。我已经是个老人了。”伊斯比斯特迟疑了片刻，佯装吃惊的模样，但为时已晚，“我真不该提这件事。”

“我四十三岁那年，他的几家开户银行转来了你的电报，是你发给他们的，记得吗？”

“我是从他口袋里的支票簿上得到他们地址的。”伊斯比斯特说。

“事实上，增值并不难。”沃明说。

又出现了一阵短暂的沉默，接下来伊斯比斯特不由自主地好

1 瑞普·凡·温克尔，美国作家华盛顿·欧文1819年写的一个故事中的主人公。他在山中一睡二十年，醒来时发现一切面目全非。

2 爱德华·贝拉米（1850—1898），美国作家、记者。其代表作为1888年出版的小说《回顾》，这是一部具有浪漫主义倾向的文学作品，描绘了公元2000年的理想社会。

奇起来。“他可能还要像这样持续很多年，”他说，接着又迟疑了片刻，“我们必须考虑到这一点，要知道，他的事务可能有朝一日会落入他人之手，这你是知道的。”

“如果你愿意相信我的话，伊斯比斯特先生，那正是我经常考虑的问题之一。我们碰巧都没什么可信赖的亲戚，这情况太特别，从未见过。”

“是啊，”伊斯比斯特说，“事实上，这是一个公共托管人需要管理的事情，但愿我们能找到一个履行这一职责的人。”

“依我看，应当找一个公共机构，也就是某种可以一直存在的托管者来过问此事。有些医生认为，他很可能继续活下去。事实上，我已经为此事去找过一两个知名人士，但是到目前为止还不见动静。”

“也许把他托付给一个公立机构是个不错的主意，比如大英博物馆或皇家内科医学院。当然，这听起来有点异乎寻常，但整个事情本来就是异乎寻常的。”

“难在如何说服他们将他带走。”

“因为烦琐拖拉的公事程序，我猜得对吗？”

“不完全是。”

又陷入一阵沉默。

“这件事确实令人感到好奇，”伊斯比斯特说，“而且复利还有增长的趋势。”

“是的，”沃明说，“现在金子的储备量快要耗尽了，因此便有了增值的趋势。”

“我已经感到了这种趋势，”伊斯比斯特做着鬼脸说，“但是，这对他反而更好。”

“如果他能醒过来的话。”

“如果他醒过来的话，”伊斯比斯特附和道，“你注意到了没有，他的鼻子呈病态萎缩，眼睑下陷？”

沃明观察着，思忖了片刻。“我怀疑他是否会苏醒。”他最终说了这么一句。

“我还是没完全搞懂，”伊斯比斯特说，“究竟是什么造成了这种状况。他曾经对我谈起过有关过分用功的事。我常常感到难以理解。”

“他曾是一个相当有天赋的人，但是好激动，易动情。他的家庭麻烦重重。事实上，他离了婚，但他从某种活动中获得了安慰。我认为，就是那种狂热性的政治活动。他是一个狂热的激进分子，或者说是典型的自由主义者。正如他们自称的，他们属于先进的学派，精力充沛，而且有些癫狂，不受约束。过分计较某一次论辩的得失使他遭此厄运。我记得他曾写过一本小册子——一部奇特的作品，充满了狂放、混乱的言辞，其中有一些预言。有些已被驳倒，有些已被证实。但是读这样的论题多半会让人感到这世界不可预知的事情真是太多了。当他苏醒时，他有很多东西要学，有太多的东西忘却了。如果他有苏醒的这一天的话。”

“我会不惜一切亲临现场，”伊斯比斯特说，“只是为了听听他对这一切做何解释。”

“我也会，”沃明说，“当然！我也会！”他突然变得自怜起来，就像任何一个老人都会突如其来地改变性情那样，“但是我将永远不会看到他苏醒。”

他伫立着细细地观察着这个蜡样的人。“他永远不会苏醒，”他最后说，接着叹道，“他永远不会再醒过来了。”

第三章

苏醒

但是沃明的猜想是错的。格雷厄姆还是醒过来了。

多么令人费解的事！这个人形有机体仅靠其本身就苏醒了过来！当我们每天清晨醒来时，谁能够描绘出重建自我的全过程呢？不计其数的因素聚散离合、交织缠结，从灵魂朦胧的最初骚动到无意识，从无意识到潜意识，再从潜意识到渐悟，直到自我的重新认识。正如我们中的多数人在一夜睡眠之后所体验到的，格雷厄姆在长久迷睡之后的感受也是如此。此时，他的混沌知觉正渐趋清晰，而心境依然沉闷忧郁，但已经能隐约意识到自己正身居某处，昏昏然地平卧着，但并未离开人世。

朝着理性存在回归的旅程似乎跨越了无垠的时空，涉过了历史的长河。在广袤的梦境中映现的可怕景物留在记忆中的是迷离模糊的印象：怪异的生物、奇特的景致，犹如来自另一行星。然而，也有留下清晰印象的感知，或者是某一次重要的谈话，或者是某一个名字——他无法说出这名字是什么，但随后又会重现——或者是对静脉和肌肉淡忘已久的怪异感，又或者是曾经做出巨大而无望努力的感觉，就像一个几乎被黑暗湮没的人拼死挣扎的那种感受。此外还有游移不定的炫目景象聚合而成的全景。

格雷厄姆开始意识到自己的眼睛是睁开的，并注视着某一陌生的事物。

这是某种白色的东西，就像某个东西的边线，抑或是一个木框。他循着它的轮廓线缓缓地移动着头。这轮廓线向上延伸，超出了他的视力所及的范围。他试图思索自己可能身在何处。对于如此不幸的他而言，这些事还重要吗？他的思维是晦暗消沉的。在黎明前的黑暗中苏醒过来的他，感受到了在平淡无奇中等待的苦痛。他隐隐约约地意识到低语和急速远去的脚步声。

头的移动意味着他的肢体有了微弱的知觉。他以为自己正躺在峡谷里某个地方的旅馆的床上，但是无法回忆起那白色的边线。他觉得自己肯定是睡着了。他这会儿记起来了，他曾经很瞌睡。他又想起了悬崖和瀑布，接着记忆中闪过与一个过路人谈话的情景。

他睡了多久？那急促而轻轻的碎步声是怎么回事？那上下起伏的律动又是什么？像浪花在卵石上的低吟。他伸出一只无力的手去拿椅子上的表——他习惯把表搁在那儿——结果触到了像玻璃样平滑而坚硬的物体表面。这一意外的发现使他大为吃惊。突然他翻过身，凝视了片刻，然后竭力坐起来，然而这一努力出乎意料的困难，他不仅未能坐起来，相反头晕目眩，浑身无力，甚至感到愕然。

他揉揉眼睛。谜一般难以捉摸的环境令他困惑，但他的头脑相当清醒。显然他从迷睡中得到了好处。他根本不是躺在床上，不是他理解的床的概念，而是赤裸着躺在一种非常柔韧的床垫上，床垫被安放在一个深色容器中。带着一种连自己都感到陌生的不安，他观察到这垫子是半透明的，垫子下面有一面镜子，映现出他微暗的影像。他的目光移向臂膀。他震惊地发现自己的皮肤异乎寻常的干燥、泛黄，缠绕在上面的是一种奇特的橡胶装置，缠得如此巧妙，就好像从皮肤间嵌进去的一样。在他看来，这张怪异的床被搁置在一个略带绿色的彩色玻璃框内，白色边框里的一个杆状物正是他醒来最先看到的东西。框内一角有一个架子，上面放着晶亮的、制作精美的设备，多半是些很不寻常的装置，但是其中最高和最低温度计仍可以辨别。

他身边的玻璃物质微微发绿，使他看不清其后面的东西，但是看得出，这是一个装饰豪华的宽敞住宅。正对着他的是一条宽阔的、色调简洁的白色拱廊。紧挨着封闭框架的内壁放着家具：一张桌子上面铺着银色台布，其色泽似鱼肚白；两张雅致的椅子；桌上放着几个盘子，上面堆放着一些东西；另有一个瓶子和两只杯子。这时，他意识到了强烈的食欲。

周围一个人都没有。他迟疑片刻，从那张半透明的垫子上爬下来，试图在这狭小居室的洁净的白色地板上站起来。然而，他错误地估计了自己的体力。他踉踉跄跄地走了几步，结果一头撞在了玻璃样的内壁嵌板上，然后才稳住脚步。这嵌板在他的推力下向外弯曲，犹如充了气的囊状物，接下来发出轻微的爆裂声，然后消失得无影无踪，如同泡状物被戳破一般。他步履蹒跚地走进大厅，置身于这上下贯通的空间中令他感到惊讶，他赶紧抓住桌子稳住自己，结果将一只杯子撞到了地板上。杯子发出清脆响亮的声音但没有破裂，接着他在一张扶手椅中坐了下来。

当稍稍恢复后，他将其余几只杯子斟满，然后饮起来。这是一种无色的液体，但不是水，散发出沁人心脾的淡淡芳香，口味不浓，具有益气提神之速效。他放下杯子，环顾四周。

既然横亘在空间中的略呈绿色的框架物已不复存在，这居室便重新展示出它的宽敞和富丽。他先前见到的那条拱廊通向一段楼梯，其间没有门的阻隔，楼梯向下延伸，与一条宽敞的横向走道相交。这条走道的西头矗立着光亮的柱子，由嵌着白色纹理的深蓝色材料制成。沿着走道径直传来沉闷、单调的嗡嗡声。他坐了下来，这会儿已完全清醒。他留心地倾听着，在专注中将那些美味佳肴弃之脑后。

后来，他突然吃惊地记起自己是赤身裸体的，于是慌乱地四处搜寻可用以蔽体的衣物，终于看到了一件黑色的长袍扔在近旁的一张椅子上。他将自己裹起来，浑身颤抖着再次坐下。

他的头脑仍然处于起伏不定的纷乱之中，如同波涛般涌动。

显然他一直在昏睡，而且在昏睡中曾被带走。但是这是什么地方？那些人，在深蓝色柱子另一边远远地聚集着的那群人是干什么的？现在是在博斯卡斯尔吗？他又给自己斟了一杯那种无色的液体，但未饮尽。

这是什么地方？这地方是否如他的感官所察知的那样，好像一个活着的生命体在隐隐约约地颤动？他环顾着这个干净、漂亮的住宅，其外观未用色彩装饰，但轮廓分明而优美。接着他看见屋顶某处被一充盈着光线的圆形杆状物隔开。就在他观察的时候，一大片稳定的阴影将其遮暗，然后掠过，接着又出现阴影，又掠过。空中充斥着沉闷的喧嚣声，从那片阴影中传出奇特的声音："比特，比特。"

他本想大声喊叫，但喉咙里发不出声音。接着他立起身，迈着酒鬼般的步子，跌跌撞撞地朝拱廊走去。当他摇摇晃晃逐级而下时，绊到了裹在身上的黑袍一角，他赶紧抱住一根蓝色柱子才没倒下。

这条走廊伸向远方，通向由蓝紫两种素色为基调的远景，最后停在一片栏杆围起的空旷处。那地方看起来像个露台，灯火辉煌，向内伸进一个弥漫着烟雾的空间，就像恢宏的宅邸里面的空间。更远处是建筑群连绵、朦胧的轮廓。这会儿纷乱的说话声不绝于耳，响亮而清晰。就在那露台上，三个人背对着他指手画脚，显然是在进行热烈的谈话。他们衣着考究，服饰宽松、潇洒，色彩明亮而柔和。从露台上又不断地传来许许多多人的嘈杂声响，有一次似有一面旗子的顶端从空中掠过，还有一次似有某种色彩艳丽的物体——或许是扔到空中的一顶浅蓝色的帽子，或是一件衣服——在上空疾速掠过，然后落了下去。这喧嚣声听起来像用英语重复着“苏醒”这个词。他听见了某种不清晰的尖叫声，接下来那三个人开始笑起来。

“哈哈哈！”其中一人笑着，这是一个穿紫色短上衣的红头发的人，“当迷睡人醒来时，当……”

格雷厄姆转动着眼睛，带着愉悦的目光沿那条走廊望去。这时，红头发的人脸色变了，整个人变了，变得僵硬。另两个人在他的惊叫声中急速地转过身来，也伫立着不动了。他们的脸呈现出一种惊恐的表情——极度惊骇的表情。

突然，格雷厄姆跪倒在地，靠在柱子上的那只手臂瘫软地垂了下来。他朝前踉跄了几步，接着便脸朝下扑倒在地。

第四章
喧嚣

格雷厄姆晕倒前留下的最后记忆是喧闹的铃声。他后来获知，当时他人事不省、徘徊于生死之间；他苏醒后，被放回到那张半透明的卧榻上。这时，他的心口和喉头出现了一种燥热的感觉。他觉察到，那台深色的仪器已经从他那只缠了绷带的手臂处搬开。他仍然被那白色的框架围住，但其中充盈的绿色半透明物质已完全消失。一个身着深紫罗兰色上衣的人正饶有兴味地盯着他的脸，那人在露台上出现过。

喧闹的铃声和令人迷惑的各种声响虽然遥远，但不绝于耳。这使得他联想起一大群人聚在一起呐喊的画面。这时，似乎有种东西从这喧嚣声中掠过，然后落下，接着门突然关上了。

格雷厄姆转动着头。“这是怎么回事儿？”他缓缓地说道，“我在哪里？”

他看见了第一个发现他的那个红头发的人。一个声音似乎在问他刚才说了些什么，但突然又被止住了。

穿紫罗兰色上衣的人声音柔和，说的是英语，略带点儿异国口音，至少在迷睡人听起来是这样的。他回答道："您从睡着的地方被带到这儿，这儿是很安全的。您在这里已有些时日了，一直迷睡着，处于失魂状态。"

接下来他说了些什么，格雷厄姆没听见。这时有人递过来一只管形小瓶，格雷厄姆感觉到一种凉爽的雾状液体——散发着芳香的微细水珠——喷射在自己的前额上。他顿时心旷神怡，于是满足地合上了双眼。

"好些了吗？"当格雷厄姆重新睁开双眼时，穿紫罗兰色上衣的人问道。他的相貌和善，大约三十岁的年纪，下巴上长着尖尖的亚麻色胡须，在紫罗兰色上衣的领圈处别着一枚金质棒状扣。

"您已经睡了一会儿，处于强直性昏厥状态。您听见了吗？强直性昏厥！乍听起来，这可能对您有些陌生，但是我可以向您保证，一切都安然无恙。"

格雷厄姆没有回答，但这些话还是使他释怀了。他扫视着周围三个人的脸，他们则神情古怪地注视着他。他知道自己在康沃尔某处，但无法把眼前这一切和那个地方联系起来。

他在博斯卡斯尔最后一次醒来时，脑子里一直想着一件事。那事真切清晰，但被莫名忽略，现在他又想起了那件事。

"你们给我表兄发电报了吗？"他问，"E. 沃明，赞善里巷

27 号？”

他们无一例外地洗耳恭听着。但是他还是执拗地重复着刚才的话。

“他的口音中有一种多怪的含糊音啊！”红头发的人低声地说。

“发电报，是吗，先生？”长着尖尖的亚麻色胡须的年轻人问道。显然他很困惑。

“是的，他是说发一份电报。”第三个人主动答道。他也长着一副和善的面孔，十九或二十岁的年纪。

长着亚麻色胡须的那个人顿时表示理解地大喊起来。“我是多么愚蠢啊！您可以放心，所有事情都会办好的，先生。”他对格雷厄姆说道，“不过发电报给您表兄，这恐怕有点困难，因为他现在不在伦敦。您千万别为这些事担心，您已经睡了很久了，最重要的是从昏睡中恢复过来，先生。”

格雷厄姆断定他所说的最后一个词是“先生”，但是这个人却将它发成“陛下”一词的音。

“唉！”格雷厄姆叹道，接下来便沉默不语了。

这一切让人费解，显然这些身着奇装异服的人了解眼前的情况。然而他们看起来怪怪的，这屋子也怪怪的，似乎他被安排在某个新开办的场所。他突然闪过一个怀疑的念头。这肯定不是公共展览馆的某个大厅！倘若是这样，他会毫不客气地斥责沃明！但是这儿几乎没有那种地方的特征。再说，在一个像公共展览馆那样的地方，他不可能一丝不挂而又全然不知。

就在这时，他猛然意识到发生了什么。在昏睡时，他的感知力并没有被怀疑打断，他对此深信不疑。他骤然明白，他的迷睡已持续了漫长的时间。仿佛借助了读心术一般，他释解了那些人在注视他的脸时为何会露出惊骇状。他冷漠地看着他们，内心情绪激昂。他们似乎已从他的眼神中看出了他的心思。他开口想说话，可是说不出。几乎与他的发现同时，他们内心涌动着一种异乎寻常的冲动——他想隐瞒他的发现。他看着自己那双光着的脚，接下来便默默地注意起四周来，这时想说话的冲动已荡然无存。他剧烈地颤动着。

他们给他服用了一些粉红色的液体。这种液体发出微带绿色的荧光，并有肉味，他对恢复体力的信心随之增强了。

“那——那使我感觉好些了。”他嘶哑地说道。这时他听见了嘀嘀咕咕的低语，这是在对他表示彬彬有礼的赞许，他现在完全明白了。他又想说话了，可是还是说不出。

他按住喉咙又试了一次。

“多久了？”他用平直的音调问道，“我睡多久了？”

“相当可观的时间。”长着亚麻色胡须的那个人急速地瞥了其他人一眼说道，“很长时间。”

“是的——是的。”格雷厄姆突然烦躁地说，“但是我想——几年，是不是？许多年？有某种东西，我忘了是什么。我感到——困惑。但是你们——”他啜泣着，“你们不必搪塞我。到底多久了？”

他停了下来，不规则地喘息着。他用手指关节用力挤压眼睛，然后坐着等待回答。

他们低声交谈着。

“五个月还是六个月？”他有气无力地问道，“或更长？”

“远比那长。”

“更长？”

“是的。”

他看着他们，一脸的疑惑。他的脸部肌肉在抽动，就好像恶魔在拧他的脸。

“许多年。”红头发的人说。

格雷厄姆设法坐起来。他伸出一只瘦削的手从脸上抹去眼泪。“许多年！”他重复着。他紧紧地闭上眼睛又睁开，然后坐着环顾四周，扫视一件又一件陌生的东西。

“多少年？”他问。

“您必须对意外有所准备。”

“哦？”

“年数超过一罗[1]。”

他被这陌生的词激怒了：“超过什么？”

他们两人同时开腔，以至对方用十进制表达的年数他没有听见。

“你刚才说多久？”格雷厄姆问，“多久？别那样看着我，告诉我。”

---

1 一罗为十二打，一打为十二个。

在周围的低声细语中，他抓住了几个关键词：“超过两个世纪。”

“多少？”他大叫起来，转身对着一个年轻人，他认为此话出于他之口。“刚刚谁说的？那是多少？两个世纪？”

“是我说的，”长着亚麻色胡须的人说，“二百年。”

格雷厄姆重复着这几个词。他原准备听到的是“漫长的睡眠”这几个词，然而用“世纪”这样具体的词表达的时间长度着实让他沮丧。

“二百年”，他又重复了一遍，这一代表着漫长时空跨度的数字逐渐在他脑海中展开，他接着感叹道，“唉，但是——”

他一言不发。

“你——你刚才说——”

“二百年，两个世纪。”长着亚麻色胡须的人说。

沉默了一会儿。格雷厄姆看着他们的脸，明白了自己听到的是千真万确的事实。

“但这不可能。”他抱怨说，“我在做梦！迷睡，迷睡不会持续这么久。那不可能——你们在和我开玩笑！告诉我——也许几天前，我还曾沿着康沃尔海滩散步——”

他的声音逐渐地弱了下去。

那个长着亚麻色胡须的人支吾着。“我对过去的事情记性不好，先生。”他心虚地说道，接着扫了其他人一眼。

“是有那么回事，先生。”最年轻的那个人说，“在博斯卡斯尔，过去的康沃尔公爵领地，在康沃尔西南一带奶牛场那边。那儿现在还有一幢房子，我去过那里。”

“博斯卡斯尔！”格雷厄姆将眼睛转向这最年轻的小伙子，“就是那儿，博斯卡斯尔，可爱的博斯卡斯尔。我倒下睡着了——那儿的某个地方。我记不清了，我记不清了。”

他按住额头，低语道：“二百多年！”

他开始急促地讲起来，面部抽搐着，但内心却是阴郁的：“但是如果已经过去了二百年，那么我所认识的每一个人——每一个在我入睡前见过我或曾与之说过话的人——必定已不在人世了。”

他们没有应答。

“女王和王室，她的那些牧师和大臣。高低贵贱的人们——英格兰还存在吗？那是一个多安宁的地方啊！伦敦还在吗？咦？这儿就是伦敦，是吧？你就是我的委托监护人吗？那么这些人——也是我的委托监护人吗？”

他坐着，脸上露出憔悴而呆滞的神情：“但是我为什么在这儿呢？不！不要说话。安静。让我想想——”

他静静地坐着，揉着眼睛。当他把手从眼睛上移开的时候，发现又一小杯粉红色的液体端到他面前。他服了这一剂药。这药有着抚慰的即时效应，他一服下去便哭泣起来，哭得自然而酣畅。

不一会儿，他看着他们的脸，突然在泪水中笑了起来，笑得有点滑稽。“但是——二——百——年！”他断断续续地说着，同时歇斯底里地扮着鬼脸，并再次用手把脸遮了起来。

过了好一会儿，他才平静下来。他坐了起来，双手伏在膝上，几乎就像伊斯比斯特当年在彭塔根悬崖上发现他时的那副模样。这时，引起他注意的是一个混浊的、听起来十分跛扈的声音，还有愈走愈近的、显贵们特有的那种脚步声。“你们在做什么？为什么不预先通知我？你们肯定会有效果吗？会有人为此吃苦头的，必须让这人安静下来。入口关闭了吗？所有入口？必须让他完全安静下来。绝不能泄露给他。向他泄露过什么？”

一个长着金黄色胡须的人说了些什么，但难以听清。格雷厄姆转过头，看见一个矮胖的、体格壮实的无须男人走上前来。他长着鹰钩鼻子、粗大的脖子和宽宽的下巴。他那浓黑的眉毛稍稍有些倾斜，几乎与鼻子交会，并凸出于深灰色的眼睛上方，这使得他的面部带上了令人悚然的神色。顷刻之间他对格雷厄姆怒形于色，随后又将注意力转向了那个长着亚麻色胡须的人。“这些多余的人，”他以一种极为气恼的声音说，“你们最好离开。”

“离开？”亚麻色胡须的人说。

“当然，现在就走。但是走时务必关上门。”

另外两个听他说话的人极不满地瞥了格雷厄姆一眼，然后顺从地转过身，径直朝正对着拱廊的那面走不通的墙壁走去，而不是如格雷厄姆所预料的那样——穿过拱廊。接下来发生了一件稀奇古怪的事：在这面显然是固体的墙上，有一长条墙体“啪”地卷起，悬于两人上方，待他们退出后又落了下来。顷刻间，只剩下格雷厄姆和这新来的人，还有那长着亚麻色胡须、身着紫罗兰色上衣的人。

有一段时间，那个体格壮实的人一点儿也没有注意格雷厄姆，他一直在问他的下属，有关这被监护人的治疗情况。他说得很清楚，但是表达的内容只有一部分能让格雷厄姆明白。格雷厄姆从迷睡中醒过来，对这人来说不仅是意外，而且也是令人惊恐和烦恼的事。显而易见他十分激动。

“你绝不能向他泄露任何事情，以免搅乱他的心智。”他一而再，再而三地重复着，“你绝不能搅乱他的心智。”

得到答复后，他急速地转过身，端详着这个醒过来的迷睡人，脸上浮现出一种难以捉摸的表情。

“感到奇怪吗？”

“很奇怪。”

“这世界，您所见到的这个世界对你陌生吗？”

“我想，我不得不生活在其中，尽管它看起来很陌生。”

“现在对您来说，确实是这样。”

“首先，我最好有一些衣服，难道不是吗？”

“他们——”这个体格壮实的人刚开口就打住了。那个长着亚麻色胡须的人与他的目光相遇，然后走开了。“您很快就会有衣服的。”这个壮实的人说道。

“我已经睡了二百年，这是千真万确的吗？”格雷厄姆说。

“他们已经告诉您了，是吗？事实上是二百零三年。”

格雷厄姆蹙起眉、瘪着嘴接受了这一无可争辩的事实。他默默地坐了一会儿，然后问了一个问题。“这儿附近有粉碎机或发电机吗？”他并不期望得到回答，“一切都已大为改观，不是吗？”他说。

“什么在叫喊？”他突然问道。

“没什么，”这壮实的人不耐烦地说，“那是人，也许以后您会明白。正如您所说，一切都变了。”他皱着眉唐突地说道，接着又扫了周围一眼，就像一个试图做出应急决断的人，“无论如何，我们必须给您弄来衣服和其他东西。您最好等在这里，直到有人来。没有人会接近您，您需要修个面。”

格雷厄姆搓搓下巴。

那个长着亚麻色胡须的人朝他们走过来，中途突然转过身，倾听了一会儿，又朝这个年纪大些的人扬扬眉，然后匆匆穿过拱廊朝露台走去。喧嚣声愈来愈响，这壮实的人也转过身听。他突然小声地咒骂着，接着把目光转向格雷厄姆，露出不友善的表情。这时人声如潮，此起彼伏，呐喊声、尖叫声汇合在一起。有一阵子似乎传来猛烈的敲击声和刺耳的尖叫，接着是一阵如同枯枝爆裂般的噼啪声。格雷厄姆侧耳细听，试图从各种声响交织的纷乱中分辨出某种声音的线索。

后来，他从中悟出了一种不变的表达程式，它不断地被重复着。有那么一会儿，他怀疑自己是否听错了。但是毫无疑问，其中包括这几个词：“我们要见迷睡人！我们要见迷睡人！”

这壮实的人突然冲向拱廊。

“荒唐！”他大叫着，“他们怎么知道？他们是知道还是在猜测？”

似乎有人在应答他。

“我不能来，”这壮实的人说，“我还要诊治他。”

从露台那儿传来叫喊声。

这时有人做出应答，但难以听清。

“就说他没醒。随便说什么都行！这事交给你了。”他匆匆回到格雷厄姆身边。“您必须立刻穿上衣服，”他说，“您不能睡在这里，以后也不可能了。”

他急匆匆地离开了。格雷厄姆在他身后大声喊叫着提了几个问题，但是无人应答。过了一会儿，他又回来了。

“我不能告诉您发生了什么事。这件事太复杂了，没法解释，过一会儿您的衣服就做好了。没错，过一会儿。然后，我可以把您从这儿带走。用不了多久您就会弄清我们的麻烦。

“有关迷睡人的一些事，指的就是您。他们有某种怪念头，我不知道这是什么，一无所知。”

从远处混杂的模糊噪声的上空传来凄凉的铃声。这时，这个壮实的人突然一跃而起，蹦到屋角的一组装置前。他听了一会儿，注视着一只水晶球，点点头，然后含糊不清地吐出几个词，接着他走向那两个人消失在其中的那面墙。墙像一个门帘再次卷起，而他则伫立等待着。

格雷厄姆抬起手臂，吃惊地发现那些恢复剂为他增添了意想不到的活力。他将两条腿依次从卧榻一侧用力挺冲出去，不再有眩晕感。他简直不敢相信恢复得如此迅速，他坐着触摸着四肢。

那个长着亚麻色胡须的人从拱道再次进入。与此同时，电梯向下滑行，停在那个壮实的人面前，电梯箱内站着一个消瘦的、长着灰胡须的人，身着深绿色的紧身服装，手里提着一捆东西。

“这位是裁缝。”壮实的人打了一个介绍的手势说道，“您穿这种黑色衣服不合适。我不明白这儿怎么会有这种衣服，但是我会让您穿得得体的，我会的。您能尽量快点吗？”他对裁缝说。

身着绿衣服的裁缝欠了欠身，然后走到床前，在格雷厄姆身边坐下。他举止沉稳，眼睛里露出好奇的神色。“您会发现这款式已改过了，阁下。”他说着从眉毛下面瞥了那壮实的人一眼。

他麻利地打开那捆东西，顿时各种色彩鲜明的布料摊开在他的膝盖上，令人眼花缭乱。

“陛下，您生活在崇尚圆柱体的维多利亚时代。帽子的形状趋于半球形，圆形弧线始终不变。而现在——”他突然拿出一个大小和外观如同一只怀表的微小装置，然后旋动上面的球形把手，注视着一个身着白色衣服的小人儿映现在圆盘表面上。那小人儿走过去，再转回来，就像活动电影放映机上所见的那样。这时，裁缝突然拿起一段湖蓝色的缎料，说：“这就是我眼下的基本构想。”

那壮实的人走过来，挨着格雷厄姆的肩头站着。

“我们没有多少时间。”他说。

“相信我。”裁缝说，“我的机器随后就到。您看这怎么样？”

“你指什么？”这个从19世纪来的人问。

“在您那个时代，他们会拿时装样片给您看。”裁缝说，“但是这是我们当代的产物，瞧这儿。”这小人儿不断地重复着一系列动作造型，但是服饰各不相同。“再瞧这个”，随着“咔嗒”一响，又一个小人儿身着一种更宽松的服饰走到圆盘表面。裁缝的动作十分敏捷，就在做着以上这些事情的当儿，他的目光朝电梯方向瞥过两次。

又有声音响起来了，但这回是辘辘的声响。一个留着短发、毫无生气的男孩推着一台复杂的机器出现了。他具有典型的中国人的五官特征，身着浅蓝色的粗布衣。他将这台装有脚轮的机器推进房间，但未发出很大的声响。这一小巧的、像活动电影放映机似的装置一被卸下，格雷厄姆便被请到近前站好。裁缝低声地对那个短发男孩下达了一些指令，男孩用粗哑的声音做了应答。至于说了些什么，格雷厄姆没有察觉出。接下来，这男孩便到屋子的一角去干那没人看得懂的活，如同上演晦涩难懂的独角戏一般。而裁缝则从机器内拉出若干个有切口的臂状物，一端装有小圆盘，一直拉到这些圆盘平贴在格雷厄姆身上——肩胛骨、肘部、颈部等处各放一个。最终在他的躯干和四肢上放了大约四十个圆盘。与此同时，另外几个人乘电梯进入房间，站到了格雷厄姆身后。裁缝启动了机械装置，使机器内的部件产生响声微弱的律动。过了一会儿，他便开始向上敲打杠杆，然后取下格雷厄姆身上的所有圆盘。裁缝换掉了他身上穿的那件黑色外套。那个长着亚麻色胡须的人拿给他一小杯有某种提神作用的液体。杯的边缘映现出一个年轻人的苍白面孔，正以一种痴迷的神情注视着格雷厄姆。

那个体格壮实的人一直在屋里焦躁不安地踱来踱去，现在他转过身，穿过拱廊朝露台走去。从那里传来的喧嚣声仍然此起彼伏，强劲有力。那个短发男孩递给裁缝一卷微蓝的缎子，然后这俩人便开始把它固定在那机械装置上，其方式使人想起 19 世纪的印刷机。接下来，他们把装在省力、无噪声的轴上的这台机器推到屋子另一头偏远的角落。在那里，从墙上悬下一根捻成的粗绳，上面打着相当别致的结。他们用绳子将机器多处连接，于是这机器便充满活力地、敏捷地攀了上去。

“他们在那干什么？”格雷厄姆手持喝剩下的空杯，指着那些忙碌的人问，并试图表现出对那个新来者漠然的态度，“那是——某种安排——有组织的？”

“是的。”长着亚麻色胡须的人说。

“那是谁？”他指着对方身后的门厅。

那个身穿紫罗兰色衣服的人捋着小胡须，迟疑了一会儿，然后低声答道：“他是霍华德，是您的主要监护人。陛下，这有点儿难以解释。理事会任命了一个监护人和几个助手。这座宅邸一直是公用的，但是有某些限制性规定。为了使人们确信这一点，我们已经将门口用栅栏挡住了，以前从未这么做过。但是我想，如果您不介意的话，我会让他来解释。”

“奇怪，”格雷厄姆说，“监护人？理事会？”接下来他转过身面对着那个新来的人，低声问：“为什么这个人盯着我？他是催眠师吗？”

“什么催眠师，他是毛发切割师！”

“毛发切割师！”

“是的——主要人物之一。他的年薪为六打金币。”

这听起来完全是无稽之谈。他忐忑不安地听进去了这最后几个词。“六打金币？”他说。

“您没有金币吗？我想也是。您有旧英镑吧？金币是我们的货币单位。”

“但是你说的那是什么——是六打吗？”

“是的。六打，陛下。毫无疑问，一切——甚至连这些小东西——都已经改变了。您生活在十进位币制时代，也就是阿拉伯币制时代。以十的倍数来计数，没有什么东西是以百和千的倍数来计数的。而现在我们有了十一位数进位制。无论十还是十一，都可用一个数字来表示。一打可用一个两位数表示，十二打为一罗，也就是一百几十，十二罗为一多赞德，多赞德的倍数为一米里亚德。不是很简单吗？”

“我想是的，”格雷厄姆说，“但是关于这个毛发……怎么说来着？”

那个长着亚麻色胡须的人转过头扫了一眼。

“您的衣服到了！”他说。格雷厄姆猛然转过身，发现裁缝已近在眼前，面带微笑地捧着簇新的衣服。那个短发男孩毫不费力地推着那台结构复杂的机器朝电梯走去。格雷厄姆目不转睛地看着配齐的套装：“你是在开玩笑吧！”

“刚完工。”裁缝说。他把这些衣服扔在格雷厄姆脚边，朝那张格雷厄姆一直卧于其上的床走过去。他扔出那张半透明的垫子，然后将镜子向上翻起。当他这么做的时候，骤然响起的铃声将那壮实的男子召唤到屋角。那个长着亚麻色胡须的年轻人冲过来，然后沿着拱廊急步走了出去。

裁缝帮助格雷厄姆穿上深紫色的连衫裤、长袜、背心和短裤的套装。这时，那个壮汉从屋角折回，与那个从露台返回的亚麻色胡须的年轻人会合。他们开始急速地交谈，声音很低，但明显表现出不安的神态。裁缝在深紫色的连衫裤上又加了件做工复杂但看起来十分雅致的湖蓝色外衣，于是格雷厄姆的衣着又合乎时尚了。他从镜子中看到自己依然皮肤灰黄、毛发蓬乱，但是至少身体不再裸露了；而且在某种程度上显露出难以言表的、从未有过的优雅气质。

“我得修修脸。”他注视着镜子说。

“稍等片刻。”霍华德回答。

一直盯着格雷厄姆的那个年轻人此刻收回了目光，他闭上眼睛，继而又睁开，然后伸出一只瘦削的手，朝格雷厄姆走去。接着他止住脚步，用一只手慢慢地比画着，并环顾四周。

“搬张椅子来。”霍华德不耐烦地说。没过一会儿，那个长着亚麻色胡须的年轻人在格雷厄姆身后放了一张椅子。“请坐下。”霍华德说。格雷厄姆迟疑了一会儿，他看到那个怒气冲冲的人手中拿着闪光的剃刀。

“难道您不明白？陛下，”那个长着亚麻色胡须的年轻人欠周到地说，“他要给您理发。”

“啊呀！”格雷厄姆顿悟过来，情不自禁地叫了起来，“但是你先前称他为——”

“毛发切割师，没错！他是世界上最优秀的艺术家之一。”格雷厄姆猝然坐下。那个长着亚麻色胡须的人不见了。毛发切割师以优雅的姿势走上前来，先检查了格雷厄姆的耳朵，然后环视了他的左右前后，并摸摸他的后脑勺。若不是传来了霍华德不耐烦的声音，他本来是会坐下来再细细研究一番的。他立刻以矫捷的身手上下翻舞着器械，给格雷厄姆刮了下巴、剪了胡须并梳理了头发。他在连续作业的过程中一言不发，俨然一副灵感萌发的诗人心移神驰的模样。这一切刚结束，便有人递给格雷厄姆一双鞋。

突然，传来了响亮的声音，似乎发自屋角的一部机器：“立刻，立刻。全城的人都知道。迷睡正在被阻止。迷睡正在被阻止。刻不容缓，快来。”

这一叫声似乎使霍华德心绪极为烦乱。在格雷厄姆看来，霍华德的表情表明他正处于进退维谷的境地。突然，他朝屋角走过去。在那里有台装置闲置在一个透明球状物旁。就在这时，原先已减弱的喧嚣声又升腾起来，势如轰鸣的潮水，汹涌澎湃，然后又落下去，犹如退潮一般急速。这声音以其无可抗拒的魅力吸引着格雷厄姆。他扫了一眼那个壮汉，便在冲动的驱使下三步并作两步地沿楼梯跑到走道，随后又疾步跑到之前那三个人站立过的露台。

第五章
移动大道

格雷厄姆走到露台栏杆处，凭栏远眺。顷刻间，从下方开阔的空间传来一阵惊呼声和人流的涌动声。

首先映入眼帘的是摄人心魄的建筑。他看向呈弧形向两翼延展的巨大建筑的宽敞侧廊。侧廊上方，沿宽大扶壁斜架的飞梁气势恢宏。半透明的玻璃花饰窗格遮住了日光。透过穹顶肋架和金属网格照射进来的微弱光束，在硕大的球状灯弥散的灰白色彩中黯然失色。峡谷中悬浮着细如游丝的索桥，行人寥若晨星。空中纤细的绳索密布，宛如覆盖着蛛网。当他向上扫视时，觉察到有一座宏伟的建筑似悬崖般在上方伸出。它的背面灰暗而朦胧，与之相连的是一拱廊，其间有圆形拱门、露台、支墩、凸出的角楼、形形色色的宽大窗户，还有精细的建筑浮雕结构，上面纵横交错地镌刻着陌生文字题写的铭文。接近拱廊顶部，系着特别粗壮的绳索，沿峭壁垂到对面空地一侧的圆形洞口。就在格雷厄姆观察的时候，一个身着淡蓝色服饰的模糊、微小的人影引起了他的注意。这个人影在空地另一边的高处，紧挨着悬置在上方的垂花雕饰伫立着。这一雕饰从石造建筑的壁架上垂下，与肉眼难辨的绳索若即若离。突然这人沿峭壁冲了下来，像鸷鸟般猝然从天而降，令格雷厄姆魂飞魄散。随后那人便消失在峭壁一侧的圆形洞口内。当格雷厄姆还在仰视的时候，那人已经穿过那个山洞，出现在露台上。刚才的那一幕情景惊心动魄，令人难以置信，使他心有余悸，无心顾及其他。接下来，他发现了一条大道！正如他所知道的，这根本不能被称作大道。因为在 19 世纪时，公路和街道是在狭窄的人行道之间由涌动的车水马龙在静止的地上踏出来的路。但是这条三百英尺宽的大道在移动，只有位置最低的中间部分静止不动。他感到了眩惑，但瞬息之间就明白了。

露台下方这条非同寻常的大道急速地流动到格雷厄姆的右侧，像奔腾不息的水流，速度堪与 19 世纪的快速火车相比。放眼望去，犹如向远方延伸的移动平台。上面铺着横向搭接的狭长条板，条板间的空隙使之在街道拐弯处自行改变弧度。上面安放着座位，而且到处设有书报亭。大道移动很快，他难以看清上面可能有些什么。从这一最近处的、急速流动的平台上分流出来的一系列大道，汇集到下方的空地中央。每一支道都流向右侧，而且明显慢于上方的支道，但速度上的差别并不影响人们从一条大道跨到相邻的另一条大道。因此步行时可以从最快速的大道上不中断地转到静止不动的中间道上。中间道的另一边是一望无际的又一系列移动大道，正以不同的速度流向格雷厄姆左侧。形形色色的人川流不息，或登上那两条最宽、最快的大道群集而坐，或逐级而下在大道上跨来跨去，或聚集在中央场地。

“您绝不能停留在这里，”站在他一侧的霍华德突然高声叫了起来，“您必须立刻跟我进屋去。”

格雷厄姆没有作答。他在倾听，未注意到霍华德说了些什么。平台在流动，发出轰鸣声，人们在叫喊。他觉察到那是妇女和姑娘们。她们衣着艳丽，长发飘动，胸口嵌着十字饰带。在骚动的人群中，这些人最先吸引了格雷厄姆的注意力。接下来，他在那些五彩纷呈的服装中辨别出一种显眼的色调——淡蓝色，那正是和裁缝一起的那个男孩的衣服颜色。他渐渐地感知到了那些喊叫声的内容。“迷睡人，迷睡人怎么样？”突然间，眼前急速流动的平台好像溅上了人脸的那种米黄色，接下来色彩变得更加浓郁。他看到了许多手指在指点着什么。他发现，正对着露台的宽敞拱廊的中心处是静止不动的，上面密密麻麻地聚集着穿蓝色衣服的人群。某种冲突骤然迸发，人们似乎被从两侧推上移动大道，然后又不情愿地被运走。但是一旦他们的困惑超过了可忍受的限度，便会跳下来，再次返回冲突的起点。

“这是迷睡人，确实是迷睡人。”有人高声叫喊着。“那绝不是迷睡人。”另一些人叫喊着。越来越多的面孔转向他。沿着拱廊的中心向前，格雷厄姆不时地注意到敞开的洞口或深渊，那里显然是向下延伸的楼梯的顶端，人们由此进去。冲突似乎就集中在最接近他的那个入口处。人们乘着移动大道，敏捷地在大道上跳来跳去，源源不断地由此进入洞口。聚集在较高平台上的那些人似乎目标相悖，有人想进洞口，有人想上露台。几个壮实的小伙子身着鲜艳的红制服，正有条不紊地配合着，看来雇佣他们的目的是阻止人们进入这个下行楼梯。在他们周围迅速地聚集起一群人，他们的鲜艳服饰与其对手的淡蓝色服饰形成鲜明对照。他们的冲突愈演愈烈。

格雷厄姆目睹着这些，霍华德在一旁冲着他的耳朵叫喊着，摇晃着手臂。后来，不知何时霍华德离开了，只剩下他一个人伫立在那里。

他觉察到，叫喊“迷睡人”的声音愈发强劲，逐渐靠近的那座平台上的人正站起身来，而在他的右侧，那座正急速移动的平台却空无一人。远处，朝他左侧移动的平台聚集着人，很快便消失得无影无踪。一大群人以令人难以置信的速度在他眼前这块中心场地上聚集起来，密集的人群在晃动着，断断续续的呐喊逐渐变成震耳欲聋、不间断的喧嚣：“迷睡人！”“迷睡人！”叫嚷声，欢呼声，波涛起伏的斑斓服饰，还有“停止前进”的叫喊声。他们还在叫喊着另一个格雷厄姆不熟悉的名字。听起来像“奥斯特罗格”。在移动较缓慢的那些平台上聚集着充满活力的人群，他们逆流而行，为的是始终面对着他。

“停止前进。”他们喊着。头脑灵活的人快速地从平台中心跑到靠近他的快速大道上，但移动大道又将他们快速带走。他们叫喊着，听起来怪异而费解。接着，他们又歪歪斜斜地跑回到中央大道上。但是有一句话他辨别了出来：“这确实是迷睡人，这确实是迷睡人。”他们得到了证实。

格雷厄姆伫立在那儿一动不动。过了一会儿，他清晰地意识到，所有这一切都与他不无关系。他为自己如此受欢迎而感到欣喜，于是鞠躬以示感谢。而后，为了使远处的人看得更清楚，他选择了挥动手臂这一动作。对于由此而引发的强烈骚动，他瞠目结舌。在下行的楼梯四周发出的喧嚣声达到了鼎沸的程度。他觉察到了拥塞的露台、攀着绳索滑行的人，还有横空激荡的秋千。他听见了身后的说话声，有几个人正逐级而下穿过拱道。他突然意识到他的监护人霍华德又回来了。只见霍华德坐在车子里，痛苦地紧抓住手臂，叫喊着什么。

格雷厄姆转过身，霍华德的脸是苍白的。“过来，”他听见霍华德喊道，“他们会挡住去路。全城将处于一片混乱。”

格雷厄姆觉察出，在霍华德身后有几个人正沿矗立着蓝色柱子的过道匆匆走过来，那是长着红头发和蓄着亚麻色胡须的两个年轻人、一个身穿猩红色衣服的高个子，还有一群身穿红制服、手提棍棒的人，他们的脸上无一不露出急切的表情。

“把他带走。”霍华德喊道。

“但是，为什么？”格雷厄姆问道，“我不明白……”

“您必须跟我们走！”那个身穿猩红色衣服的人以坚定的语

气说。他的脸上和眼睛里流露出同样坚定的神色。

格雷厄姆的目光在这些人的脸上扫视着，刹那间，他体验到了人生中最令人讨厌的滋味——强人所难。有人抓住了他的手臂，他被抱着离开了。喧嚣声好像突然分成了两股，从这奇妙的大道上传来的叫喊声好像突然涌入了他身后那座宏大的建筑中。格雷厄姆感到惊诧、迷惑。他想要抗拒，但力不从心。他被半推半搡地领着走过矗立着蓝色柱子的过道。后来，他突然发现自己单独和霍华德待在向上疾驰的电梯里。

第六章
神像大厅

从裁缝躬身道别到格雷厄姆发现自己在电梯中，总共不到五分钟的时间。至此，跨越辽阔时空的迷睡留给他的是心头挥之不去的阴霾。在这一遥远的时代苏醒过来，他最先体会到一种全然陌生的感觉，所触及的任何事物都令他惊叹不已，一种非理性的意识油然而生，或更像现实与梦幻交融的某种感觉。他仍然处于超然中，像一个感到愕然的旁观者，平静而超然地活着，但并不投入和专注。在此之前，他所见到的，尤其是最后一次见到的喧嚣的人群，是以那露台为场景勾勒出来的，因而具有引人注目的特质，就像从戏院包厢中观看到的惊人事物。“我不明白，”他说，“当时是怎么了？我的头脑在旋转。他们为什么叫喊？有什么危险吗？”

“我们有属于自己的麻烦，”霍华德说，目光回避着格雷厄姆的诘问，“这是一个动荡的年代。而且事实上，与您的出现、您现在的苏醒，有某种联系……”

他说话的时候痉挛似的抽搐着，就像一个对呼吸力不从心的人一样。他戛然而止。

“我不明白。”格雷厄姆又说。

“以后会清楚的。”霍华德接着说道。

他不安地向上瞥了一眼，好像发现电梯的运行速度放慢了。

“我会明白的，毋庸置疑，在懂得一点人情世故以后。”格雷厄姆说，脸上露出苦苦思索的表情，“会的。这肯定是令人费解的。目前，一切都是那么的怪异。任何事情似乎都是可能的，甚至那些琐碎的事。我明白，你的看法肯定是不同的。”

电梯停住了，他们跨出电梯，进入一条两侧是高墙的狭长通道，沿此通道贯穿着数量惊人的管道和缆绳。

“好大的地方啊！”格雷厄姆说，“所有这一切都是在一个建筑物里吗？这是什么地方？”

“这是城市各种公共设施的通道之一。比如电灯线路。”

“可曾发生过社会性问题——就在那条大型通道处？你们是如何管理的？仍然有警察吗？”

“有几个。”霍华德答道。

“几个？”

“大约十四个。”

“我不明白。”

“可以理解。我们的社会结构对您来说似乎很复杂。老实说，我自己也弄不清楚。没有人能够明白，也许用不了多久，您会明白的。我们现在需要到理事会那儿去。”

这时吸引格雷厄姆注意的是那些他迫切需要探究的陌生事物，以及过道内和大厅内的那些人。不久，他的注意力就会集中在霍华德身上，以及他所做出的并非无懈可击的解答上。而后，在经历某些带给他强烈冲击的意外事件时，他可能会感到不知所措。沿着过道往前走，大厅内有一半的人身穿红色制服，但未见到在流动平台的走道中很多人穿的那种淡蓝色粗帆布衣。他们经过时，这些人总是盯着他看，并向他和霍华德致意。

他显然产生了一种进入一条长廊的幻象：一些姑娘正坐在低矮的座位上，好像在上课。他没看见有老师，只看到一台新颖的装置，他想象有一种声音从中传出来。姑娘们注意着他和他的向导，他自认为她们的目光中包含着好奇和惊异。他被催促着往前走，后来得出了明晰的结论：她们正在集会。他判断，她们认识霍华德但并不认识自己，而且她们急欲知道他是谁。看来，这个霍华德是个重要人物，而另一方面，他仅仅是格雷厄姆的监护人。这是不同寻常的。

接下来出现了一条沉浸在柔和微光中的通道。在通道内，一条人行道悬在半空中，因此，他所能见到的是在上面过往的行人的脚和踝关节，仅此而已。再往前走，他模糊地感觉到，应该是走进了一条狭长的走廊，还会偶遇一些路人。他们转过身诧异地看着由身穿红色制服的卫兵护送的他们两人。

他从服用的恢复剂中获得的刺激只是暂时的，很快就被这种过度的匆忙弄得筋疲力尽。他要求霍华德放慢步子。不久，他们上了一架电梯，这电梯没有临街的窗户，但是嵌着玻璃的窗子是关闭的。这些窗子太高，因而他看不到下面的流动平台，但是他看到了人们沿着缆绳，沿着怪异的、看起来并不坚实的屋脊在来回走动。

后来，他们越过街道，登上了一个宽阔的高地。他们借以过街的那座窄桥被人用玻璃封了起来，那玻璃明净得让人晕眩，以至难以从他的记忆中消退。就连桥面也是玻璃的。他记起位于纽奎和博斯卡斯尔之间的悬崖，它们在时空上是那样遥远，而在感觉上又是这么贴近。在他看来，它们就在那移动大道上方约四百英尺处。他停了下来，从两腿之间朝下看，看到了穿着红蓝两种服饰的人群。从上面直视，显得既小又矮的人们纷争着，面对着位于下方远处的那座小小的露台比画着。那是一座看起来像供观赏之用的小露台。在此之前，他一直伫立在那上面。周围的一切在薄雾和硕大的球状灯的眩光笼罩下显得朦胧模糊。这时，从小窄桥上方的某处掠过一只小小的网眼吊篮，它沿着缆绳飞速地下滑，坐在里面的人就像从高空跌落下去。格雷厄姆不由自主地停了下来，注视着吊篮中那个古怪的乘客消失在下方一个巨大的圆形洞口中。接下来，他的目光又转回到纷乱喧嚣的人群。

沿着一条速度较快的大道急速地冲过来一大群人，远远看去，就像由红色的斑点汇集而成，在接近露台处分解为离散的个体，然后涌下缓慢的大道朝聚集在中央场地上纷乱的人群进发。这些穿着红衣服的人配备着长短棍棒，而且不停地做着刺戳的动作。突然，叫嚷声、愤懑的呐喊声、刺耳的嘶叫声爆发出来，朝羸弱而瘦削的格雷厄姆涌来。

“往前走。”霍华德抓住他催促道。

又有一个人沿缆绳快速地滑了下去。格雷厄姆急忙朝上扫视，想看清他来自何处。透过玻璃屋顶和由缆绳及梁架交织而成的网状结构，他看到了一种正在有节奏地传动着的构造物，其外形犹如磨坊的簸扬机。从这构造物的空隙间隐约可见幽远而惨淡的天空。这时霍华德在后面推着，催促他往前走。过了桥，他进入一条装饰着几何图案的狭窄通道。

“我想多看看这儿。”格雷厄姆喊了起来，拒绝再往前走。

“不，这不行。”霍华德也高声叫道，仍然钳住他的手臂。

“这边走。您必须走这边。”那些跟在他们身后的身穿红衣服的人似乎很乐于执行他的命令。

这时，沿着通道走过来几个黑人，穿着像黄蜂样的黑黄两色制服，其中一个赶紧走上前来，向上推起一块滑动窗板——在格雷厄姆看来，它像一扇门——然后领着他们穿了过去。格雷厄姆发现自己进入了一条狭长的走廊，它从一个宽敞的大厅顶端伸出。身着黑黄色服饰的侍者穿过大厅，将另一扇滑动窗板向上推起，然后伫立迎候。

这地方看起来像来宾接待室。他看到有几个人站在大厅中心。

大厅另一端是与一段楼梯相连的一条门道，它宽阔而堂皇，悬挂着厚重的帷幕，但隐约可见在帷幕的另一侧有一个更宽敞的大厅。他感觉到，身穿红制服的白人和黑黄制服的黑人都拘谨地伫立在大门两侧。

当他们穿过长廊时，他听见下方传来窃窃私语："迷睡人。"他意识到了人头的攒动、评头论足的嗡嗡声。他们从接待大厅一侧进入一条小走道，接下来他发现自己已站在一座砂砾铺面的装有铁栏杆的长廊上。他透过重重帷幕看到的那座辉煌的大厅就在这座长廊的一侧。他从拐角处进入，恢宏的大厅内部一览无余。一个身穿黄蜂样服装的黑人恭顺地站在一侧，像训练有素的侍者。待格雷厄姆进入大厅，他便拉上了那扇活门。

与格雷厄姆所见过的其他地方相比，这第二座大厅看起来装饰得更加富丽堂皇。在大厅远端的一个基座上安放着一尊塑像，在辉煌的灯光照耀下显得光彩夺目。这是阿特拉斯神，强壮有力，双肩掮天。从未有过什么东西能令格雷厄姆如此心驰神往，展现的意境如此开阔、如此真实、如此白洁和质朴。除了这尊塑像和置于其中心的一个平台，还有宽敞、空旷的地板熠熠发光。大厅的恢宏更见这平台的幽远。如果不是因为有七个人站立在平台上一张桌子的四周，那么这平台看起来只会像一块金属板。反之，也正是这平台让人感觉到了大厅的广阔。站在桌边的人都穿着白色外衣，似乎就在一瞬间，他们都目不转睛地注视着格雷厄姆。在桌子的一端，格雷厄姆觉察到了一些机械设备在闪光。

霍华德领着他沿长廊的一端一直走到那座巨大的、耐人寻味的塑像前。一直跟随着他们进入长廊的那两个身穿红制服的人也跟到那里，分立在格雷厄姆两侧。

“您必须在这里待一会儿。”霍华德轻声说，而后，他没等回答，便沿着长廊匆匆走开了。

“但是，为什么？”格雷厄姆开始纳闷起来。

他挪动步子，好像要跟着霍华德去，但是发现他的去路被一个穿红制服的人挡住了。“您必须等在这里，陛下。”他说。

“为什么？”

“命令，陛下。”

“谁的命令？”

“我们的命令，陛下。”

“这是什么地方？”过了一会儿，格雷厄姆问，“那些人是谁？”

“他们是理事会成员，陛下。”

“什么理事会？”

“这个理事会。”

“唉！”格雷厄姆无奈地叹道。他对另一个穿红衣服的人也做了一次尝试，但同样徒劳。于是他走到栏杆前，凝视着远处的那些白衣人。他们也在驻足观察着他，而且交头接耳低声交谈着。

理事会？他注意到现在那里已经是八个人了，但是他未曾注意到那个后来者是怎么来的。他们未做出任何致意的手势，只是站在那儿注视着他，那情景就像19世纪时，一群人站在街上注视着从远处飘来的一颗气球。在这宽敞得令人叹为观止的大厅里，那一小群人聚集在那尊意味深长的白色阿特拉斯神像下，毫无“隔墙有耳”之虞，在这里可能召开什么会议呢？为什么要把他带来，然后怪异地观察他，并小声地议论他？这时霍华德在下面出现了，他快速地迈过有光泽的地板朝他们走去。走到近前时，他鞠了一躬，并做出一些奇怪的、显然具有礼貌性质的动作，接着，他登上平台的阶梯，站到了桌子一端的那台仪器旁。

显而易见，他们在进行交谈，但是格雷厄姆什么也听不见。他们中的某个人偶尔会向他瞥上一眼。他侧耳细听，但是枉然。其中有两个人讲话时的手势变得激动起来。他的目光从他们身上转向他们的随从……当他将目光转回去时，只见霍华德正伸出两只手，摇着头，就像一个抗议者。看来，他的话被一个拍击着桌子的人打断了。

在格雷厄姆看来，谈话将无止境地持续下去。于是他的目光从巨人塑像底座处——理事会成员就座的地方——移向了静默的阿特拉斯，最后朝大厅四周的墙壁浏览过去。那些墙壁装饰着上了漆的长条壁板，与日本的风格相似，其中许多都非常精美。镶嵌在深色金属框架内的这些精巧组合的壁板与长廊的金属女像柱和结构线浑然一体，相映成趣。嵌板的流畅线条使白色为基调的整体设计增色生辉。格雷厄姆的注意力又回到那个理事会的几个人身上。霍华德正从平台上逐级而下。他愈走愈近，当他的五官清晰可辨时，格雷厄姆发现他两颊绯红，气呼呼的。过了一会儿，当他沿着长廊重新出现时，仍然是一副黯然神伤的样子。

“这边走。”霍华德简短地说。于是他们默然地朝一扇小门走去。当他们走到近前时，门自动打开了。穿红色制服的那两个人伫立在门的两侧，霍华德和格雷厄姆走了进去。格雷厄姆回头瞥了一眼，看见那几个穿白衣服的理事会成员仍然聚在一起，并盯着他看。接下来，门在他身后“砰”的一声重重地关上了。自苏醒以来，这是他第一次置身于寂静之中，甚至脚踩在地板上都是无声响的。

霍华德打开了另一扇门。呈现在他们面前的是用白绿两色装点起来的两座毗连的大厅，他们走进其中一座。“那是什么理事会？”格雷厄姆开始发问，“他们在讨论什么？他们和我有什么关系？”霍华德小心翼翼地关上门，重重地叹了口气，接着又轻声说了些什么。他从大厅斜穿过去，转回来的时候又是一副气鼓鼓的样子。“嘿！”他咕哝着哼了一声，就像一个人感到宽慰时那样。

格雷厄姆站在那儿注视着他。

“您必须懂得，”霍华德出其不意地开了腔，但避开了格雷厄姆的眼光，“我们的社会结构很复杂，只言片语不足以说明问题，相反，还会造成误导。事实上，这在一定程度上是关于福利的问题。您的一笔巨款，以及您的表兄沃明留给您的财产，还有一些其他零碎东西，已经相当可观。而且，在其他方面您也会感到难以理解，您已经成为一个重要人物——具有相当地位的人——在世界事务方面。”

他停了下来。

“是吗？”格雷厄姆困惑地说。

“我们的社会问题很严重。”

“是吗？”

“现在情况已经变得很尴尬了，事实上，把您藏在这里是合适的。”

“把我当囚犯监禁起来！”格雷厄姆大声喊起来。

“不是，只是要您隐居起来。”

格雷厄姆转身对着他。“咄咄怪事！”他说。

“不会对您造成伤害的。”

“天知道！”

“您必须留在这里……”

“同时试着了解自己的处境，你是想这么说吧？”

“正是。”

“那好，开始介绍情况吧。你刚刚不是说到伤害吗？”

“不是现在。”

“为什么不呢？”

“说来话长，陛下。”

“我更有理由立刻就搞清楚。你说我是一个重要人物。我听到的叫喊声是怎么回事？为什么那么多的人会因为我不再迷睡而大声叫喊，而且兴奋异常，在那座宏大的会议厅里穿白色衣服的那些人是干什么的？”

“那正是适逢其时，陛下，”霍华德说，“但并无冒犯之意。这是人的灵魂骚动不安的一个时刻。您在苏醒，无人预料到您会苏醒。理事会正在磋商。”

“什么理事会？”

“就是您见到的那个理事会。”

格雷厄姆做了一个无礼的动作。“这不合理，”他说，“我应当被告知发生了什么。”

“您必须等待，实际上您必须等待。”

格雷厄姆突然坐了下来。“既然我已等待了如此长久才得以继续我的人生，我想我必须更有耐心些。”他说。

“那就好，”霍华德说，“是的，那就好。我必须把您单独留下，暂时的，在我参加理事会讨论期间。抱歉。”

他踌躇地朝那扇悄无声息的门走去，然后消失在门外。

格雷厄姆走到门前，试图打开它，但是发现它已被牢牢地闩住，怎么也打不开。他转过身，在屋里不安地踱步、兜圈，最后坐了下来。他两手抱臂、蹙着眉坐了一会儿，不停地啃咬着指甲，试图将意识恢复最初时刻的各种光怪陆离、纷乱杂陈的景象汇集起来：开阔的机械场地，串联的大厅和通道，怪异的喧嚣和纷乱，巨大的阿特拉斯神像和冷淡漠然的那群白衣人，霍华德的神秘。他猛地感觉到，在他的意识中留下的大量印记——也许他感知的方式并不适当——具有前所未有的意义和可能性。他能够做些什么呢？这与世隔绝的寂静最清楚不过地表明他已被监禁！

格雷厄姆坚定不移地相信，这一系列异乎寻常的感知是梦幻。他试图合上眼，而且他做到了，但是这一自古以来受到人们崇信的做法并未使他悟出什么。

不久，他意外地发现了两间小屋，于是开始触摸那些陌生的陈设，并四处翻看。

在一面椭圆形的镜子中，他看到了自己，于是惊愕地停住了脚步。他身着白色中略呈紫色和蓝色的服饰，灰白斑杂的胡须略加修饰。他的头发仍是黑色的，但已夹杂着缕缕灰白，前额上的发型是他不熟悉的，却梳理得十分雅致。他看起来四十五岁上下，一时间他竟没能认出自己。

他突然爆发出一种自我赞赏的笑声。“就这样去见沃明！”他呼喊起来，“而且让他带我外出用餐！”

接下来，他开始想象对昔日熟识的、为数不多的朋友做依次造访的情景。他在自娱自乐中意识到，那些他或许有可能与之逗趣的朋友早已不在人世。这一闪念突如其来地强烈震撼着他，他骤然停住，脸变得苍白，陷入惶恐之中。

那流动的平台、那条神奇的街道展示的开阔空间，在他那纷乱的记忆中又一次出现。人群的叫喊声是那样清晰、生动，还有那些在远处窃窃私语的、冷漠的白衣人。他感到自己是个微不足道的人，渺小而无能，充满着哀怨。周围的一切，整个世界，陌生而怪异。

第七章
身陷囹圄

现在，格雷厄姆正在这相互连通的几间屋子里继续查看。尽管他已十分疲惫，但好奇心使他无法安静下来。他觉察出，里屋的天花板很高，呈圆顶状，中央有一个圆形孔眼，屋顶与一个管道相通，里面似有一组木质叶片在旋转，显然是起到排风的作用。叶片悠然转动的细微嗡嗡声是这寂静中唯一清晰可辨的声音。格雷厄姆从旋转的叶片间隙中可以短暂地瞥见苍茫的夜色。他吃惊地捕捉到一颗星星。

这引起了他的注意：这些房间灯光明亮，因为沿屋顶檐板安装着不计其数的电灯，犹如繁星点点，放射出柔和的光芒。屋里没有窗户。他开始忆起他和霍华德穿过的那些宽阔大厅和通道，沿途他未发现任何窗户。这个时代是否有窗户呢？在那条街上确实有窗户，但是否是为了采光的需要呢？抑或整座城市永远是灯火通明的，因而根本就没有夜晚？

还有一个问题令他渐渐有所感悟。两个房间都没有壁炉，因为现在是夏季，还是因为这仅仅是个避暑寓所？或者整座城市的冷暖统一加以控制？这些疑问令他兴趣盎然，于是他开始研究墙壁的平滑质地、床的简单构造、卧室的巧妙设计——几乎完全省却了因日常用具安排不妥带来的不便与麻烦。令他感到好奇的是，一切都是那样的自然、质朴，全无刻意雕琢的痕迹和追求外形色调的唯美倾向，他从中获得了赏心悦目的享受。屋里有几把非常舒适的椅子，一张轻巧的桌子，桌脚装着活动自如的滑轮，桌面上放着几个装有液体的瓶子和杯子，还有两只盘子，里面盛着一种像果冻一样晶莹剔透的物质。后来，他又注意到屋里没有书，没有报纸，没有文具。“这个世界确实变了。”他自言自语道。

他注意到，外面一间屋子的一侧墙面上嵌着成对的圆柱石，上面镌刻着绿色文字，柱石的白色基调与整间屋子的装饰风格和谐一致。在这侧墙的中央装着一台设备，凸出于墙体之外，约一码见方，对着屋子的那一面洁白而光滑。设备前放着一把椅子。他瞬间闪过一个念头：这些圆柱可能是书，抑或是用以替代书的一种时新玩意儿，但是乍看起来，似乎不像。

圆柱石上面的文字令他费解，乍看起来像俄语，后来他注意到几个像英语的词，但意思支离破碎。在百般无奈之下，他勉强将“oi Man huwdbi Kin”理解为“可能成为国王的人”。“音标拼字法。”他自言自语道。他记得曾经读过一本以此为题的小说，接下来，他清晰地回忆起小说情节，那是世界最佳小说之一。但是正如他所理解的那样，现在他所面对的不是一本书。他揣摩出两块毗邻的圆柱石的名称：“阴暗的心”和“未来夫人”。这两个名称都是他闻所未闻的。如果它们确实是小说，那么毋庸置疑，它们是维多利亚时代之后的作家所著。

他苦苦思索着这块奇特的圆柱石，过了一会儿，将其放回原处。然后，他转向那台方形的设备，仔细地研究起来。他打开盖子，发现里面单独放着一块圆柱石。在上部边缘处有一个像电铃开关样的机件。他按下这机件，便立刻响起了“咔嗒”声，然后就停止了。他已察觉到了歌唱和乐曲的声音，并注意到了在那台设备的光滑面上有色彩在闪动。他突然意识到了这可能是什么东西，于是后退几步去观察它。

这会儿，在那光滑的平面上出现了一幅色彩鲜艳的微小画面，画面中的人在动。他们不仅在动，而且在交谈，声音虽小，但是非常清晰。这与倒拿着观剧小望远镜去看，或手持一根长管去听所产生的效果完全一样。这时画面上呈现出的情景立刻激起他盎然的情趣：一个男人来回踱着步，冲着一个漂亮但傲慢的妇人愤怒地大嚷大叫。两个人都穿着在格雷厄姆看来十分别致的服饰。“我已经干完了，”这男人说，“但是你一直在做什么呢？”

“唉！”格雷厄姆叹道，意识到自己几乎忘却了一切，然后颓然地在椅子上坐下。接下来的几分钟里，他听见自己被指名道姓，听见他们说到“当迷睡人醒来时”，他的名字已经被戏谑地作为笑柄，暗指“无尽期的延后”，而他本人则早已被忽略，被当作一种幽远的、不可思议的存在。但是不久，他便像亲密朋友般地理解了那两个人。

这一出微型戏剧终于结束了，那个装置的方形表面又恢复了空白。

这是一个他有可能体验到的陌生世界——放荡不羁、享乐至上、生机勃发、难以捉摸，也是一个物欲横流的可怕世界。在这个世界上存在着难以理解的引喻，暗示道德准则异化的偶发事件和浮华而暧昧的说教。在他对这座城市的世道常情的最初印象中，那种蓝色粗帆布占据了举足轻重的位置，它作为平民的服饰，反复映现在他的意识中。他毫不怀疑，那微型戏剧是当代的，其强烈的现实感是真真切切的，但是它的悲剧性结局使他感到压抑，他坐在那里凝视着那画面消失后留下的空白。

他感到愕然，揉搓着眼睛，难以置信。这个当今用以替代小说的奇特发明，令他如此沉醉，以至在这绿白两色装饰的房间里，他感悟到的惊诧已远非最初苏醒时的感觉可比。

他站起身，骤然又返回到自己的奇境中。像活动电影那样清晰的戏剧已荡然无存，意识中重现出纷乱喧嚣的开阔街道、白衣人难以捉摸的神情、迷睡方醒时眼前掠过的景象。记忆中的那些人曾经说到过这个理事会，而且隐约提到该理事会拥有无所不及的权力。他们曾提到迷睡人，但他当时沉浸在昏睡中，没有清晰的记忆，他必须回忆起他们究竟说了些什么。

他走进卧室，仰起头从木扇飞速旋转的间隙中看出去。伴随叶片掠过的嗡嗡声传来模糊不清的喧嚷，就像机器有节律的旋转发出的那种噪声。除此而外，一切都是寂静的。尽管寓所依旧灯火通明，如同沐浴在永恒的白昼的华光之中，但他已察觉出，旋转的叶片留下的那一小片忽明忽暗的天空已经变得暮色苍茫，几近黑色，唯有微小的星星在闪亮。

他继续在屋子里查看着，无法打开那扇装有衬垫的门，也找不到铃或其他可借以唤人的途径。惊叹之余，他感到无奈，但他生性好奇，急切地想探明究竟。他想知道如何有准备地去对付这些新鲜玩意儿。他试图安下心来等，直到有人来为止。不久，他就如坐针毡。没有信息，没有排遣，没有感官刺激，这一切令他感到骚动不安。

他回到另一个房间的那台设备前，不久便揣摩出更换这些圆柱石的方法来。当他试图这么做时突然想到，这种语言历经二百年依然清晰可辨，必定是借助了这些小装置加以固定的缘故。接着，从他随意换上的圆柱石中传出了一首幻想曲，起先听起来辉煌华丽，后来悠扬动听。不久，他辨别出这似乎是根据坦霍伊舍[1]传奇改编的乐曲。这曲子他不熟，但是表现手法显然是现实主义的，具有陌生的现代感。坦霍伊舍不曾去过维纳斯山[2]，而是去了享乐城。何为享乐城？无疑是一种梦幻，是某个想入非非、耽于声色的作家的幻想。

1 坦霍伊舍，13世纪德国武士及吟游诗人。

2 根据中古传说，维纳斯在此山洞中设有宫殿以吸引游客，使之流连忘返。

格雷厄姆变得愈益有情致，愈益好奇。随着乐曲的展开，这一传奇带上了不和谐的感伤情感。他顿时失去了热情，而且逐渐兴趣索然。

他有了厌恶感。没有深远的意境，没有理想主义的表现，只有浓郁的时代气息。他不需要这22世纪的维纳斯山，这首乐曲在19世纪的艺术中所起的作用，虽已在他的记忆中淡忘，但怀旧的情愫依然使他义愤填膺。他立起身，既气愤又羞愧，即使在孤寂中他也耻于见到这种玩意儿。他将这台机器拖了出来，情绪激动地试图找到阻止它继续出声的方法。突然，“啪”的一声，紫色的火花溅到了他的手臂上，他感到一阵灼痛，不由自主地抽搐了一下。接下来，这东西就悄然无声了。第二天，当他试图用另一对圆柱石去替换这些坦霍伊舍圆柱石时，发现这台机器已经爆裂。

他在屋子里转悠着，来回地踱步，记忆中各种印象纷乱杂陈。他根据这些圆柱石所做的推断与其亲眼所见大相径庭，这令他感到困惑不解。似乎最令他感到愕然的是，在三十年的人生中他竟从未试图对未来的岁月进行展望。“我们一直在创造着未来，”他自言自语道，“但我们当中几乎没有人费心去思考，我们正在创造着什么样的未来。未来就在我们眼前！”

他们已经进入何种时代？已经创造出了什么？我是如何置身于其中的？这宽敞的街道和房屋，原是我预料之中的，还有拥塞的人群，但是城市的世道常情却是如此迥异！富豪阶级竟然如此骄奢淫逸！

他想到了爱德华·贝拉米这位时代精英，他的《社会主义乌托邦》如此奇妙地预见到了这一现实体验。但是这儿没有理想国，没有社会主义国家。他所经历的世事足以使他认识到，有着悠远历史的对立、穷奢极欲和贫困潦倒，依然无处不在。对生活本质因素的了解足以使他明了这两方面的相互关联。城市高楼林立，街上人海如潮，但是在这宏大的场景中，他听见了不绝于耳的喧嚣，看到了霍华德的忐忑不安，而且感受到了怨声载道的气氛。他身在何国？似乎仍在英国，然而却有“非英国的”陌生感。他的脑海中掠过一个又一个国家，但映现出来的只是神秘不可测的帷幕。

他在寓所中徘徊，就像笼中的野兽在查看四周。他感到疲惫，感到那种热病样的亢奋引起的衰竭。他站在通风装置下方，侧耳倾听了好一会儿，试图捕捉到远处喧嚣的回响声。他揣测全城仍处在纷乱之中。

他开始自言自语。“二百零三年！”他一遍又一遍地重复着，而且痴痴地笑出声来。“那么我现在就是二百三十三岁！年龄最大的居民。想必他们还没有逆转时代的潮流回到最古老的统治时期。我的权利是无可争辩的。”他含糊不清地咕哝着，“我记得保加利亚的暴行仿佛就在昨天。这是一个伟大的时代！哈哈！”最初他吃惊地发现自己在笑，后来他故意笑起来，而且笑得很响亮。此后他意识到自己的行为很愚蠢。于是他对自己说：“镇定，镇定！”

他的踱步逐渐趋于正常。“这个新世界，”他自言自语道，“我弄不明白。为什么……但是这都是为什么？”

“我猜想他们现在能够飞翔而且还能够做各种各样奇妙的事情，让我试试看，回忆一下这究竟是怎么开始的。”

最初，他吃惊地发现，他对自己第一个三十年的记忆已经变得多么模糊。他忆起了一些支离破碎的往事，但多半是平庸琐细的片段，他未从记忆中搜寻到任何具有举足轻重意义的东西。他对童年的回忆似乎并不难，最初忆起了教科书和测量课，后来记忆中重现出那些生活中更具特征的人和事：早已亡故的妻子——她的神奇魅力已不复存在，留在记忆中的只有她伤风败俗的丑行；他的对手、朋友和背叛者；仓促做出的种种抉择，还有最后几年的痛苦和优柔寡断；最后是奋发钻研。不久他便觉察到，所有这一切又重现在记忆中，也许暗淡而无光泽，犹如因长年闲置而锈蚀的金属，但并未缺损或毁坏，仍然可以亮泽如初。但是它的色调因年久日深的痛苦而变得愈益浓重，还值得使它亮泽如初吗？他已经从无法承受的生活中奇迹般地解脱出来。

他又回到了眼前的处境中。他竭力想撞开这记忆之门，但徒劳无功，它就像解不开的死结，紧紧地缠绕起来。他透过通风装置看到了晨曦微露的天空。这时，从记忆的幽深处传来耳熟的劝慰。“我必须睡觉。”他自言自语道。看起来，随着精神上的忧伤和四肢的疼痛及滞重感的缓解，他变得轻松些了。他走到那张奇特的小床前躺下，不久便睡着了。

在离开这里前，他对这几间屋子已了如指掌，这是必然的，因为他已被囚禁在此三天了。在此期间，除了霍华德，无人进入过这座囚室。他的幸存是奇迹，他醒悟到，似乎只有活着的人才有可能被强行掠走，置于这无可解释的孤寂中。霍华德时常来，每次都会带来有奇妙滋补功效的营养液和格雷厄姆从未见过的各种清淡可口的食品。他进来时总是小心翼翼地把门关上，在琐细小事上越发显得谦和有礼，可一旦触及重大问题，他便讳莫如深。尽管他们显然常常为此争得面红耳赤，以至隔音板外面的人都能听见他们的争论。凡是涉及外界状况的问题，霍华德一概回避，但尽可能做到不失礼貌。

那三天中，格雷厄姆思绪万千，浮想联翩。他目睹的一切，以及为阻止他醒来而做的精心安排，都交织在他的脑海中。对自己身陷囹圄的处境，他几乎琢磨了每一种可能的、合乎情理的解释。凭借这种离群索居的思索，格雷厄姆对接下来会发生什么已经确定无疑。当释放他的时刻终于来临时，他显得泰然自若。

霍华德的举止过于造作，使得格雷厄姆觉得他是个重要人物。随着他的到来，那扇门打开后又关上，似乎随之也带进了关于重大变故的信息。格雷厄姆的质询变得更明确，也更细致，霍华德在抗议和异议中向后退避。他不断地重复着，这苏醒是始料未及的，适逢社会动乱。

“要解释这个问题，我得给您讲一罗半年，也就是二百一十六年的历史。”霍华德抗议道。

“问题是，”格雷厄姆说，“你害怕我会有什么举动。在某种意义上讲，我是仲裁人——我可能是仲裁人。”

“不是那么回事。我可能讲了很多遍，您很有钱，财产已自动增值，此外您很可能掌握着干预权。在某些其他方面，您确实有影响力，就凭您那 18 世纪的观念。”

“19 世纪。”格雷厄姆纠正道。

“不管什么观念，总之是一种陈旧的传统观念，尽管您对我们国家的一切特征一无所知。”

“难道我是傻瓜？”

“当然不是。”

“我是那种看起来有可能鲁莽行事的人吗？”

“您从来就没有被期望做什么，没有人指望您会苏醒，人们做梦也不会想到您会醒过来。理事会将您安置在无菌环境中，事实上我们认为您已经死了，只是没有腐烂。而且情况太复杂了，我们不敢在您半睡半醒时贸然行事。”

“这不合常理，”格雷厄姆说，“假设像你所说的那样，为什么不日夜给我灌输实情和忠告，以及当代的所有知识，以便让我胜任我的职责呢？我已经醒了两天了，本应比两天前知道得更多。”

霍华德咬着下唇。

“随着时间的推移，我越发清楚地感觉到，我受到了蒙蔽，而你正是这一处心积虑计划的执行人。这个理事会或其他什么团体，不管他们是谁，正在伪造我的资产账户，是这样吗？”

“多疑论调。”霍华德说。

“哼！”格雷厄姆说，“现在，你注意听着，算那些把我弄到这儿来的人倒霉。是的，我现在活着，毫无疑问，我活着，我的脉搏一天比一天跳动得更强劲有力，而且我的头脑也更清醒，更活跃。休眠已告结束，我是一个重新恢复生机的人，我想活得精彩……”

“活得精彩！”

霍华德有了主意，顿时喜形于色，于是他朝格雷厄姆走过去，用一种从容的、推心置腹的语气说起来。

“理事会把您藏在这里是为您好。您感到烦躁不安，这是很自然的，您是一个精力充沛的人！您发现这儿索然无味，但是我们也并不轻松，我们已经考虑到了您可能需要的一切，每一种需要，各种需要……您可能有某种需要。您需要有人陪伴吗？任何一类人。”

他意味深长地就此打住。“是的，”格雷厄姆若有所思地说，“需要。”

“啊！这就对了！我们忽略了。”

“我需要和那边街上的那群人在一起。”

“这个……”霍华德嗫嚅地说，“恐怕……但是……”

格雷厄姆开始在屋里踱起步来。霍华德立在门边注视着。霍华德所提建议的含义显然未被格雷厄姆完全理解。假如接受这一提议，那么要求哪一类人陪伴呢？那种纷乱、在他清醒时突然强烈爆发出来的喧嚷，是否有可能通过与这个陪伴者的交谈略见端倪呢？他又陷入冥思苦想中。这一提议可行，于是他突然转向霍华德。

“你说的‘陪伴’是什么意思？”

“人。”霍华德扬起眉、耸耸肩说道，表情沉重的脸上露出好奇的笑容。

“与您那个时代相比，也许我们的社会观念有了一定程度的开放。比如说如果一个男人希望通过与女性的交往，排解像这样的冗长乏味，我们不认为这是什么丑行。我们已经从思想中清除了陈旧观念。在我们这座城市有这样一类人，服务于人类基本的生理需要，不再遭受鄙视……”

格雷厄姆愣住了。

“这有助于打发时间，”霍华德说，“这是一件我本该早就想到的事，但实际上，发生了如此之多的事情……”

他指的是外部世界。

格雷厄姆踌躇着。刹那间，他突然臆想出一个可能与之为伴的女性形象，她的绰约风姿令他倾倒。他勃然大怒。

“不！”他嚷了起来。

他开始迈着大步在屋里快速地走来走去。

“你所说的一切，以及你所做的一切使我确信，我与某一重要问题有牵连。我不想按照你说的方式打发时间。是的，我知道。从某种意义上讲，耽于声色就是醉生梦死！毁灭！在我迷睡前的人生中，我就已经找到了那个可鄙的问题的答案。我不会重蹈覆辙。现在，有了一座城市、一大群人，而我在这里却如笼中之鸟，插翅难飞。”

他怒气冲天，以至有一阵子连话也说不出来，此后，他开始挥舞攥紧的拳头，任凭怒气宣泄，口无遮拦地骂着已非通用的脏话。他的动作具有一定的攻击性。

“我不知道你们那伙人可能是谁。我被蒙在鼓里，你们瞒着我。但我知道，我被隔绝在此不是出于善意。我警告你，我警告你由此而引起的后果。一旦我重掌权力……”

他意识到以这种方式进行威胁可能给自己造成危险，于是平静了下来。霍华德伫立着，脸上露出奇怪的表情。

“我认为这是向理事会传达的信息。”霍华德说。

瞬息之间，格雷厄姆产生一种冲动，他恨不得向这个人扑上去，将他击倒在地或打晕。这种冲动肯定已经表露在脸上。不管怎样，霍华德的动作极为敏捷，刹那间，那扇无声的门又关上了，于是来自 19 世纪的这个人又孑然一身。

他僵直地站了一会儿，攥紧的双手半举着，然后又愤然挥下。“我是多么愚蠢啊！”他脱口而出，接着又情不自禁地发起怒来，他在屋里用力地跺着脚并高声地咒骂着。他使自己长时间处于一种暴怒的亢奋中，发疯似的诅咒他的处境和愚蠢，还有那些监禁他的恶棍。他如此狂怒，因为他不愿淡然地对待自己的境遇。他将“怒火”视为救命稻草，紧抓不放，因为他害怕“恐惧”。

不久，他发现自己在自圆其说。这一监禁是不可思议的，但是毋庸置疑，它得到了法律机构——当今新法律机构——的认可。当然，它肯定是合法的。这些人在文明的进程中，比维多利亚女王时代的人前进了二百年。他们理应更加人道，然而他们已清除了思想上的陈规旧习！难道人道除了是一种节操也是一种陋习吗？

他展开了丰富的想象，以便从中获得可能被如何对待的启示。他的理智试图摒弃这些启示，尽管它们多半是合乎逻辑的，但是枉然。“为什么非得对付我不可？”他百思不得其解。

“倘若结局糟到无以复加，”他终于听见了自己的心声，“我可以放弃他们想要的任何东西。但是他们究竟想要得到什么呢？他们为何不对我直接提出要求，而要把我关起来呢？”

他又回到了先前令他思虑的问题：理事会潜在的意图。他开始重新审视霍华德的行为细节：不祥的目光，莫名的踌躇。接下来，从这儿逃走的念头一度盘旋在他脑海中，但是在这个广袤却拥塞的世界中，他能逃向何方？他可能贫困潦倒，比栖身于19世纪伦敦一个受命运摆布的撒克逊自耕农更贫困。再说，如何才能逃离此地呢？

如果我受到伤害，会有人从中受益吗？

他想到了那纷乱的场面，想到了社会的大动荡，他莫名其妙地成了这动荡的中心。这时，在他记忆的幽深处浮现出某一个团体曾经引为经典的一句话，虽并非完全贴切，却发人深省：

“为多数人的利益而牺牲个人是我们的权宜之策。”

第八章

铤而走险

里屋圆形孔眼中的风扇在旋转，透过叶片的间隙洒下斑驳的夜色，也飘进了微弱的声响。格雷厄姆伫立在风扇之下，内心正与那些监禁他的未知的权势者进行较量，尽管获胜的希望渺茫，但是他从容地发起挑战。这时，突然有说话声传来，他不禁大吃一惊。

他仰起头察看，从叶片旋转的间隙中窥见了灰暗色，那是一个人的面孔和肩部，正向下注视着。当一只黝黑的手向下伸出时，急速旋转的风扇立刻击中了它，风扇骤然回旋，薄薄的叶片边缘顿时喷上了一小块棕色。旋即，有东西从上面落到地板上，悄然无声地滴着。格雷厄姆低头看去，只见脚边血迹斑斑。他异常兴奋地又仰起头，那人影已不复存在。

他依然一动不动，每一个感官都专注着那片明灭无常的黑暗，户外的夜空高远而莫测。他意识到一些模糊不清的深色斑点正轻快地掠过外面的空间。它们间歇地旋转着朝他俯冲过来，然后绕过一侧，从风扇中直冲出去。深色斑点闪烁着白光，忽隐忽现，摇曳不定，接下来又恢复了黑暗。尽管他感到了温暖，犹如春风拂面，但他还是察觉到近在咫尺的地方正下着雪。

格雷厄姆穿过屋子，返回到通风装置处。他看见了一个人的头在附近晃过，并且听见了轻声低语。接下来，就是在某种金属物质上猛烈敲击的声响、用力声和说话声交织在一起，接着风扇停止了旋转。突然，一阵雪花飞旋着卷入屋子，但尚未落到地板上便消失得无影无踪。“别怕。”一个声音回响在耳际。

格雷厄姆站立在风扇下。“你是谁？”他轻声问道。

瞬息之间，除了风扇的摆动，什么声响也听不见了。接下来，从通风装置的开口处小心谨慎地探进一个人的头。这张脸在格雷厄姆看来几乎是上下颠倒的，深色头发因雪花消融而变得湿漉漉的。他的一只手臂在黑暗中向上抬起，似乎正举着什么。那张脸充满活力，一对眸子在黑暗中显得格外明亮。他的前额青筋隆起，看来他正竭力保持身体的平衡。

他们对视了几秒钟，彼此都没说话。

“您是迷睡人？”这陌生人终于开口了。

“是的，”格雷厄姆答道，“你要我做什么？”

“我从奥斯特罗格那儿来，陛下。”

“奥斯特罗格？”

通风装置中的那人扭过头，侧面朝着格雷厄姆，看起来在侧耳细听。突然，传来一声猝不及防的惊叫，这贸然闯入的人迅速向后一挪，恰好避开掠过的叶片。当格雷厄姆向上细看时，什么也看不见，只有纷纷扬扬落下的雪花。

也许过不了多久还会有东西回到通风装置处，但是最终传来的依旧是金属撞击的刺耳声。风扇停止了转动，那张脸又出现了。格雷厄姆始终警觉而兴奋地待在原处。

“你是谁？你想要干什么？”他问道。

“我们想和您谈谈，陛下。”陌生的闯入者回答。

“我们想……我握不住这东西。这三天来我们一直在设法与您联系。”

“是要救我吗？”格雷厄姆轻声问，“逃跑？”

“正是，陛下。如果您愿意的话。”

“你是我的支持者，迷睡人的支持者吗？”

“是的，陛下。”

“我该做什么呢？”格雷厄姆问。

这时，传来了一阵奋力攀登的声音。最先出现的是这陌生人的手臂，他的手正在流血。接下来，他跪伏在通道的边缘。“请您站开！”他要求道，然后双手向下，沉甸甸地落了下来。他的两手撑地，一只肩膀紧挨着格雷厄姆的脚。通风装置又开始启动，发出旋转的噪声。陌生人翻过身，然后灵活地一跃而起。他气喘吁吁地站在那儿，手扶着擦伤的肩部，一对明眸凝视着格雷厄姆。

“您确实是迷睡人，”他说，“我曾见过您入睡的模样。那时，法律规定任何人都能够探望您。”

“我就是那个曾经处于迷睡状态的人，”格雷厄姆说，“他们将我囚禁在此。自从我醒来就一直在这儿……至少三天了。”

闯入者似乎刚要开口，便听到了某种动静，于是迅疾地扫了一眼那扇门，接着突然离开格雷厄姆，朝门的方向跑去。只听见他高声地说出几个词，虽然说得很快，但意思并不连贯。他的手里握着一块寒光闪闪的钢楔子。他开始轻轻地敲击，铰链处传出一连串急速的叩击声。“当心！”一个声音喊道。“啊呀！”这声音来自上方。

格雷厄姆向上扫视，看见两只脚从上面垂下来，紧接着他的肩部被一只脚掌重击了一下。他身体前倾跪在地上，这重物就落在他头上。他跪立起来，看见又一个来自上面的人坐在他面前。

“我没看见您，陛下。”这人气喘吁吁地说。他立起身搀扶着格雷厄姆站起来。“您伤着了吗？阁下。”他喘着粗气说。通风装置上开始传来一连串重重的敲击声，接着，有样东西紧挨着格雷厄姆的脸落下来。只见一块不停抖动着的白色金属触及地面后跳动了几下，便翻倒下来，平贴在地面上。

“这是什么？”格雷厄姆喊道，困惑地看着通风装置，“你是谁？你打算做什么？请记住，我可是什么也不懂。”

“往后站。”陌生人说，接着把他从通风装置下拉过来，这时又一块金属碎片重重地砸到地板上。

“我们希望您跟我们走，陛下。”这新来者喘着粗气说。格雷厄姆又扫了他一眼，看见他的前额上那道刚留下的伤口已经由白变红，而且两小滴血正从那儿渗出来。“您的臣民正在呼唤您。”

“到哪儿去？我的臣民？”

“到市场附近的那座大厦去。我们有侦探，刚刚获悉您在这里有生命危险，但还来得及。理事会已经决定，就在今天，不是让您吸毒上瘾，就是杀了您。一切已经准备就绪。您的臣民已经武装起来，那些见风使舵的警察、技师和市镇间各种机动车辆的司机都是我们的人。我们的人已经聚集在那座大厦，群情激昂，整座城市都在强烈反对理事会。我们有武装。”他用手抹去额头上的血，“您的生命不值得耗费在这儿……”

“但是，为什么要动武呢？”

“臣民拿起武器是为了保护您，陛下。有什么不对吗？”

这时传来了嘘嘘声，他立刻转过身，只见第一个从房顶上下来的人正示意他们安静。格雷厄姆看见第二个陌生人急忙向后退缩，并示意他们藏起来，然后向门边挪去，好像要藏在徐徐开启的门后。

他刚在门后站定，霍华德便出现了，手上托着一只小茶盘，那张臃肿的脸神情沮丧。霍华德突然一惊，仰起了头。这时，他身后的门“砰”的一声关上了，那只托盘突然歪向一侧，钢楔在他耳后猛地一击。他扑倒在地，就像被砍倒的树一般横卧在外间的地板上。出手的人急忙俯下身去，细细地看了一会儿他那张脸，然后直起身，回到门边继续观察。

“喝点酒吧！”格雷厄姆的耳际响起了一个声音。

接下来，他突然置身于黑暗之中。檐板上原来亮着的不计其数的灯已经熄灭了，格雷厄姆看见幽灵般的雪花在通风装置孔眼上方打旋，模糊不清的人影在急速地晃动，风扇边跪伏着三个人。一种黑乎乎的东西——一架梯子——正从孔眼中放下来，接着，出现了一只手，提着一盏忽明忽暗的黄灯。

他犹豫了片刻，但是这些人的礼貌、矫捷和得体的言辞缓解了他对理事会的恐惧，并激起了他的信念和逃生的希望，于是他不再迟疑了。再说，他的臣民在等待着他！

“我不知道怎么做，”他说，“我希望你们告诉我该做什么。”

前额有伤的那个人紧紧抓住格雷厄姆的手臂。

“沿这梯子爬上去，”他轻轻地说，“快，他们听得见……”

格雷厄姆伸出双手去摸索梯子，接着用脚踩住下方的横档，这时他转过头，越过身边这人的肩头，在摇曳不定的黄光中，看见那第一个陌生人两脚叉开俯视着霍华德，并不时地注意那扇门的动静。格雷厄姆转过头接着爬，身后的护送人不断地催促着，他终于在上面那些人的帮助下登了上去。他站在通风管道外的既硬又冷而且十分光滑的东西上。他打了一个寒战，感觉到了巨大的温差。在他四周站着六个人，纷纷扬扬的雪花一触及他们的手和脸便融化了。刹那间，周围伸手不见五指，紧接着，一道紫白色的光划破夜空，快如闪电，令人毛骨悚然，接下来又是一片漆黑。

他站在屋顶上，恢宏的城市建筑一览无余，维多利亚时代伦敦的那种宅院、街道和空地浑然一体的景象已荡然无存。他站立的地方是一个平台，上面横卧着像蛇一般盘绕的粗大电缆，蜿蜒曲折地伸向四面八方。透过夜幕和雪帘，模糊而庞大的风车圆轮赫然耸立，发出吱吱嘎嘎的各种巨响。围绕着风车旋转的雪花被下方袭来的白光抹上一层光华，但转瞬即逝，就像夜色中忽隐忽现的幽灵。无论是近前还是远方，或是低洼之处，到处都是风力驱动的机械，夜色中仅见朦胧的轮廓和那些明灭不定的灰白色火花。

他欣赏着眼前支离破碎的景象，四周聚集着来救助他的人。这时有人给他披上了一件厚厚的斗篷，有柔软的皮毛质感，并用金属扣饰的带子在其腰和肩部束紧。他们对情况做了简要而明确的说明，此后，他又被迫上路了。

没等他理清头绪，便有一个灰暗的人影拽住了他的手臂。“这边走。”那人说道，声音中包含催促他快走的暗示。他指引格雷厄姆越过屋顶的平台，朝远处迷蒙的圆形光亮处走去。一路上，格雷厄姆都在留心观察着。

“当心！”当格雷厄姆绊住一根电缆时，一个声音告诫他，“我们得抓紧时间。”

“我的臣民在哪儿？”格雷厄姆问，“你不是说臣民在等着我吗？”

陌生人没有应声。当路越走越窄时，他松开了格雷厄姆的手臂，大步流星地在前面领路。格雷厄姆在后面盲目地跟着。没过一会儿，他就发现自己已经跑起来了。“其他人跟上来了吗？”他喘着粗气问，但是没有人应答。他的同伴向后扫了一眼，继续向前跑。横亘在前方的是一条露天的金属通道。他们转向路的一侧，沿着通道继续向前走。格雷厄姆回头看去，只见暴风雪已经湮没了其他人的踪迹。

“跟上！”向导催促道。他们又继续跑了起来，这时，他们距离一座正在高空旋转的小风车越来越近。“俯下身。”向导提醒格雷厄姆。他们弯下腰，避开飞速旋转的翼板，在轰鸣声中跑向风车转轴的下方。“这边走！”他们进入一排水沟，里面积着齐踝深的融雪，两侧是低矮的金属墙，再往前走墙体上升到齐腰的高度，“我先走。”向导说。格雷厄姆拢紧斗篷，紧随其后。突然面前出现了一条狭窄的沟壑，向导纵身一跃便消失在对面白雪纷飞的黑暗中。格雷厄姆胆战心惊地从边上向下瞥了一眼，这沟壑黑洞洞的，深不可测。霎时，他对从那儿逃出来后悔不迭。他没有勇气再去窥视。在未完全融解的雪中跋涉时，他感到了晕眩。他们终于艰难地从排水沟中爬了上来，匆匆越过了一片平坦的开阔地。这片空地被正在消融的雪浸透，隐约呈半透明状，似有无数盏灯在下面来回晃动。走在这种不稳定的地面上，他感到踌躇，但是向导毫不理会地径直向前跑着，这时，前方出现一个巨大的玻璃穹顶。他们从滑溜的阶梯攀上去，然后沿着它的边缘绕行。从高高的穹顶看下去，一些人似乎正在翩翩起舞，悠扬的乐曲声依稀可辨。格雷厄姆似乎在暴风雪中听到了喧嚣声，而向导却心急火燎地催促他。他们气喘吁吁地登上了一块林立着巨大风车的场地。这些风车如此庞大，以至倏然入目的只有翼板的下端，飞速掠过的翼板旋即消失在风雪弥漫的浓重夜色之中。他们穿过风车支柱间硕大的窗花格，最终到达一处颇似格雷厄姆从露台上看到的流动平台的上方。他们从这移动大道上空的透明罩上爬过去。罩上积着雪，既陡又滑，他们只得匍匐前进。

透过沾湿的玻璃，格雷厄姆看到的只是雾蒙蒙的轮廓。但是在透明罩顶的斜面附近，玻璃是明净的，他情不自禁地匍匐着直视下方。尽管向导不停地催促，但是一阵眩晕使他难以自持，他感到恶心和瘫软，不得不摊开四肢趴在玻璃上。从高处往下看，在永恒的白昼中，不眠之城的居民熙熙攘攘，犹如快速移动的斑斑点点，移动大道继续着永不间断的旅行。信使们和其他公务人员攀着垂下的缆绳在空中疾速移动，晃晃悠悠的高架桥上聚集着人群。在格雷厄姆看来，这就像置身于一只巨大的玻璃蜂箱之外，凝视着密集的蜂群，支撑着他体重的只是一种厚度不明、不易断裂的玻璃，整条街道明亮而温馨。格雷厄姆身下的雪正在融化，他全身湿透，双脚冻僵，一时间连动也不能动了。

“跟上！”向导喊道，声音中带着恐惧，“跟上！”

格雷厄姆竭尽全力爬到了罩顶的斜面上。

到达脊顶后，他仿效向导，调转方向，沿另一面斜坡反方向下滑。在雪花四溅的疾速滑行中他曾想到，万一斜坡上出现裂缝，后果将会如何？滑到边缘处，他踉跄着在齐踝深的湿软冰雪中站起来，谢天谢地，脚下又有了不透光的立足之地。他的向导已翻过一块金属隔板，登上一块平坦的开阔地。

透过悠悠飘落的雪花，隐约可见的又是一长列巨大的风车。突然，旋转的轮子发出的沉闷轰响被震耳欲聋的声音打破。这是一种机械发出的极其刺耳的声音，似乎从四面八方同时袭来。

“他们没击中目标。”格雷厄姆的向导心有余悸地说。话音未落，炫目的光一闪，黑暗变成了白昼。

在纷飞的大雪之上，从风车的顶端伸出无数巨大的桅杆，上面高悬着球状灯，放射出白色的光芒。接着，一望无际的桅杆向四面八方隐去，一直到风雪中目力所及之处，眩光仍然依稀可辨。

“上去！”格雷厄姆的护送人喊着，并把他推上了一个长条状的金属格栅。它不停地运转着，就像雪地断裂后形成的两个斜坡之间的一条传送带。从格栅中冒出的缓缓涡动的蒸汽使格雷厄姆麻木的双脚逐渐恢复了知觉。

“跟上！”距他十码远的向导喊道。他没有停下来等格雷厄姆，而是快速地穿过炫目的白光，朝又一长列风车的铁支架跑去。从惊诧中恢复过来的格雷厄姆紧追不舍，因为他确信危险迫在眉睫，随时有可能被抓获。

转眼间，他们已经置身于一个窗花格中。在怪兽般的风轮下方移动的杆状物使眩光和黑影交织的窗花格看起来斑驳迷离。格雷厄姆的护送人继续向前跑了一会儿，突然向一侧冲过去，消失在一个巨大支架的底座一角。过了一会儿，格雷厄姆也来到了他身边。

他们蜷缩着，气喘吁吁，不时地朝外张望。

格雷厄姆看到的景象十分古怪离奇。雪几乎停了，唯有姗姗来迟的零星雪花偶尔飘过。眼前宽广无垠的平原一片雪白、阴森可怖，唯一的点缀便是硕大的雪堆，奇形怪状的、游动着的浓重阴影，大而笨拙的泰坦巨人状幻象。在他们的周围，巨大的金属框架和铁梁纵横交错，其规模之宏大在格雷厄姆看来非人工之所为。几乎处于静歇状的风轮又开始转动起来，其边缘呈曲线状掠过，发出耀眼的闪光，接下来越转越快，映入眼帘的只是迷蒙的光亮。雪亮的灯光所及之处到处都是不知疲倦的传送带的身影，它肩负着沉重的横梁和桁条，登上高处，消失在黑暗中，而后又转回来，只是偶尔停下来喘息一会儿。尽管这一白雪皑皑的、荒凉的机械工地充满了旺盛的活力，受到无处不在的目的和意向的驱动，但是看起来荒无人烟，就像阿尔卑斯山雪原中那些难以进入的地方，荒芜孤寂，人迹罕见。

“他们会一直追踪我们，”领路人喊道，“我们几乎连一半的路还没有走到。尽管天冷，但我们必须在这儿躲一阵子，直到大雪再飘起来。”

他冻得牙齿格格作响。

“市场到底在哪儿？”格雷厄姆凝视着外面问道，“我们的人在哪儿？”

他没有回答。

“瞧！”格雷厄姆轻声喊道，这时他全身蜷缩，变得异常平静。

这雪转瞬之间又纷飞起来。从天空黑暗的凹陷处旋涡般地滑出某种东西，模糊不清，但硕大而疾速。它急转直下，伸出宽大的双翼，飞速地掠过，尾部拖着白带状水汽凝结物，接着又从容地急速升起，向高空飞去，旋即又向前方成水平状绕了一大圈，最后消失在缭绕着蒸汽的点点雪花中。透过它的翼肋，格雷厄姆看见两个人。他们个头虽小，但很灵活，手持双筒望远镜，正在察看四周的雪野——在格雷厄姆看来似乎是这样。他们看起来很清晰，但转瞬间，旋动的雪花便模糊了他的视线，他们越变越小，越来越远，随后便消失得无影无踪。

“就这样！”他的同伴喊道，“走吧！”

他拽着格雷厄姆的袖子，毫不迟疑地沿风轮下方的铁架拱廊拼命地跑起来。格雷厄姆不管东南西北，只管跟着跑，结果当他的同伴出其不意地折回头时，与他撞了个满怀。他发现自己距离一个深壑仅十几码远，它向左右延展，就在目力所及之处，看来他们的进路被切断了。

“照我的样子做。”向导轻声说。他伏下身子，爬向壑边，接着将头挺伸过去，然后扭转身子，让一条腿沿壑边垂下去，似乎在用一只脚探索着什么，接着从边缘滑了下去。过了一会儿，他的头又探了出来。“这是一个壁架，”他轻声说，“在黑暗中一直延伸到这儿。按照我刚才的样子做。”

格雷厄姆战战兢兢地跪伏在地，缓缓地爬向边缘。在那儿他瞥见一种天鹅绒般柔和光亮的黑色。瞬息之间，他感到周身瘫软无力，既无胆量前进，也无勇气后退。他坐了下来，将腿悬了下去，他感到向导的手在拉他，顿时，他产生了滑入无底深渊的感觉，接着听到了溅泼声。他发现自己已站立在泥泞的水沟中，周围伸手不见五指。

“这边走。”一个声音轻声说。于是他紧贴着沟壁继续从融化的涓涓雪水中爬了过去。他们沿着沟壁继续爬了一会儿，他似乎在经历人生的种种苦难，体味阴冷、潮湿和疲惫的煎熬，不久他的手脚便失去了知觉。

水沟向下方倾斜。他注意到，这会儿他们已经在那些建筑物边缘下方几英尺处。建筑物上方显现出层层叠叠的白色幽灵般的幻影，犹如百叶窗的重影。他们来到一根电缆的末端，它系在一扇白色窗户上方，隐约可见向下延伸到浓重的阴影中。这时，他的手意外地与向导的手碰在了一起。

“别出声！”向导对他轻声耳语。

他仰起头，吃了一惊，只见那架飞机的巨大双翼缓慢无声地从头顶上空横向掠过，朝那片雪花点点的灰蓝色天空飞去。刹那间，它又隐蔽了起来。

“还是别出声，他们刚才是在转弯。”

他们一动不动地待了一会儿，然后，格雷厄姆的同伴站了起来，把手伸到电缆的栓扣上，在暗中胡乱地摸索着。

“那是什么？”格雷厄姆问。

只听见微弱的一声惊呼，他一动不动地蹲伏着。格雷厄姆盯着细看，只看到一张模糊的脸。他正从下方凝视着那片条状的天空。格雷厄姆循着他的目光看见了那架飞机，微小、模糊而又遥远。接下来，他们看见了机身两侧展开的双翼，它径直朝他们飞来，越来越大。现在它已沿着那深壑的边缘直飞过来。

向导骤然的一系列动作让人猝不及防。他将两根横杆硬塞进格雷厄姆的手中，格雷厄姆虽然看不见，但是触觉告诉了格雷厄姆这是什么形状的物体。他们用细绳将横杆吊挂在电缆上，绳索上拴着用柔软的弹性物质包裹的手柄。“把横杆夹在两腿之间，”向导兴奋地轻声说，“然后紧紧抓住手柄。抓紧，抓紧！”

格雷厄姆照吩咐做了。

“跳。”一个声音在耳际响起。“天哪！跳！”

在这千钧一发之际，格雷厄姆感到语塞。后来他庆幸黑暗遮住了脸。他开始剧烈地颤抖，什么也说不出来。他朝斜里看过去，那个向他猛扑过来疾速掠过的阴影将那片天空吞噬了。

“跳！跳！天哪！否则他们会抓住我们。”向导喊道。在他的盛怒之下，格雷厄姆朝前冲了过去。

格雷厄姆踉踉跄跄、全身抽搐而且不由自主地啜泣起来。这时飞机疾速地从他们的上方掠过，他猝不及防地跌入那黑暗中的深壑，坐在横杆上死死地抓住绳索。这时，传来某种断裂声，壁上有猛烈的敲击声。他听见了吊篮的滑轮在绳索上发出的嗡嗡声、飞机驾驶员的叫喊声。这时，他感到有一双膝盖在他的背部顶了一下……他不由自主地在空中掠过，接着便落了下去。他的全部力气都集中在两只手上。他本来会尖叫起来的，却喘不上气来。

他急速地落入眩光中，吓得不由自主地将绳索拽得更紧。这时，他觉察出这是一个巨大的通道，里面有移动大道，上方横梁交错，悬挂着灯饰。大道向上方冲去，继而又从他身边掠过。他瞬间产生了一个印象：一个巨大的圆形洞口正张开大嘴等待着吞没他。

这时他又置身于黑暗中，继续下落，他用疼痛的双手紧攥住绳索。瞧！一盏灯“砰”的一声突然爆裂，他落到了一座灯火辉煌的大厅上方，脚下是喧嚣的人群。臣民！他的臣民！这时，眼前出现了幕布，接着一座舞台朝他急速冲过来。他手中的缆绳飞速地荡向舞台右侧的一个圆形洞口，接着便悠然地晃动起来，最终突然缓慢下来。他在喧闹中辨别出“老天保佑！他安然无恙！”的叫喊声，那座舞台冲过来的速度迅速减慢。然后……

他听见紧挨其后站着的那个人嚷了起来，好像突然受到了惊吓，紧接着从下方传来与此呼应的一声叫嚷。他感到自己已不再随缆绳滑行，而是与之一起落了下来，随之便爆发出呼喊、尖叫和哭泣混杂的纷乱。他感觉到某种软绵绵的东西碰到了他伸出的手上，这东西断断续续地落下，令他的手臂不停地哆嗦。他想保持平静，但被抬了下来。此后，正如他认为的那样，他们将他抬到了舞台上，并给他送上某种饮料，但是他不敢随便喝。此刻，他没有注意到向导的遭遇。当他的头脑又变得清醒起来时，他站了起来，无数只热切的手伸出来搀扶他。他所站之处是一个宽阔的壁穴，根据以往的经验，这儿原本应是放置低矮箱子的地方，尽管这里事实上已成为一个剧场。

他的耳畔响彻着喧嚣声、雷鸣般的吼叫、密集的人群发出的叫嚷："这是迷睡人！迷睡人与我们同在！"

"迷睡人与我们同在！陛下，我们的主人！陛下与我们同在。他安然无恙。"

此刻，展现在格雷厄姆眼前的是一座大厅内人流涌动的壮观场面。他看不到作为个体的人的存在，意识中显现的只有虚幻的飘忽的粉红色面孔和舞动的手臂和服饰。他体验到了人群如海潮般向他涌来时，那种将他托起的玄妙感应。那儿有露台和长廊，还有宽阔的拱道，放眼望去，到处是人，如同人头攒动的竞技场，拥塞而喧闹。在近处，躺着一根电缆，它就像一条虚脱的巨蛇向远处无力地伸展开去。它被飞机上的那些人割去上端后，瘫软地掉入大厅。人们似乎正在把它拖到不挡道的地方，但是整个场面十分混乱，连建筑物都在鼎沸的人声中颤动起来了。

他体力不支地站着，环顾四周的那些人。有一个人托着他的手搀扶着他。"让我到一间小屋里去，"他哭丧着脸说，"一间小屋。"接下来他再也说不出话来。一个身着黑衣的人走上前来搀扶他。他面前的门正在徐徐打开，他意识到那些人都是殷勤恳切的。他被引到一个座位前，他蹒跚着走过去，重重地坐下，用手捂着脸，全身剧烈地颤抖，完全不能自持。有人给他脱去了斗篷，他已记不得是如何脱去的。他身上的那条紧身裤原是紫色的，现在湿漉漉的，看起来无异于黑色。人们在他周围跑动着，他一时间没有去理会他们。实际上，情况正在发生变化。

他已经从困境中脱身，喧嚣声证明了这一点，他是安然无恙的。这些人支持他。他啜泣起来，连气都喘不上来。过了一会儿，他手捂着脸静默地端坐着。这时，空气中又充斥着密集的人群发出的喧嚣声。

第九章
百姓的呐喊

格雷厄姆意识到有人正端着一杯清澈的液体试图引起他的注意，于是便仰起头，发现这是一个肤色黝黑、身着黄衣的年轻人。他接过杯子一饮而尽，立时感到通体发热。一个身穿黑衣的高个男人立在他的肩旁，手指着那扇通往大厅的半开的门。这人俯身在他耳边大声嚷嚷，但是他的话完全湮没在从舞台处传来的喧嚣声中。在他的身后是一个身穿银灰色外衣的姑娘，即使在眼前的纷乱中，她的美艳也足以引起格雷厄姆的注意。她那漆黑的双眸充满惊异和好奇，凝视着他。她的双唇哆嗦着，微微分开。通过虚掩的门，他瞥见拥挤的大厅，听见喧嚣声、敲击声、拍手声、叫嚷声此起彼伏，震耳欲聋。他始终未跨出屋门，断断续续的纷扰令他望而却步。根据那黑衣人翕动的双唇，格雷厄姆推断出他正在做某种愚笨的解释。

格雷厄姆索然无味地凝视了一会儿，然后出乎意料地站起身。

格雷厄姆毫不理会这人的嚷嚷，抓住了他的手臂。

“告诉我！”格雷厄姆喊道，“我是谁？我是谁？”

这时，其他人围拢了过来。“我是谁？”格雷厄姆的目光锐利地探究着他们的面孔。

“他到现在仍一无所知！”那姑娘喊道。

“告诉我，告诉我！”格雷厄姆大嚷大叫。

“您是一国之君。您是世俗世界的主人。”

格雷厄姆不相信所听到的是真实的。他拒不接受劝说，佯装听不懂或未听清。他又提高了嗓门：“我醒了三天，做了三天的囚犯。我断定，在这座城市里一些人之间存在着某种冲突。这儿是伦敦吗？”

“是的。”较年轻的那个男人回答。

“那么，在阿特拉斯神像大厅集会的那些人是什么人呢？与我有什么关系呢？肯定与我有某方面联系。嗨！我不明白。是幻觉剂的作用吗？看来，在我迷睡期间，世界已经错乱了。我也错乱了。

“阿特拉斯神像下的那些人是谁？他们为何要给我服药呢？”

“为了让您失去知觉。”一个黄衣人说。

“阻止您的干预。”

“但是为什么？”

“因为您是阿特拉斯神，陛下，”黄衣人说，“这个世界就在您的肩膀之上。他们是借您的名义统治这个世界的。”

整个大厅已渐趋平静，唯有一个单调的声音绕梁穿行。话音未落，突然响起震耳欲聋的喧嚣、吼叫和轰鸣，一浪高过一浪的欢呼声、尖叫声和纷乱的噪声。骚乱在继续，小屋里的人们即使声嘶力竭地叫嚷也听不见彼此的声音。

格雷厄姆伫立着，纷乱杂陈的声音不绝于耳。他苦苦思索，但百思不得其解。“理事会”，他茫然地重复着，接下来突然在意识中捕捉到一个名字，“但是，谁是奥斯特罗格？”他自言自语道。

“他是策划者，起义策划者。我们的指挥者，以您的名义。”

“以我的名义？你是谁？为什么他不在这里？”

“他，已经授权我们。我是他的兄弟，他同母异父的兄弟，林肯。他希望您在这些人面前公开亮相，然后再去见他，这就是我被派来的原因。现在他在风向标塔楼那儿指挥。百姓正在游行。”

“以您的名义，”那个较年轻的男人叫道，“他们横征暴敛，倒行逆施，最终甚至……”

“以我的名义！我的名义！我是君主？”

在屋外的轰鸣短暂的静息中，突然传出一个人的声音，这声音高亢、刺耳。那个较年轻的男人长着红红的鹰钩鼻子和浓密的髭须，疾言厉色，愤懑不平。“无人料到您会醒来，无人料到。他们是诡计多端、十恶不赦的篡权者！但是他们措手不及，不知如何处置您。是让您吸毒成瘾，还是催眠昏睡或是杀了您。”

这座大厅巍然在上，俯瞰着芸芸众生。

“奥斯特罗格已在风向标塔楼准备就绪。甚至现在有传闻要开始打仗了。”

自称林肯的那人走上前来。“奥斯特罗格做了安排，相信他，我们的组织已经准备就绪。我们将夺取停机坪，甚至现在就可以做到。然后……”

“在这个公共剧场中，”黄衣人大声吼道，“只有一支分遣队，我们有五万人的军队。”

“我们有武装。”林肯喊道。

“我们有计划，还有指挥者。他们的警察已经撤离街道，集结在……”这句话难以听清。

“机不可失，时不再来。理事会正处在狼狈不堪之中，他们连自己的军队都信不过。”

“听！臣民正在呼唤您！”

此时，格雷厄姆的头脑就像夜晚的一轮明月，被疾速飘过的云层遮盖，忽而阴郁晦暗，忽而明亮清澈。他是一国之君，也是一个被雪水浸得透湿的沦落人。在他的记忆中，所有的印象都是难以捉摸的、不确定的，但仍可从中得出一个主要印象，即存在着某种对抗：一方是伦敦理事会，他们实权在握，律法严酷，不得人心；另一方是声势浩大的百姓，无个体特征的拥挤人群，呼喊着他的名字，拥戴他为君主。囚禁他的那些人盘算着要置他于死地，而在狭小的门厅另一头的喧嚣人群却解救了他。这一切究竟是为什么，他不明白。

这时门突然打开，林肯的声音顿时被驱散，湮没在涌入的人群发出的纷乱叫嚷声中。这些闯入者做着手势向格雷厄姆和林肯走来。不可思议的是，他们的嘴唇静默无声，而屋里却回荡着有节奏的反复呼喊。“我们要见迷睡人，我们要见迷睡人！”这就是他们对“遵守秩序！安静！”的要求所做的回答。

格雷厄姆从敞开的门望过去，门厅另一头呈现出一幅生动的画面：椭圆形的宏伟大厅，拥挤纷乱的人群，一张张呐喊的面孔，男人和女人，浅蓝色的服装，一只只伸出的手。人群中很多人在站着，有一个人立在椅子上，手中挥舞着一块黑布，衣衫褴褛，形容枯槁。格雷厄姆不经意地瞥见那姑娘惊叹和期盼的目光。这些人期望从他身上得到什么呢？他朦胧地意识到外界的这场骚乱已经发生了质的变化，似乎具有抨击时弊和谋求发展的性质，他的思想也发生了改变。一时间他还认识不到改变他的那种影响力是什么，但是近乎恐惧的那种感觉瞬息之间便烟消云散。他在内心不断自问：人们究竟对他有何需要？

林肯冲着他的耳朵大声嚷着，但格雷厄姆什么也听不见。除了那个姑娘，所有人都朝大厅的方向比画着。他觉察到了喧嚣声正在发生变化，整个人群都在歌唱。这不仅仅是一首歌，这是无数歌喉的汇集，伴着奔腾激越的乐曲。这乐曲像管风琴奏出的曲调，但糅入了各种音响，具有浓重的画面感：一幅生动的战争画卷。

号角声声，战旗猎猎，步伐整齐，队伍雄壮。落地有声的脚步震撼大地，荡人心魄。

在周围人的恳请之下，格雷厄姆神情呆板地走向门口，那雄浑有力的曲调令他激情勃发，勇气倍增。大厅的门自动打开，乐曲声中顿时展现出五彩纷呈的鲜花在摇曳的画面。

“挥手致意，”林肯提醒着，“挥手致意。”

“这个，”从对峙的另一方传出一个声音，“他需要的是这个。”接着，两条手臂卡住了格雷厄姆的脖子，将他阻止在门厅中。与此同时，从他的肩头垂下一件黑色的丝织斗篷，上面有精细的饰纹。他扬起手臂从这一钳制中挣脱出来，紧随林肯向前走。他觉察到那灰衣姑娘就在近旁。她容光焕发，举止轻盈。在他看来，她的那种振奋和热切正体现了那首歌曲的精神。他又出现在那座壁穴之中。他一露面，人群中立即迸发出如潮的歌声和浪花拍岸般的喧嚣。在林肯的指引下，他斜穿过舞台中心，庄重地走到前台，面对着人群。

这座大厅气势恢宏，结构繁复。长廊、楼道、阶梯、看台、拱道，一应俱全。放眼望去，上方似有一巨大的通道口，里面纷乱而拥塞，以至人群似在摇曳。骚动的人群中突然跃出几个人影，给他留下了深刻的印象，随即便模糊难辨了。靠近舞台处，一个皮肤白皙的艳丽女人在三个男人的簇拥下正扭动着肢体，她的头发披散在脸上，手里挥动着一根绿色棍棒。在这群人的旁边站着一位身穿粗帆布衣、忧心忡忡的老人，他在拥挤的人群中艰难地维护着他那可怜的一席之地。在他的身后露出一张无毛发的面孔，张口叫喊的大嘴里看不见一颗牙齿。一个声音在呼喊着那个谜一般费解的名字——奥斯特罗格。所有这些印象都是朦胧的，唯有那首撼人心魄的歌曲激起的强烈情愫是真切的。人群有节奏地原地踏步：咚咚咚咚。绿色的武器上下翻飞，发出耀眼的光。接下来，格雷厄姆站在舞台前的平台上，观看离他最近的那些人列队从面前走过，高呼着“到理事会去”，朝一条宽敞的拱道前进。咚咚咚咚。他扬起了手臂，顿时欢呼声震天动地。他想起来了，这时候他应当大声地喊“前进”，于是摆出了一副准备呼喊豪言壮语的嘴形。他又一次挥动手臂，朝着那条拱道高喊：“前进！”于是，队伍继续往前行，只听见“咚咚咚咚”的脚步声。人群中有蓄着胡须的男人、老年人、年轻人，还有身穿无袖连衣裙、婀娜多姿的妇女和姑娘们。新时代的男男女女！精美的服饰和灰色的破旧衣衫随蓝色为基调的旋动人流一齐飘拂。这时，一面巨大的黑旗猛地挥向右侧，顿时他觉察到一个蓝衣黑人、一个憔悴的黄衣妇人，接着是一群高大的金发白脸的蓝衣人，以夸张的动作从他跟前经过。这时，一个肤色灰黄、双眸闪亮、一身白色装束的高个黑发青年攀上舞台，扯着嗓子表达了对国王的效忠，然后纵身跃下，朝后退去。刹那间，又响起了队伍行进的脚步声，放眼看去，只有晃动的人头、肩部和紧握着武器的一只只手。

他伫立在那儿。纷乱中浮现的一张张面孔朝着他的方向，一束束目光投向他，旋即便消失在人群中。男人们朝他打着手势，大声叫喊着向他致意，但难以听清。多数面孔绯红，有些则惨白——那是疾病的征兆，许多只向他挥动的手瘦骨嶙峋。新时代的男女！多么怪异的集会！令人难以置信。当浩浩荡荡的人流经过他涌向右侧时，从大厅上方的幽远深处，又涌出一股股人群，聚集到舞台前。“咚咚咚咚”的声音不绝于耳。那首乐曲融入了拱廊和过道的巨大回声，听起来更加浑厚深沉、富于变化，男女混杂的队伍行进着。咚咚咚咚。整个世界似乎都在震撼。咚咚咚咚。他的大脑也在咚咚地敲击着。各色服装波浪般向前涌动，肤色各异的面孔川流不息。

咚咚咚咚。在林肯的催促下，他转身朝拱道走去，完全沉浸在那一节奏中，几乎未注意到伴随着那种旋律和由此引起的激动，自己也在无意识地晃动着。人群朝下方涌去，随之也带走了喧嚣和歌声，沉重的脚步声越来越远。他低头望去，只见一张张向上仰起的面孔在脚的下方移动。他意识到前面延伸着一条路，他被皇家禁卫军和显贵们簇拥着，林肯立于他的右侧。左侧的侍从挡住人群，使他们不能走到近前，因而他常常看不清那边的情景。他的正前方伫立着三五成群的黑衣禁卫军。他沿着一条有扶栏的小路走着，接着人群像急流般涌向下方，与那儿的小股人群会合，他们仰起头向他高声地叫喊着。他不知道向何处去，也不想知道。他回眸远望着那座气势恢宏的大厅。那儿，激情像熊熊燃烧的烈火，不可遏制：咚咚咚咚。

第十章

与黑暗的较量

现在，格雷厄姆置身于大厅之外，一条长廊延伸在穿城而过的移动大道上空，他沿着长廊走。踏着重步的禁卫军护卫在他的前后。下方移动大道的凹陷处拥塞着人群。队伍隆隆地向左行进，人们振臂高呼，拥向一条景致幽远的宽阔大道。人群叫喊着进入视野，喧嚣着从下方经过，然后由近至远地退去，最终湮没在两侧球状电灯交会的远处。喧嚣声愈益微弱，人影愈益模糊，但“咚咚咚咚”的沉重脚步声依然清晰可辨。

那首歌又开始回响在格雷厄姆的耳畔，但是已不再有乐曲的烘托，听起来粗糙而嘈杂。咚咚咚咚。沉重的脚步声中交织着杂乱无章的轰响。那是沿着快速大道蜂拥而来的平民百姓的脚步声。

突然，他注意到了一种迥然相异的情况：大道正对面的建筑物中似乎空无一人，连接侧廊的缆绳和索桥空荡荡的，笼罩着阴影。他感到纳闷，这些本该密集着人群的地方为何如此冷清？

他感到了一种奇特的现象，颤动，急速的颤动！他停了下来，前面的禁卫军继续踏着重步前进；后面簇拥着他的那些人止住了脚步，他看到了他们的脸正朝着某个方向。这种颤动与那些灯有关，他也仰起了头。

起先，在他看来这种颤动仅仅与那些灯有关，只是一种孤立的现象，与拱道下方发生的情况无关。每一盏发出炫目白光的巨大球状灯都好像处于被捏紧的挤压状态，但转瞬便由收缩变为舒展，接着又呈现被紧捏的收缩状，黑暗，明亮，黑暗，周而复始，迅速交替。

格雷厄姆意识到，这些灯的怪异现象与拱道下方的那些人有关。房屋、大道和拥塞的人群似乎面目全非，如同闪烁的灯光中跳动着的阴影，看起来迷离扑朔。他看见大片阴影突然咄咄逼人地向上涌来，不断扩展，不断加速，骤然向后一跳，又猛地向前一跃。那歌声和重步声已经逝去。他发现，那种步调一致的行进已经中止，出现了旋转，斜向一侧的流动和呐喊……“灯！”所有人都在异口同声地呐喊，“灯！灯！”他向下看去，只见灯光中死神在跳跃，街区突然间成了生死冲突的场所。那些巨大的白色球状灯发出阴冷的紫色，继而又泛出红光，忽隐忽现，明灭不定。接下来暖融融的色泽逐渐褪去，只剩下暗淡的点点闪光，片刻之后，完全熄灭。只有黑暗在咆哮，那是转瞬间便将那些活蹦乱跳的大群人吞噬掉的黑色怪物。

他感到周围有人影在晃动，但是看不见，他的手臂被紧紧抓住。他敏锐地觉察有某种东西在叩击他的小腿，一个声音在他的耳边吼叫：“没事了，一切都过去了。”

他起初感到惊愕，但很快便从瘫软中恢复过来。他百思不得其解，将自己的脑门贴在林肯的脑门上碰撞着，大声嚷道：“这怪物是什么？”

“理事会已经将全城的照明用电切断了，我们必须等待，停止前进。您的臣民将继续前进，他们会……”

他的声音被湮没了。喧嚣声响了起来：“保佑迷睡人。逮捕迷睡人。”一个卫兵绊倒在格雷厄姆身上，他的武器无意中伤及了格雷厄姆的手。周围立刻出现了旋动的骚乱声，愈益稠密，愈益迅疾。接着，清晰可辨的破碎声朝他袭来，但是当他的意识试图去捕捉它们时，声音却又旋转着离他而去。在呐喊声中可隐约听见两种相互矛盾的命令，还有对此做出应答的喊叫。突然，在紧挨着他们的下方传来了连续的刺耳的尖叫。

一个声音在他身边叫嚷：“红衣警察。”旋即便向后退去，变得模糊起来。

这时，传来愈益清晰的爆炸声，沿着远处大道的边缘可见微弱的闪光在跳跃。借着光亮，他看见了一些人，像他的禁卫军那样，装备着武器。他们的头和手顷刻变得模糊起来。整个街区开始发出爆裂声和短暂的条状闪光。骤然，黑暗像一道帷幕一样又落了下来。

强烈的闪光和奋力拼杀的宏大场面令他头晕目眩。从大道那边传来了一声呼喊，突然迸发出欢呼声。他仰起头看见了光源。头顶上方，从一根缆绳上部悬下一个人，那人身穿红色制服攀在绳子上，手持一盏星状灯，灯光如此耀眼，足以将黑暗驱散。

格雷厄姆的目光又落到大道上。在幽远的街景近处，一块红色的楔状物引起了他的注意。他看到了密集的一大群红衣人，呈楔形队列拥塞在高处更远的大道上。他们被一大群对抗者团团围住，身后是那座建在悬崖壁上的楼房。那座楼房是那样的冷漠，眼看着他们无路可退而无动于衷。他们厮杀着，手中的武器上下翻飞，人头在刀光剑影中滚落，但无人退缩。绿色武器发出的微弱闪亮在灯光的映照下变成了烟灰色的喷状物。

突然，这骤然爆发的厮杀静了下来。大道又一次笼罩在黑暗的浓荫下，风云变幻，神秘莫测。

他感到某样东西在猛推着他，他被推着沿长廊走去。有人在高喊，可能是在呼唤他。他非常困惑，根本没有听见。他被猛推到一堵墙上，一些人跌跌撞撞地从他身边走过。看来，他的禁卫军在自相残杀。

突然，眼前又出现了手持星状灯从缆绳上悬下的人。灯光下，整个场景亮得炫目。那支红衣人队伍似乎在不断扩展，愈走愈近，它的前锋行进到从大道至中央通道的中点。格雷厄姆抬起头，发现对面楼房低矮长廊的阴暗处也有几个红衣人。他们避开楼房下面同伴们的头，瞄准着大道上仓皇失措的人群。他开始领悟到这一切的含义。这些人刚踏上征途，就遭遇了埋伏。红衣警察向他们发动了袭击，灯光突然熄灭使他们陷入一片混乱。这时，他意识到自己正独自伫立在那儿，他的卫兵和林肯正沿着长廊朝黑幕降临前他来的方向行进。格雷厄姆看见他们对着他发疯似的比画着，然后跑了过来。这时，大道那头传来了惊天动地的叫喊声。整幢楼房阴暗的背面好像到处是红色点缀的队列，他们用手指着他，大声叫喊："迷睡人！保佑迷睡人！"无数张喉咙异口同声地喊着。

他上方的顶壁被某样东西猛烈地敲击着。他仰起头，看到震荡的顶壁透进银色的星状光斑。他感觉到手臂被紧紧地抓住，接下来，听见"啪、啪"两声轻响，但是未被击中。一时间他完全懵住了。他放眼看去，整条街道隐没了。第二次突然出现的纷乱烟消云散。

林肯紧抓住格雷厄姆的手臂，拽着他沿长廊继续行进。"前面就是下一盏灯！"林肯喊了起来，他的紧迫语气感染了格雷厄姆。格雷厄姆的自卫本能战胜了因怀疑和惊愕造成的麻木，对死亡的恐惧使他失去了理智，他开始在黑暗中高一脚低一脚、跌跌撞撞地跑了起来，慌乱中与转身与他一起跑的卫兵挤作一团。格雷厄姆唯一的愿望就是迅速逃离这个毫无遮掩的危险长廊。这时，炫目的闪光又一次出现，随后，从大道两侧响起喧嚣纷乱的回应声。格雷厄姆看见长廊下方的红衣人几乎已经控制了中央通道，无数张脸朝着他呐喊。对面楼房的正面密密麻麻地缀满了红色小点。所有这些光怪陆离的事情都围绕着格雷厄姆发生，就如同以他为轴心转动一样。这些是受理事会指使来抓他的卫队。

令格雷厄姆感到庆幸的是，这些子弹从愤怒的枪膛射出，在一百五十年的历史中尚属首次。他听见子弹在头顶上方砰砰作响，熔化的金属喷出的火花溅落在他耳朵上，令他感到灼痛。他不看也能知道，楼房正面是埋伏地点，集聚着未经伪装的红衣警察，他们叫嚷着朝他开火。

走在前面的一个卫兵猫着腰，格雷厄姆不安地扭动着身体。

刹那间，他们已经安全地冲入一条黑暗的通道中。就在这时，出现了一个人，可能是横冲出来的，慌乱中与格雷厄姆猛烈相撞。格雷厄姆重重地摔出去，沿着漆黑的楼梯滚了下去。他缩成一团，在阶梯上撞击着，终于用双手顶住了一面墙。他被撕扭着的人体挤得无法动弹，于是旋动着身体，奋力挪向右侧，但是巨大的压力使他无法移动。他无法喘气，肋骨好像在噼啪作响。他感到了片刻的松弛，紧接着一大群人围拢过来，把他带回到原先那个巨型剧场。

有一阵子，格雷厄姆的脚悬浮在空中，过了一会儿他开始在地面上挪动步子，但是步履蹒跚。他听见了远处的叫喊："他们来了！"还有近旁闷声瓮气的呼号。他踉踉跄跄的脚步碰到了某种软绵绵的东西，顿时脚下传出刺耳的尖叫："迷睡人！"他手足无措，瞠目结舌。这时传来了绿色武器发出的噼啪声，刹那间他失去了自控力，就像恐慌之中的一粒原子，处于无理性的、不会思考的、呆板的状态。他挺身向前，而后又倒回来，在压力之中扭动着躯体，接下来他的脚撞上了一块踏板，结果发现自己正沿着一段斜坡向上攀登。骤然间他周围的那些面孔从黑暗中跃了出来。在青灰色的眩光中，这些面孔清晰可辨，看起来惨白森然，呈惊诧、恐惧或大汗淋漓状。近处的一张面孔——一个年轻人的面孔——距他不到二十英寸。在当时，这仅仅是过眼烟云，并不具有情感上的效应，但是后来这一场景又重现在他的梦境中。这个笔直地楔入人群的年轻人被子弹击中，已经死了。

第四盏星状灯也是缆绳上的那个人点燃的。炫目的光从巨型的窗户和拱顶中照射进来，它向格雷厄姆表明，他是从拱廊下方的巨型剧场返回的那一大群飞行黑影中的一个。这一次，整个场景呈现出青灰色，上面布满条状和叉状的黑色阴影，显得支离破碎，不远处红衣卫队正从人群中杀出一条血路。他无法断定他们是否也看到了他。他在人群中搜寻林肯和卫兵。在剧场的舞台附近，他看见林肯被一群佩戴着黑色标记的革命者围在中间，被抬了起来，正在四处张望，好像在寻找自己。格雷厄姆意识到自己处于人群正对面的边缘处，身后隔着一道栅栏，另一边是呈阶梯形倾斜的剧场空座。他突发奇想，朝那栅栏冲过去。当他到达那儿时，眩光消失了。

他匆匆脱掉那件既碍事又惹眼的宽大斗篷，但随后便听见有人被斗篷绊倒。转眼间他攀上了栅栏，落进了另一边的黑暗中。接下来他摸索着走到通往入口处的斜坡下端，在黑暗中感觉到枪声已经停止，纷杂的脚步声和喧哗声也已经平息。突然，他意外地踢到了一块踏板上，整个人被绊倒了。当他倒下去的时候，四周笼罩在黑暗之中的深潭和岛屿突然映出耀眼的光芒，喧嚣声一浪高过一浪，犹如汹涌澎湃的潮水响彻云天，第五盏星状灯发出的眩光从剧院四壁的宽大门窗直泻而入。

他在座位间翻滚着，叫嚷声和武器的咔嗒声不绝于耳。他挣扎着站起来，但又被吓得缩了回去。

他觉察到四周有一些佩带黑色标记的人正朝下方的叛乱者开火。他们从一张座位跳到另一张座位，或蹲伏在座位间装弹药。当流弹在充气靠垫上扯开一道道口子、在质软的金属框架上溅起耀眼的火星时，他本能地蜷缩在座位中间，不敢动弹。他不经意地记下了那些通道的方位。一旦夜幕再次降临，这便是最有可能的脱身之路。

一个穿着褪色蓝衣服的年轻人用手支撑着跳过一个个座位，“喂！”格雷厄姆喊道。那双腾空跃起的脚距离蹲伏着的迷睡人的脸只有六英寸。

年轻人盯视着格雷厄姆，并无打招呼的迹象，接着转身射击，并大声嚷着：“让理事会见鬼去吧！”然后又准备射击。后来格雷厄姆发现这个人的脖子有一半好像消失了，一滴湿乎乎的东西落在格雷厄姆的面颊上。那绿色武器半举着，已经停止了射击。这个人静默地伫立了一会儿，面部的表情突然凝固，接着开始前倾，双膝弯曲。他倒了下去，夜幕与其同时落下。一听见他倒下的声音，格雷厄姆站起身，跑过去救他，但是被通道口的一块踏板绊倒了。格雷厄姆挣扎着爬起来，然后转身登上通道，开始跑了起来。

当第六盏星状灯发出眩光时，他已经接近张着大嘴的通道口，他朝着灯光跑得更快了，进入通道后，转过一个拐角又进入漆黑的夜色中。这时他被横击来的东西打翻，滚了下去，又挣扎着爬了起来。他发现自己跻身于一群面目难辨的亡命者之中，他们正朝一个方向拥去。他的想法与他们不谋而合：从这场厮杀中脱身。他硬挤猛冲，一会儿踉踉跄跄，一会儿又奔跑起来，接着又被紧紧地挤住，不得不退却，然后又畅通无阻地奔跑。

他沿着一条蜿蜒曲折的通道在黑暗中跑了几分钟，接着越过了一块宽广的开阔地，跑下一段斜坡，最后终于沿着一段阶梯来到一处平坦舒缓的地方。许多人在高声嚷叫："他们来了！卫兵来了！他们在射击，避开枪战，第七条路安全。由此前进！"人群中既有男人，也有妇女和儿童。男人们呼唤着他的名字。人群聚集到一条拱道上，然后穿过一条短短的狭道，进入一块较宽阔的场地，那儿灯火辉煌。他周围的那些黑色人影散开，然后沿着一段在昏暗中看起来极为宽阔的台阶跑上去，他紧紧地跟在后面。人群向左右散去，他意识到自己又孑然一身。他在台阶最高处停住，呈现在眼前的是三五成群的座位和一个小凉亭。他走上前去，站在檐下的阴影中，环顾四周，气喘吁吁。

一切都是朦胧的、晦暗的，但他意识到这些宽阔的台阶正是构成所谓“大道”的一系列平台，这会儿它们又恢复了平静。平台的两侧向上倾斜，高楼耸立，犹如模糊不清的庞然大物，上面的题词和广告难以辨认。从纵横交错的梁架和缆绳的间隙看出去，天空像被截断的条状物，看起来惨淡而无活力。有几个人行色匆匆地从他身旁经过，从他们的叫喊和说话声听得出，他们正赶去参加战斗。黑暗中晃动着几个人影，他们战战兢兢，也没有那么喧闹。

从遥远的街道深处传来激战声，但是在他看来，这显然不是通向剧场的那条路。先前的那场厮杀好像平息了。多么荒谬的想法！他们竟然为了争夺他而进行拼杀！

这会儿，他就像一个在读一本有趣的书的人，正停下来做短暂的思考。突然，他开始对自己一直笃信不疑的东西产生了怀疑。当时他无意于知道细节，因为整个事情太戏剧性了，令人难以置信。说来也怪，那些生动的画面——逃离理事会监狱，大厅里喧嚣的人群——红衣警察伏击蜂拥的人群，依然记忆犹新，但是他难以将这些片段串联起来，难以再现身陷囹圄期间的冥思苦想。起初，他的记忆越过了这些事变，将他带回到彭塔根风雨飘摇中的瀑布、康沃尔海滩璀璨的阳光中映现的那些幽暗色彩。一切虚幻的存在都抹上了强烈对比的色调。后来，记忆的空白弥合了，他开始了解自己的时空位置。这已经不再像身陷囹圄时那样费解了，至少他现在有了个简单明了的轮廓，尽管看起来仍然十分怪异。他在某种意义上已成为世俗世界的主宰，强大的政治组织正在为拥有他而进行拼杀。一方面是控制着红衣警察的伦敦理事会，其目的似乎是弑君谋财；另一方面是解救他的那些革命者，其领袖便是那位尚未露面的“奥斯特罗格”。整座城市因为这场斗争而受到震撼。他的王国出现了暴乱！“不可思议！”他大声喊道，“不可思议！”

他已经从双方争夺的缝隙中溜了出来，犹如黎明前的晨曦，使他看到了希望。接下来会发生什么呢？目前的事态如何？他把那些红衣人想象为把他当作猎物加以捕捉的猎人，正奋力驱赶着那些抢在他们前面的佩带黑色标记的革命者。

不管怎样，他侥幸获得了喘息机会。他可以潜藏起来，避免路人的盘问，静观事态的发展。他的目光细细地探究着晨昏中那大片模糊而玄妙的建筑物轮廓，在那上面太阳冉冉升起，这世界就因为这恒久不变的日光而变得明亮和温暖，这景象令人惊叹。过了一会儿，他从屏息中恢复过来，被雪打湿的衣服已经干了。

他沿着晨曦中的大道漫步了数英里，途中他缄默不语，也无人与他搭讪。在日光微明中，他是一个夹在行路人中间的隐秘者，他的权力和财产受到觊觎。现在他正从尘封的历史中走来，虽无心成为世俗世界的主宰，但他确实是高贵的君主。每当遇到灯光或密集的人群或异常骚动的场面，他总是担心被认出、被围观，因此时常往回走或沿中央阶梯上上下下，然后拐入下方或上方的横向大道。尽管他没再碰到厮杀，但是全城因冲突而动荡不安。一次，为了避开人数众多的军队沿街进行的大搜捕，他迫不得已跑着躲开。大道上的每一个人似乎都受到了盘查。他们中多半是男人，而且携带着在他看来是武器的东西。似乎这场冲突主要集中在他醒来时所在的城区。远处暗示着冲突的吼叫不时传到他乘坐的车上，后来，他的谨慎和好奇进行了激烈的较量，最后谨慎占了上风。于是，他远离那场正在进行着的厮杀，继续徘徊。他在暗处走着，未受到妨碍和怀疑，过了一会儿，他听不见从远处传来的拼杀的回声了，经过他身旁的人越来越少，最终街道空无一人。建筑物正面的装饰已经荡然无存，显得十分刺眼，他似乎进入了闲置的货栈区。孤独寂寞袭上他的心头。他的步子慢了下来。

他意识到自己愈来愈倦怠，便不时地转向上方大道，择一座位休息片刻。但是由于焦躁不安的情绪，以及了解了自己在这场冲突中的重要含义，他不可能在任何地方长时间地歇息。这场冲突真的仅仅是因他而起？

后来，在某一人迹罕至之地传来了像地震那样的震动、咆哮和轰鸣。一阵阴冷的狂风穿城而过，玻璃破碎了，砖砌建筑摇摇欲坠，接着轰然倒下，接二连三地震荡。一大块玻璃和铁质东西从高高的屋顶上落下，砸到长廊的中央，距离他不到一百码，远处传来叫嚷声和奔跑声。他惊呆了，脚不由自主地动了起来。他先是朝一个方向跑，后来又毫无目的地跑回来。

一个人朝他跑过来，他的自控力又恢复了。“他们把什么毁掉了？”这个人上气不接下气地问。“那是爆炸。”格雷厄姆还未来得及再说什么，那个人已经急匆匆地跑走了。

巨大的建筑物灰蒙蒙地矗立着，被一层令人困惑的暮色笼罩着，尽管上面的天空现在是明亮而清澈的。他注意到了许多奇特的征象，但在当时百思不得其解。他甚至读懂了许多用音标文字书写的碑文。在仔细辨认和反复琢磨后，他将这些看起来古怪而混乱的文字破解为“伊德哈迈特”或“劳动局，小赛德”。但是这有何裨益呢？他甚至产生了一个可笑的想法：这些如悬崖一般的房子有一部分甚至全部是属于他的！

他的有悖常情的经历生动地再现在他的意识中。事实上，许多小说家都幻想过如他这般穿越时空。如今这一穿越实现了，他是有备而来的，就好像为了摄取壮观景象，他的意识已预先调理妥当。但是没有出现壮观景象，只有朦胧的危险、冷漠的阴影和黑暗的帷幕。死神在昏暗的迷宫某处找寻他，他是否会在明白真相之前被杀？可能在下一个阴影笼罩的拐角处，毁灭正等待着他。他的内心涌起了强烈的渴望，渴望发现，渴望知道。

他开始变得害怕角落了，在他看来隐匿起来才是安全的。藏在什么地方才不至于在灯光反照时暴露呢？最后，在上方的一条大道的凹进处，他找到了一张座位，自认为那儿只有他一人。

他用力地揉搓困乏的双眼，设想当他重新睁开眼睛时，平行大道中无处不在的黑暗是否已消失，那高耸入云的大楼是否已不复存在？他理清了近几天所发生事情的来龙去脉：苏醒，喧嚣的人群和黑暗的厮杀。这是比梦更逼真的梦幻。肯定是梦，它是如此不连贯，如此不合情理。为何明智的世人竟然把他视为主宰和君主呢?

他闭上眼睛坐着，思忖着。接下来，他睁开双眼，内心多少怀有一些希望。尽管他希望看到19世纪某些熟悉的生活内容，希望看到那小小的博斯卡斯尔港湾、彭塔根海滩的悬崖或家中的卧室，但现实不以人的希望为转移。这时，一小队举着黑旗的人踏着重步横穿过附近的阴影，这些人仍然沉浸在双方激烈的冲突中。远处矗立着一幢高楼，高得令人眩晕，它的正面宽阔而暗淡，上面模模糊糊地显露出晦涩难懂的文字。

“这不是梦，”他念着，“不是梦。”而后，把脸埋进了手心里。

第十一章

无所不知的老人

他被近处的一声咳嗽吓了一跳。

他猛地转过身，细细察看，只见一个瘦小躬背的人坐在几码远的围墙阴影中。

“你有什么消息吗？”这是一个老人，他喘息着尖声问道。

格雷厄姆迟疑了片刻，然后答道：“什么消息也没有。”

“我待在这儿，直到那些灯再回来，”老人说，“这些蓝衣恶棍无所不在，无处不在。”

格雷厄姆用含糊不清的语调做出回答，他试图看清这老人，但是老人的脸隐藏在黑暗中。他很想做出反应，很想与其交谈，但不知从何说起。

“可恶的，该死的，”老人突然咒骂道，“可恶的，该死的。周围这么危险还把我打发出来。”

"那是够狠心的，"格雷厄姆大胆地说，"太过分了。"

"黑暗。一个老人在黑暗中毁灭。整个世界都疯了。战争和厮杀。警察被击败了，到处都是流浪汉，他们为什么不带一些黑人来保护我们呢？在黑暗中行走已经让我感到力不从心了，我刚刚还被一具死尸绊倒了。"

"有人做伴你就是安全的，"老人继续说，"当然，我是指与合适的那类人做伴。"他直率地盯着格雷厄姆，突然立起身，朝格雷厄姆走来。

显然，老人认为格雷厄姆属于合适的那类人。他坐了下来，好像对不再孤身一人感到宽慰。"嗯！"他感叹道，"这是一个可怕的年代！战争和厮杀，尸横遍野。男人，身强力壮的男人，在黑暗中死去。孩子们！我有三个儿子，天知道今晚他们在哪儿。"

说话声停了下来。接着，老人又颤悠悠地重复着："天知道今晚他们在哪儿。"

格雷厄姆站在那里反复思考一个问题，这问题足以表明他并非一无所知。老人的声音又响了起来，暂时的静默被打破了。

"奥斯特罗格会取胜，"他说，"他会取胜，但很难说这个世界在他的统治下会成什么样子。我的三个儿子都是他的下属。我的一个儿媳曾经是他的情人，他的情人！他们不是平民百姓。尽管他们今晚打发我出来四处转转，让我碰碰运气。我知道发生了什么，而且早于大多数人。但是这可恶的黑暗！黑暗中我意外地绊倒在一具死尸上。"

老人呼哧呼哧的喘息声清晰可闻。

“奥斯特罗格！”格雷厄姆喊道。

“迄今为止世界上最伟大的领袖。”老人说。

格雷厄姆搜肠刮肚试图找到反驳的理由。“理事会在百姓中的朋友寥寥无几。”他冒险一试。

“几乎没人支持他们，特别是在穷人中间。他们的日子很不好过。嗯！他们本应与那些善良的人为伍的。他们举行了两次选举，于是就有了奥斯特罗格。现在矛盾爆发了，无法平息，无可阻挡。他们两次都拒绝了奥斯特罗格，这个百姓的领袖。我听说他当时怒不可遏，令人生畏。老天保佑他们！因为除此之外，世上没有什么东西可以保佑他们。奥斯特罗格以穷人为基础建立了劳动服务公司，任何人都不会有这个胆量。所有穿蓝色粗帆布衣的人都已经武装起来了！他会干到底，绝不会妥协。”

老人静默了一会儿。“那个迷睡人……”他说，然后打住。

“我就是。”格雷厄姆答道，“怎么了？”

那衰老的声音变成了推心置腹的悄悄话，那张苍白、毫无生气的脸凑近前来，“我是说真的迷睡人……”

“是啊……”格雷厄姆答道。

“他早就死了。”

“什么？”格雷厄姆不由得一惊。

“很多年以前就死了，死了很多年了。”

“你不应该这么说！”

“我要说，我就要说。他死了。这个迷睡人曾经醒过。他们在夜里做了手脚。这可怜的人被麻醉了，变得毫无知觉。虽然我都知道，但我绝对不会把一切都讲出来。”

老人含糊不清地抱怨了一会儿。他心中的秘密太沉重了，无法承受不说出来的压力。“是谁让他睡着的我不知道，那对我来说太过久远，但我知道是谁给他注射兴奋剂将他唤醒的。他当时很可能醒过来了，或者被弄死了。非醒即死。这就是奥斯特罗格的方式。”

老人所透露的这些细节令格雷厄姆吃惊不已，以至格雷厄姆不得不打断他，让他重复所说的话，并含混地再次提出探询，以确定所听到的内容包含的意义和罪恶。原来他并非自然苏醒！这是否是一个老人的妄想呢？抑或其中另有真相？格雷厄姆在记忆的黑暗角落中摸索，不久便探寻到了某种记忆，它可被理解为在刺激性物质的作用下而留下的印记。他感悟到，结识这位老人至少使他获得了对这个新时代的某些了解，这无疑是幸运的。老人呼哧呼哧地喘了一会儿，然后啐了一口唾沫，用那尖尖的、带有怀旧情愫的声音继续说：

“从他们第一次排斥他以来，我就一直在注视事态的发展。”

“排斥谁？”格雷厄姆问，“迷睡人？”

“迷睡人？不。是奥斯特罗格。他当时真是暴跳如雷，怒不可遏！后来他得到了那些人的承诺，当然是在下一次。他们都是笨蛋，对他没有丝毫的提防。现在全城都有他的粉碎机，就像我们在上面将谷子研磨成粉末的那种机器。直到有一天，他开始大干起来。工人们彼此仇视，一个工人被杀死了，一个劳工看守也被牵连致死，但其他人并没有被侵扰。杀戮！抢劫！黑暗！这一罗年来未曾有过这样的事。嗯！但是当上层闹翻的时候，平民百姓就倒霉了。时运不济啊！”

“你刚才说……什么未曾有过？一罗年？”

“嗯？”老人愣了一下。

老人说了几个词，尾音含糊不清，然后又重复了一遍。“拼拼杀杀，挥动着武器，全是些傻瓜，高喊着自由之类的口号。”老人说，“在我的一生中从没有过这样的事。现在就像三罗年前巴黎人民揭竿而起一样。那就是我所说的未曾见过的东西。但是这是世道常情，我明白它的重现是不可避免的。这五年来奥斯特罗格一直在筹划。骚乱连续不断，接踵而来的是饥荒和威胁、流言和战火。到处是牢骚满腹的穿蓝色粗帆布衣的人，人人自危，世风每况愈下。时运不济啊！到处都是反抗和厮杀，理事会气数已尽了。”

“你的消息相当灵通，了解这么多事情。”格雷厄姆说。

“我知道我听到了什么，这可不像我随身携带的这架机器，尽是些喋喋不休的胡言乱语。”

“那当然。”格雷厄姆说，不过他感到纳闷，这胡说八道的机器会是什么东西呢？“你能肯定这个奥斯特罗格，你能肯定奥斯特罗格组织了这次反叛并安排了迷睡人的苏醒吗？是不是只为了显示自己的权威，因为他没被选入理事会？”

“我想人人都知道这一点，除了傻瓜。”老人说，“他想方设法要独立自主、不受控制。无论理事会内外，凡是了解内情的人都知道这一点。我们在这儿，和黑暗中的死尸待在一起！嘿，你竟然没听说过奥斯特罗格和维尼兄弟之间的纠葛？真不知道你一直都在哪儿待着。你认为这些骚乱与什么有关？迷睡人？嗯？你认为这迷睡人是实际存在的，而且是自动苏醒的……是吗？”

“我这人很木讷，只是外表看起来年轻，其实很健忘，”格雷厄姆说，“再加上发生了很多事情——尤其是近几年，如果我是那迷睡人，老实说，我不可能对他们了解不多。”

“嗯！”老人说，“你年纪很大吗？声音听起来可不显老！当然，不是每个人都能把记忆力保持到我这个年龄，真的。但是这是人所共知的丑恶事情！不过你并没有那么衰老，绝没有。嘿！也许，以我为标准评判别人不太合适。对于一个像我这样年龄的人来说，我是年轻的。也许，对于你这样的年龄，你是显老的。”

“没错。”格雷厄姆答道，“我的身世很怪。我了解得不多。身世！实际上我对这些过去的事知之甚少。这迷睡人和尤利乌斯·恺撒对我来说毫无二致。不过听你谈这些事情还是很有趣的。”

“我确实了解一些事情，”老人说，“我了解那么一两件，但是……听！”

俩人默不作声，侧耳细听。“砰”的一声巨响，震得他们的座椅不住地颤动，路上的行人停了下来，相互呼喊着。老人满腹狐疑，朝一个在附近走过的人大声嚷嚷。他的勇气给格雷厄姆壮了胆，于是他立起身与别人搭话，但是没有人知道发生了什么。

他回到座椅前，发现老人正在低声嘀咕着那些尚未确定的问题。有一阵子，他们谁也没说话。

这场大规模的冲突好像近在咫尺，然而听起来又那么遥远，这种感觉使格雷厄姆难以想象。是老人正确还是路人的传说符合实情？革命者有望取胜吗？抑或他们都判断有误，那些人在红衣卫队的驱赶下正四处逃窜？战火随时可能蔓延到这个僻静的城区，他有可能被再次抓住。他有必要在为时未晚之际尽可能多了解些情况。他突然转身准备对老人发问，但是未说出口。他的这个举动使老人又侃侃而谈起来。

“嗯！世上的事总是相互关联的！”老人说，“这个迷睡人，所有傻瓜都信任他！我对他的情况了如指掌。我一直就是一个对历史颇有兴趣的人，当我还是个孩子的时候就常常读刊印的书籍，你肯定想象不到。可能你没看到过，这些书破烂不堪、灰蒙蒙的，清洁公司将它们付之一炬，烧制成像墙面石板状的东西，制作的方法虽然肮脏，但是用起来十分便当。哎呀！这下我学到的东西可多啦！这些新奇的玩意儿是一种可发出喋喋不休声音的机器。你好像并不觉得新奇，是吗？那些东西易于听，也易于忘。但是我从一开始就在探寻有关迷睡人的全部情况。”

“你大概不会相信，”格雷厄姆缓慢地说，“我很无知。我一直关注着自己的琐碎小事，我的遭遇非常离奇。我对这个迷睡人的来历一无所知，他是谁？”

“嗯！”老人接着说，“我知道，我知道他是一个可怜的、微不足道的人，倾心于一个爱玩乐的女人，可怜的家伙！他陷入了迷睡状态。他们保存着那些已呈褐色的照片，从照片上仍然看得出他躺着的样子，一罗半年前，对，就是一罗半年前。”

“倾心于一个爱玩乐的女人，可怜的家伙……”格雷厄姆轻声地自言自语道，接着又大声说，“是的。嘿！接着往下说。”

“你肯定知道他有一个叫沃明的表兄，沃明是一个无儿女的孤独之人，靠做公路投机生意发了大财，就是那些早期的伊德哈迈特公路。你肯定听说过，没有吗？怎么可能？他取得了全部专利而且建了一家大公司。那时有成千上万家企业和企业集团。成千上万！在二十多年间，他的公路使得破烂铁路关停了，他购进全部铁轨，在原线路上建造了那种伊德哈迈特公路。但是他不想拆散他的巨额财产，也不想使股东受损，于是他将这些全部留给了迷睡人，并委托一个财产托管委员会代管，他亲自挑选并训练了管理人。当时他知道，迷睡人不会苏醒，他会一直昏睡下去，直到死亡。对此他很清楚！后来，突然，有一个美国人因其两个儿子在一次航船事故中丧生又给迷睡人留下了一份巨额遗产。于是他的受托管理人发现，他们从一开始就掌握了不计其数的财产。”

“他叫什么名字？”

“格雷厄姆。”

“不。我是指那个美国人的名字。”

“伊斯比斯特。”

“伊斯比斯特！”格雷厄姆叫了起来，“奇怪，我根本不知道这个名字。”

“你当然不会知道，”老人说，“人们现在在学校学不到太多东西。但是我对他了如指掌。他是一个从英国移居美国的有钱人，他留给迷睡人的财产甚至多于沃明。至于他是如何做到事业有成的，我并不清楚。我只知道有关机器作画的一些事情。他成功了，捐赠了这笔钱，于是理事会捷足先登了。起先它仅仅只是一个托管财产的理事会。”

“那么理事会是如何发展起来的呢？”

“嗯！这些事你不在行。钱能生钱，再说十二个脑袋总比一个脑袋强。他们足智多谋，善于利用钱达到政治目标，并利用通货和关税使这笔钱不断增值。这笔钱不断增长，这么多年来，这十二个受托管理人将迷睡人财产的增值部分隐藏在伪造的名字和公司名下，或诸如此类幌子下。这个理事会通过购买地契、抵押契据、股票，通过贿赂每一个政党和每家报纸得到扩展。如果你了解了这些老生常谈的手法，就会明白理事会正在使迷睡人的财产不断增值，其增值的数目至少可以用万亿来计算。这一切源于一个心血来潮的怪念头——沃明的遗嘱，以及伊斯比斯特儿子的意外事故。

“人是很奇怪的。”老人说，“对于我来说，奇怪的是这理事会何以能够合作如此长久？他们多达十二个人呢。他们从一开始就结成朋党，但现在已经大不如前了。在我年轻的时代，说到这个理事会就像一个无知的人说到上帝一样。当时我并不知道他们会作恶。我没有听说过他们有妻子、孩子什么的！否则我会了解得更多。

“人是很奇怪的。”老人说，“你瞧，你年轻而又无知，而我，七十多岁的人了，完全有理由忘事了，却在简明扼要地向你解释这一切。”

“七十岁，”他说，“七十岁，我既能听也能看，听力比视力强，思维清晰而且足以应付各种偶发事变。七十岁！”

“生活是很奇怪的。我二十岁时奥斯特罗格还未出生。早在他力争当上那个风向标控制塔的首领前，我就对他有印象。我经历了许多变化。嗯！我穿上了这蓝衣服。我终于看到了这种拥塞、黑暗和骚动，还有堆积在大道上被运走的尸体。所有这一切都是他做的！都是他！”

在对奥斯特罗格含糊不清的颂扬中，他的声音逐渐减弱。

格雷厄姆思索着。“让我想想，”他说，“看我是否能弄清楚。”

他伸出一只手，然后屈指推算，“这迷睡人一直处于昏睡状态……”

“已经被人弄醒了。”老人说。

“也许吧。也就是说，在他迷睡之际，他的财产在十二个受托人手中不断增值，直到它鲸吞了全世界几乎所有资产。十二个受托人因这份财产而成为这个世界实际上的主宰，他们靠出资获得权位，就像旧时英国议会的议员那样。”

“嗯！”老人说，“那是很……很贴切的类比。你并不那么……”

“而现在这个奥斯特罗格，突然在世界上发动了一场革命，其手段是通过唤醒迷睡人，让他复活，向理事会索取他对财产的所有权，而除了迷信的平民，没有人曾梦想迷睡人会苏醒。”

老人咳了一声以示赞成这一说法。“真怪，”他自言自语道，“今晚居然与一个了解如此之多的人邂逅。”

“当然，”格雷厄姆说，“是够怪的。”

“你去过一个叫欢乐城的地方吗？”老人问。“我一生都在渴望着……”他笑着说。“甚至现在，”他说，“能享受一点乐趣该有多好。不管怎样，游览观光什么的总是有情趣的。”他喃喃地说了一句格雷厄姆听不懂的话。

“迷睡人，他何时醒来的？”格雷厄姆突然问道。

“三天前。”

“他现在何处？”

“在奥斯特罗格手里。他从理事会的爪牙那里逃出来还不到四个小时。我亲爱的先生，当时你在哪儿？他那时就在市场附近的那座大厅里。厮杀就发生在那儿。全城的人都因此而震惊，还有那些喋喋不休的机器！由此而激起的喧哗无处不在，即使是那些为理事会辩护的傻瓜也不可能视而不见。所有人都拥过去看他，所有人都拿起了武器。当时你是喝醉了还是睡着了？真不是时候！你是在开玩笑吧！你肯定是在找借口。他们切断电源是为了阻止那些机器大声的唠叨，阻止百姓的集结，让我们笼罩在这该死的黑暗中。你是想说……”

“我听说迷睡人被救了出来，”格雷厄姆说，“但是……是刚刚被救回来。你能肯定他在奥斯特罗格手里？”

“他不会放他走的。”老人说。

“那个迷睡人。你能肯定他是假冒的？我从没听说过……”

“傻瓜都这么认为。他们就这么想，好像不是亲眼所见的事情就根本不存在似的。关于这一点，我对奥斯特罗格太了解了。我告诉过你吗？从某种意义上说，我和奥斯特罗格有某种关系。是的，通过我的儿媳。”

“我猜……”

“怎么？”

“我猜，迷睡人不会有显示自己权威的机会。我想他必定会被玩弄于股掌之中——一旦冲突结束，无论他落入谁手，奥斯特罗格也好，理事会也好。”

“毫无疑问他会落入奥斯特罗格之手。为什么他不应当成为傀儡呢？瞧瞧他的地位。为他安排的一切，享受不尽的荣华富贵。他究竟为何要显示自己的权威呢？”

“欢乐城是什么地方？”格雷厄姆出其不意地问道。

老人让他重述了一遍。当最终确信没听错格雷厄姆的话时，他用肘猛地推了格雷厄姆一下。“太过分了，”老人说，“你这是在嘲弄一个老人。我一直怀疑你是在佯装，实际上你懂得很多。”

“也许有一部分是，”格雷厄姆说，“但不全是！为什么我要继续假装下去？不，我真不知道欢乐城是什么地方。”

老人笑了起来，笑得十分亲切。

“再说，我不知道如何读你们的文字，不知道你们使用什么货币，不知道你们的邻国有哪些，不知道我身在何处。数不胜数的问题。我不知道从哪儿弄到食物，我既没有喝的也没有住处。”

“喂！听我说！”老人说，“如果你现在喝上一杯，是否可以消消气呢？”

“我希望你把一切都告诉我。”

“他，他！咳！那些穿着绸缎的显贵们肯定有自己找乐子的地方。”一只干枯的手在格雷厄姆的手臂上抚摸了一会儿。“绸缎。咳，咳！但是，其实都一样，我倒希望自己是那个假冒的迷睡人，他将极尽享乐，沉迷于豪华奢侈之中。他长着一副古怪的面孔。以前他们允许任何人去看他，我曾得到过准许，去看过。那真的迷睡人的形象，正如那些相片所显示的，这个替身之前就摆出那副模样。那些相片因年代久远已经泛黄。但是他会厌倦的。这是一个奇怪的世界。想想那份幸运，那种运气，我预料他会被送到意大利的卡普里岛。对于一个外国人来讲，这是再快活不过的事了。”

他的话被咳嗽声打断。接下来他开始咕哝起来，艳羡着那种纵情享乐的生活，“幸运，幸运！我一生待在伦敦，期盼运气的惠顾。”

“但是你并不知道迷睡人现在又活过来了。”格雷厄姆突然说。

老人让他重述了一遍。

“人的寿命不会超过一百二十岁。这不符合自然法则。”老人说，“我不是傻瓜，傻瓜可能会相信，可我不信。”

格雷厄姆为老人的自负而生气。“无论你是否是傻瓜，”他说，“你对迷睡人的判断恰巧是错的。”

“嗯？”

“你的判断有误。在此之前我没告诉你，但是现在我要说，你的说法是不对的。”

“何以见得？我原以为你一无所知，甚至连欢乐城都不知道。”

格雷厄姆沉默着。

“你不知道。”老人说，“你怎么可能知道？只有为数不多的几个人……”

“我就是那个迷睡人。”

他不得不重复了一遍。

俩人之间出现了短暂的沉默。“恕我直言，我有一句不中听的话想说，先生，在这样的年代，你这么说是要惹麻烦的。”老人说。

格雷厄姆愠怒地重复了刚才的话。

“我是说我曾经是迷睡人。那是十分久远的年代，我确实在一座石头建造的小村里睡着了。那时树篱成排，村庄和客栈星罗棋布，整个乡野被分割成小块，田垄纵横交错。你没听说过那个年代？现在站在你面前说话的人正是四天前醒过来的人。”

“四天前？迷睡人？但是他们已经控制了迷睡人。他们控制了他，不会放他走的。无稽之谈！到现在为止，你说的话还算入情入理，我可以想象到，就像身临其境一般。但是林肯会像一个保护人那样紧随其后，他们不会让他单独走动，他们肯定不会。你是一个怪人，爱开玩笑的那种人。我现在明白了你为什么总是那么古怪地让尾音变浊，但是……”

他骤然停了下来，格雷厄姆可以看清他的表情。

“奥斯特罗格不会让迷睡人独自一人四处游荡的！不会，你告诉我这些完全选错了对象。嗯！就好像我会相信你似的。你要的是什么花招？可笑的是，我们还一直在谈论那个迷睡人。”

格雷厄姆立起身。“听着，”他说，“我就是迷睡人。”

“你是一个怪人，”老人说，“坐在这黑暗中发音不清地和我侃侃而谈，还扯出那种弥天大谎来。但是……”

格雷厄姆的恼怒化为一阵大笑。“岂有此理！”他喊道，“岂有此理！该是梦醒的时候了，它变得越来越荒唐。我在这儿，在这该死的昏暗中，我从未体验过如此昏暗的梦——一场跨越二百年时空的梦，而现在我还试图使一个老糊涂相信我就是我自己，与此同时……唉！”

在突然迸发的激怒的驱动下，他迈开大步走了。老人立刻跟了上去。“嘿！别走！”老人喊着，“我是一个老傻瓜，我知道。别走，别把我撇在这黑暗中。”

格雷厄姆踌躇着，停了下来。突然，他的脑海中闪过一个把秘密说出来的傻念头。

“我无意冒犯你，我只是不相信。”老人挨近他说，“绝无伤害之意。如果你乐意，权当你是迷睡人就是了。这是一种愚蠢的把戏。”

格雷厄姆犹豫着，突然转过身去，继续走自己的路。

有一阵子，他还能听见老人一瘸一拐的追赶声，后来，那呼哧呼哧的喘息声逐渐远去，最后完全被黑暗吞噬。格雷厄姆再也没有见到他。

第十二章
奥斯特罗格

现在格雷厄姆对自己的处境看得更清楚了。长久以来，他一直处在迷惘之中，但是与老人谈过后他愈益清晰地感觉到，找到这个奥斯特罗格是不可规避的最终抉择。有一点是可以确定的，叛乱总部的那些人极为成功地隐瞒了他失踪的事实，但是他时刻希望能听到有关自己死亡或被理事会重新俘获的消息。

这时，有个人在他面前停了下来。“听到什么消息了吗？”这人问。

“没有！”格雷厄姆吓了一跳，脱口答道。

“将近十二罗，”这人说，“十二罗人！”说完后继续匆匆赶路。

黑暗中有几个男人和一个姑娘经过，他们打着手势并大声叫嚷着：“停止抵抗了！投降了！”“十二罗人。”“二十四罗人。”“奥斯特罗格，万岁！奥斯特罗格，万岁！”呼喊声逐渐远去，愈来愈模糊。

接踵而来的其他人也在呼喊着。一时间，他的注意力完全沉浸在耳边的只言片语中，他怀疑这些是否都是英语。飘浮在耳畔的零碎话语听起来像“黑鬼”的方言皮钦语——一种含混不清、支离破碎的非标准英语。他不敢与任何人搭讪。这些人给他的印象与他对这场冲突的预想完全相悖，但也证实了那位老人对奥斯特罗格必将取胜的断言是正确的。过了很久他才说服自己，这些人是为击败理事会而欢喜雀跃，当初倾全力追捕他的理事会终究只是冲突双方中的弱者。若果真如此，对他有何影响呢？他不止一次在一系列根本性问题的边缘徘徊。有一回，他转过身，跟在一个小个子男人后面走了很长一段路。那人长得胖乎乎的，一副招人喜爱的模样，但最终还是没能鼓起勇气与他搭腔。

渐渐地，他开始意识到或许能够通过询问找到那些“风向标军官”。然而，第一次打听的结果，仅是被告知继续朝威斯敏斯特方向走。第二次打听使他找到了一条捷径，但很快便迷了路。后来有人告诉他，应该离开那些大道——之前他一直沿车道走，不知道另有他路。于是他便走下中央台阶，进入交叉路口的黑暗中。一路上出现了几次奇遇，但有惊无险。

其中主要的一次是意外地遇上了一个声音粗哑、外形不是很清晰的家伙，他操着一种怪异的方言，乍听起来是一种陌生的语言，混浊的语流中夹杂着废弃的英语词汇，是一种具有现代道德衰败特征的方言。后来，又有一个声音越来越近，那是一个姑娘的歌声：“吐啦啦，吐啦啦。”她用带有类似特征的英语与格雷厄姆交谈，声称自己丢了妹妹。他觉得她故意地踉跄着步子与他相撞，然后抓住他大笑起来，但他仅用一句措辞含糊的规劝便使她销声匿迹了。

他周围的声音纷至沓来。人们从他跟前跌跌撞撞地经过，兴奋地交谈着。“他们投降了！”“理事会？肯定不是理事会！”“他们在大道上这么说的。”通道似乎愈变愈宽。随着那面墙突然转向，他已置身于一块空旷的场地上，远处的人群在忙碌着。他向暗处一个模糊的人影问路。“大步向前，直穿过去。”一个妇人的声音答道。他离开了他面前的导向墙，转瞬间他被一张放着玻璃器皿的小桌子绊住了脚。格雷厄姆那双已经适应黑暗的眼睛能辨别出一长列的深景，他看到两侧排放着死气沉沉的桌子。他沿街走去，在一两处桌子边他听见玻璃相撞的叮当声和吃东西的声响。尽管社会陷入了动乱和黑暗，但仍然有人平静地就餐或大着胆子悄悄地吃上一顿。向远方的高处望去，他看见一盏半圆形的灯发出苍白的光芒。当他走近时，一条黑色的边线移动过来将其遮盖起来。他听见了啜泣声，循着声音他发现两个受惊的小姑娘正蹲伏在栅栏边。这两个孩子一听见近处的脚步声，便停止了抽泣。他试图安慰她们，但是她们的平静仅仅延续到他离开。当他逐渐远去时，他听见她们又开始呜咽。

不久，他发现自己站在一座阶梯的末端，靠近一个宽敞的洞口，在洞口上方他看到了暗淡的微明。在黑暗中他沿阶梯上行，然后进入一条移动大道街。沿街行进着喧嚣的骚动人群，他们高唱着造反之歌，但是唱得断断续续、跑腔跑调。到处是点燃的火把，闪光中隐约可见阴影在歇斯底里地跳动。他问了路，但是同样含混不清的方言又一次使他感到迷惑不解。他又问了一次，终于听懂了。这里距威斯敏斯特风向标塔楼有两英里，但是路并不难行。

当他终于接近风向标塔楼所在的那个区域时，沿大道方向行进的队伍中传来欢呼声，人们兴奋雀跃、手舞足蹈，全城顿时又回复到往日的灯火通明。此时此刻，他似乎感觉到推翻理事会的行动已经大功告成，但是仍然没有听到关于自己失踪的消息。

全城骤然间恢复了照明，他惊愕地伫立着，周围所有的人都在炫目的光亮中止住了脚步，整个世界沐浴在辉煌之中。激动的人群塞住了通向风向标塔楼的大道，于是他绕行到人群的边缘，这时他已置身于那盏灯射出的强光中。他意识到自己已被发现，随之而来的便是暴露身份，于是他急切地想与奥斯特罗格会合。

有一阵子，他被困在危机四伏的人群中，不停地被推搡着，周围的那些人声嘶力竭地呼唤着他的名字，其中有些人缠着绷带，满身污血。在这场因他而起的冲突中，他们曾经浴血奋战。风向标塔楼的正面用某种流光溢彩的图画装点着，但那究竟是什么，他看不清，因为尽管他竭尽全力，却仍然无法从拥塞的人群中挤过去。从他所捕捉到的只言片语中，他断定，这是通报理事会大厦周围战况的一种方法。情况不明加之优柔寡断，使得他在人群中游移起来。他一时无法想象如何才能从那封闭的正面进入塔楼。

他步履维艰地挤入人群中，这时他蓦地意识到中央大道的下行阶梯可以通向塔楼的内部。这使他在迷惑中豁然开朗。不过，中央通道是如此拥塞，以至他费了九牛二虎之力才到达那儿。这时，他遇到了更为棘手的阻挠。在某个卫兵室，他用长达一个小时的时间生动地描述了他的理由，接着在另一个卫兵室又耗费了同样长的时间，才得以将一张便条送达一个有兴趣见他的人手中。后来，他的描述又被嗤之以鼻，而且没有一个地方的人能对他讲述的内容做出明智的判断。他终于到达了另一座阶梯处，这时他干脆声称有特别重要的消息捎给奥斯特罗格。这消息是什么，他不愿意说。他们勉强将他的便条送了进去。他在电梯升降机井口处的一间小屋里待了很久，终于等来了林肯，他看起来既热切又歉疚，而且也不无惊诧。林肯在门厅中停了下来，上下打量着格雷厄姆，然后喜形于色地冲上前去。

“没错，”他喊道，“果然是您！您没有死！”

格雷厄姆对此仅略加说明，并无多话。

“我的兄长正在恭候，”林肯解释道，“现在他一个人在塔楼里等您。我们曾经担心您在剧场会遭到不测。他怀疑过，尽管我们说了那儿的情况。现在那儿的形势依然十分紧迫，否则他是会来接您的。”

他们上了电梯，沿一条狭窄通道穿行，然后穿过一座大厅。大厅里面空荡荡的，只有两个行色匆匆的信使。他们进入一间较小的屋子，屋里的陈设只有一张小型沙发和一块硕大的椭圆形盘状物体。从远处看，一条缆绳从墙上悬下系在灰色的圆盘上，圆盘斑驳陆离，变幻莫测。林肯将他留在那儿便走开了。他独自待在那儿，注视着从圆盘的表面缓缓通过的雾状影像，他感到大惑不解。

这时他的注意力被突然传来的一种声音所吸引。那是欢呼声，从远处聚集的人海中爆发出的狂热呼喊——惊天动地的狂欢。这声音来得突然，消失得也突然，如同在门的开合之间传出的声响。从外屋传进急促的脚步声与和谐悦耳的叮当声——就像松弛的链条在轮齿上滚动的那种声响。

接下来，他听见了一个女人的说话声，衣裙的窸窣声。“这位是奥斯特罗格！”他听见她说。这时传来了一只小铃断断续续的敲击声，接下来是一阵万籁俱寂。不久，又响起了说话声、脚步声和一些其他动静。他可以听到脚步声，似乎是一个人从一群之中离开并朝自己这个方向走来。那脚步声听起来坚定而平稳，缓慢而有节奏。这时，帷幕缓缓升起，出现一个身材颀长的白发男人，他身着米色绸衣，扬起手臂，注视着格雷厄姆。

那白色的人影拉着帷幕，过了一会儿松手让它垂下，然后伫立在帷幕前。格雷厄姆对他的第一印象是他的额头特别宽，淡蓝色的双眼深陷在白色眉毛下，鼻子呈鹰钩状，嘴巴线条粗犷，显得刚毅而坚定。他的眼睛上方的肉呈褶皱状隆起，下垂的嘴角与笔直的姿态相形见绌。这表明，此人年纪已不小了。格雷厄姆本能地站立起来，一时间，俩人相对无言地站着。

“你是奥斯特罗格？”格雷厄姆问。

“是的。”

“领袖？”

“是被这么称呼。”

格雷厄姆在沉默中感到了窘迫。“我必须向你表示感谢，主要是，我明白，都是为了我的安全。”他立刻说道。

“我们曾经担心您已被杀掉。”奥斯特罗格说，“或被迫又进入永远的昏睡状态。我们一直在竭力保守这个秘密。您是怎么到这儿的？”

格雷厄姆回答得很简略。

奥斯特罗格静静地听着。

他不动声色地笑着。

“当他们来告诉我您要见我时，您可知道我正在做什么？”

“我怎么猜得着呢？”

“准备您的替身。”

“我的替身？”

“一个我们所能找到的跟您相像的人。我们原打算使他进入催眠状态，从而省却扮演角色的那种麻烦。这在当时是绝对必要的，整个这次造反行动建立在这样的想法之上，即您已经醒过来了，活生生的，而且和我们在一起。即使是现在仍然有大群的人聚集在剧场大声呼喊着要见您。他们不相信您在这里，您明白您目前的地位吗？”

“很少。”格雷厄姆答道。

“是这样的，”奥斯特罗格朝屋里走了几步，然后转过身，“您是确定无疑的主宰，拥有多半个世界，因此您与君主相差无几。您的权力在很多复杂的方面受到限制，但是您是偶像，百姓心目中政权的象征。这个伦敦理事会实际上就是所谓的财产托管委员会。”

“我听说过这方面的大概情况，之前我碰到过一位饶舌的老人。”

“我明白，您当然知道，我们的百姓——这个词来源于您那个时代，但我们仍然有百姓——视您为我们实际上的统治者，正如您那个时代广大臣民视君主为统治者一样。他们，全世界的百姓，不满意您的受托人的统治。虽然多半是那种司空见惯的不满，平庸百姓那种习以为常的怨言——与劳碌、惩戒和疾病联系在一起的那种痛苦的呻吟，但是您的受托人的统治确实极为残酷。在某些问题上他们是不明智的，例如对劳动服务公司的管理，正是他们创造了不计其数的就业机会。我们这个百姓组织一直在鼓动改革。这时，唤醒您的时刻来到了，来到了！如果过早唤醒您，我们不可能有这么好的机遇。”他笑着说，“公众未体谅到您这么多年一直处于静歇状态，我们只是偶然想到了这个主意：唤醒您并将反抗诉诸您，于是——突然爆发！”

奥斯特罗格做了一个表示反抗的手势，格雷厄姆点了一下头以示明白。

“理事会乱成一团，争吵不休，这是常事。他们无法决定如何处置您。您知道他们是怎样囚禁您的吧？”

“我明白，我明白。那么现在，我们胜利了？”

“我们胜利了。我们确实胜利了。昨晚，在短短的五个小时内，我们突然全面罢工。风向标组织的人和劳动服务公司数百万劳工砸开了镣铐。我们战胜了那些空中飞箭。”

他停顿片刻。“是的。”格雷厄姆说，他猜想那飞箭可能指的是飞机。

“当然，那是至关重要的，要不然他们是能够逃走的。全城都起来造反了，几乎每三个人当中就有一个人参加了造反。所有的蓝衣百姓，所有的公职人员——除了为数不多的一些飞行员和半数的红衣警察。您被救了出来，街上那些红衣警察已经被驱散，其中只有不到半数的人能够集结在理事会大厦旁，或被解除武装，或被枪毙。整个伦敦是我们的。现在，只剩下理事会大厦。

“在属于他们的红衣警察中，有一半人参与到捕捉您的愚蠢行动中，可在他们还没抓到您的时候就送了命。他们向剧场派出了所有能调遣的军队。我们切断了他们与理事会大厦的联系。今夜才是真正的胜利之夜。这个世界到处星光璀璨。一天前还是伦敦理事会在统治着，他们的统治延续了一罗年，也就是约一百五十年，那时我们只有一些密谋活动和散布在各处的秘密武器，突然——就这样爆发了！”

“我一无所知，”格雷厄姆说，“我想，对于这一冲突的各种情况，我还不是很清楚，你是否可以做一些解释。理事会在何处？冲突地点在哪儿？”

奥斯特罗格走到屋子的另一边，这时某种东西发出“咔嗒”的声响。突然，一片黑暗，只有那椭圆形的物体发出的光亮。格雷厄姆感到困惑不解。

接下来，他看见那模糊不清的灰色圆盘增厚了，而且变得更有色泽，外观像一扇椭圆形窗户，上面映出一种奇怪而陌生的景象。

乍一看，他无法猜出这景象是什么。它或许是拂晓时分的景象，或许是寒冬的日光，灰暗而清寒。越过这幅图景，好像在他和远景间的中点处垂直悬挂着一根白色金属丝拧成的绳索。接下来，他看到一排排巨型风车轮。这些东西他曾经见过，宽阔的间隔空间，几处黑洞洞的深壑，与他逃离理事会大厦时穿过的那些地方颇为相似。他辨认出一列红衣人正步伐整齐地越过一块空地，黑衣人列队站立在空地两侧。没等奥斯特罗格开口，他已经意识到他现在正俯瞰着今日的伦敦。前一天夜间的雪已不见踪影。他断定这面镜子是现代使用的某种类似于暗箱的东西，但是关于这个问题他并没得到确切的解释。他明白，尽管红衣人的队列从左侧跑向右侧，但是实际上他们正在向相反方向跑去。他为之感到惊叹，接下来他看到这幅景象在椭圆形的镜面上缓缓移动，就像连续转换的画景。

“过一会儿您会看到厮杀的场面，”奥斯特罗格在一旁说道，

“您注意看，这些穿红衣的家伙是俘虏，这是伦敦建筑物的顶部空间。现在几乎所有房子都连成了一片，街道和公共广场都有遮顶。您生活的那个时代的沟壑和深渊已不复存在。”

这时，模模糊糊的某样东西遮住了半边图像，它的形态像人，接着出现了一丝金属反光，一闪而过，某种东西从椭圆形镜面上疾速掠过，就像一只鸟的眼睑飞快地眨动一样，接下来图像又清晰了。现在格雷厄姆注意到了许多人在风车轮之间跑动，枪口瞄准着他们，火花从枪口喷出，顿时烟雾弥漫。人群愈益密集地拥向右侧，不停地打着手势，这表明他们可能在叫喊，但是图像上并未显示出来。人群和风车轮缓慢而稳定地在镜子的视域中通过。

“接下来，”奥斯特罗格说，“就是理事会大厦。”一条黑色边线悄悄地进入视野，格雷厄姆立刻聚精会神起来。不久随着边线的缓缓移动，出现了一个洞穴，一个巨大的黑暗空间，位于建筑群中间。从洞穴中冒出的缕缕烟雾盘旋着升入冬日惨淡的天空。周围一片废墟，被截短的粗大支柱和梁架凄凉地矗立在这千疮百孔的黑暗中。在这些曾经是富丽堂皇的场所的残迹上攀爬、跨越、群集着不计其数的百姓。

“这就是理事会大厦，”奥斯特罗格说，“他们最后的据点。这些傻瓜为了阻止我们进攻，炸掉了周围的全部建筑，浪费了足以坚守一个月的弹药。您有没有听到破碎声吗？它毁掉了全城一半的玻璃。”

就在他说话的当儿，格雷厄姆看到，在这一大片废墟的另一边赫然挺立着一座白色建筑物，但已是满目疮痍、破败不堪。这座矗立在黑暗中的巨型建筑，在四周被无情毁坏的环境的映衬下更显得形影相吊。那些黑洞洞的豁缝便是这场灾难硬扯开的通道。沿锯齿状的墙壁悬着断开的缆绳和扭曲的绳索及金属杆，远看起来颇像垂花雕饰。在巨大雕像的所有隐蔽处都隐约可见红色的斑斑点点，理事会的捍卫者在移动着。时而发出的微弱闪光使阴影更加森然可怖。乍一看，格雷厄姆觉得，对这座孤立无援的白色建筑发起的进攻正在顺利进行，但接下来，他便觉察到反叛者的队伍不是在推进，而是掩蔽在弹痕累累的大楼红衣人最后的据点，在断壁残垣中断断续续地射击。

不到十小时前，就在那座远处的大楼内的一间小屋中，格雷厄姆站在通风扇下，思忖着在这世界上正发生着什么。

当这一战争场面默然无声地移过镜面中心时，他更加专注地凝视着，他看到这座白色建筑已陷于四面废墟的重围。奥斯特罗格简要地描述了大楼守卫者们为避免受到猛攻是如何大肆破坏的。他用冷漠的语气提到在楼房大规模坍塌中人员遭受的伤亡，并且简述了在废墟中临时搭建停尸房的原因。救护车像干酪虫一样拥塞在印满车辙的移动大道上，因而伤员未能得到及时的救治。显然，奥斯特罗格更有兴致对理事会大厦的各个部分和围攻者的分布做出讲解。在这一瞬间，这场曾经震撼整个伦敦的市民夺权行动，对格雷厄姆来说已不再是难解的谜。这根本就不是那天晚上所发生的纷乱造反，不是平等的争夺，而是精心策划的军事政变。奥斯特罗格对战况细致入微的了解令人吃惊，甚至对在废墟中匍匐前进的黑红两色斑点最小规模的集结情况都了如指掌。

奥斯特罗格伸出一只手臂横过闪光的画面，在上面留下了又大又黑的影像，他指出格雷厄姆逃离的那间屋子，然后越过已经坍塌的洞窟点出他的逃跑路线。格雷厄姆认出了那个深坑，排水沟从中横穿而过，还有那些风车轮。他曾经蹲伏在那儿躲避飞机，逃跑途中经过的其他地方已经被炸得荡然无存。他又看了一眼理事会大厦，它已经掩映在黑暗中。向右侧望过去，映入眼帘的是一面静谧的山坡，上面矗立着圆顶和尖顶的建筑群，看起来暗淡、朦胧、幽远。

“理事会真的被推翻了吗？”他问。

“被推翻了。”奥斯特罗格答道。

“那么我……千真万确是我吗？”

“您是世界的主宰。”

“但是那面白旗……”

“那是理事会的旗——统治这个世界的标志。它将被降下来。他们对剧场的攻击是垂死的挣扎。现在他们仅有一千人左右，其中有些人不会那么尽忠竭力，而且他们的弹药也不多。我们正在重新利用古代技术铸造枪炮。”

“但是，愿上天帮助我。这座城市就是整个世界吗？”

“这几乎就是他们在整个帝国中留给自己的全部了。海外的那些城市或与我们一起造了反，或在等待结局。您的苏醒使理事会大伤脑筋，无能为力。”

“但是，理事会不是有飞机吗？怎么没见和飞机作战呢？”

“他们有，但是大部分飞行员在造反中和我们站在一起。他们不愿意为我们卖命，但也不愿意招惹我们。我们必须争取那些飞行员，足足有一半飞行员支持我们，另一半也知道这一点。当初，他们一了解到您已经逃脱，寻找您的那些飞机便降了下来。一小时前我们处决了向您射击的那个飞行员。从一开始我们就尽可能地占领了每一座城市的机场，因而阻止了飞机起飞并俘获了飞机。对于那些已经出动的轻型飞机——有些确实已经起飞——我们就向它们拼命扫射，使它们无法接近理事会大厦。如果它们降落，就不可能再飞起来了，因为在那儿周围没有开阔的空地可供它们起飞。我们击毁了几架飞机，另有几架飞往欧洲大陆寻找允许它们降落的友好城市——如果他们能在燃料耗尽前找到的话。其中多数飞行员很乐意被俘，因为这样他们就脱离了危险。驾着飞机上下翻飞实在不是件诱人的事情。这样一来，理事会就没有飞机了，它的气数已尽。”

他笑了起来，然后又转向镜中的影像，向格雷厄姆展示他所说的机场指的是什么。即使是较近的四座机场也离得很远，在薄薄的晨雾中显得更加朦胧，但是格雷厄姆可以觉察出，即使用它们周围的事物做参比，这些机场也是一种极为庞大的设施。

随着这些朦胧的幻景逐渐移向左边，又出现了一大片开阔地，解除武装的红衣人正横穿这块场地。接下来就是黑色的废墟和被围困的白色堡垒——理事会大厦。随着一片云影掠过，它看起来不再像幽灵萦绕的庞然大物，而像沐浴在阳光中散发着暖色的琥珀。周围小规模的战斗仍在断断续续地进行，但是此刻红衣守卫者已经不再射击了。

就这样，在幽暗的静谧中，这个从19世纪走来的人，看到了一场用强制手段确立统治的反叛，这场反叛正在接近尾声。他突然想到，也可以说吃惊地发现：他属于这个世界，而不是属于他弃于身后的过去。这个世界并非已登峰造极、无可超越；在这个世界上有他未来的人生:应履行的义务，应行使的君权，应承担的责任。他怀着这些耐人寻味的问题转过身。奥斯特罗格开始回答他的提问，接着又戛然而止。“这些问题我得过些日子向您做更充分的解释。目前，您需要做的是履行义务。百姓正乘坐移动大道从全城各处向城堡的空旷场地聚集，集市和剧场已挤满了人。您正赶上见到他们，他们正呼喊着要见您，世界各地的百姓都想见您。巴黎、纽约、芝加哥、丹佛、卡普里……成千上万座城市在觉醒、骚动、犹豫、呼喊着要见您。多年来他们一直强烈要求唤醒您，现在这个愿望实现了，他们又几乎不愿意相信……”

“但是毫无疑问，我不能去……”

奥斯特罗格从房间的另一头做出了回答。这时，那盏灯突然向后一动，于是椭圆形圆盘上的图像便暗淡下去，最终完全消失。“这些是远距离活动摄影机，”他说，“当您在这里向百姓鞠躬致意时，全世界成千上万的人都能看见您。即使拥塞在大厅里，即使在黑暗中，他们也能看见您。当然图像是黑白的，和这个不一样，但是您将听见比他们在大厅中的喊叫更响的声音。”

“我们将使用一种光学装置，”奥斯特罗格说，“这种装置过去曾用在一些杂技演员和舞蹈演员身上，这对您来说可能十分新鲜。您站在强光中，他们看到的不是您，而是投射在屏幕上放大的您的影像。因此，即使是坐在剧场最后一排的观众，如果他们愿意，也能数出您的睫毛有多少根。”

这时，格雷厄姆脑海中浮现出一个接一个的疑问，但犹如过眼烟云瞬息即逝，他拼命地抓住了其中一个。

“伦敦人口是多少？”

“二十八米里亚德。”

“那是多少？”

“超过三千三百万。”

这些数字是格雷厄姆难以想象的。“百姓非常希望您对他们说些什么。”奥斯特罗格说，“不是您过去所谓的那种演说，而是一种很简短的话，仅仅一个句子，六七个词，是某种形式上的东西。如果我可以建议的话，就说‘我醒来了，我的心与你们同在。’这就是他们想要的那种东西。”

“你刚刚说什么？”格雷厄姆问。

“‘我醒来了，我的心与你们同在。’然后以王者风度点头致意。但是，首先我得给您弄件黑色袍服，因为黑色表示君主的身份。您不介意吧？这样他们就会散开，各自回家去。”

格雷厄姆犹豫了一下，然后说：“就听你的。”

奥斯特罗格显然就是那么想的。他思考了片刻，然后转向帷幕，向一些未露面的侍从发布了简短的指令。转眼间便送进来一件黑色袍服，与格雷厄姆在剧场穿的那件一模一样。当格雷厄姆将衣服披上肩时，奥斯特罗格好像突然改变了主意，拉开帷幕走了出去。

格雷厄姆站在那儿，那个恭顺的侍从侧耳细听着逐渐远去的脚步声。过了一会儿，传来了快速的一问一答的说话声，以及许多人跑动的声响。帷幕被扯开，奥斯特罗格又出现了。他的那张宽脸庞因兴奋而透着红光。他大步走到屋子的另一边，只听“咔嗒咔嗒”一声，整个房间又陷于黑暗之中。他抓住格雷厄姆的手臂，指着那面镜子。

“就在我们转过身去这会儿……”他说。格雷厄姆看见他黑而粗大的食指正指着镜子中映现的理事会大厦的上方。他愣了一会儿，不解其意。后来，他觉察到原先悬挂着白旗的那根旗杆现在光秃秃的。

“你是说……”他开始有些明白了。

“理事会投降了。它的统治彻底结束了。”

“瞧！”奥斯特罗格指着一圈黑色的东西，它正沿着光秃秃的旗杆缓缓地向上爬行，时而有节奏地抽动一下，当它升到顶端时，便舒展开来。

当林肯拉开帷幕进来时，椭圆形的图像暗淡了下去。

“他们在喧哗。”他说。

奥斯特罗格紧紧地抓住格雷厄姆的手臂。

“我们唤起了百姓，”他说，“我们将他们武装起来。但是，至少就今天来说，他们的希望就是法律，我们必须满足他们。”

林肯撩起帷幕让格雷厄姆和奥斯特罗格走过去。

在前往市场的路上，格雷厄姆瞥见在一间狭长的白墙屋子里，到处都是身穿蓝色粗帆布服装的男人。他们抬着像棺材架一样的东西，上面蒙着布，周围穿紫色衣服的医务人员匆匆地跑来跑去。从这间屋子里不时传出呻吟和恸哭声。他的印象是，那一排排床铺无不血迹斑斑，有的已经人去床空，有的上面躺着满身血污、缠着绷带的伤员。这仅仅是从人行道的扶栏处扫视到的情景，再往前走，一座扶壁挡住了视线。他们继续朝市场走去。

现在，离咆哮声越来越近了，它突然像雷声一样轰鸣起来。格雷厄姆注意到，一面面黑色旗帜迎风飘扬，蓝色粗帆布衣和褴褛的棕色衣衫波浪般地起伏着。沿着一条长长的通道走下去，进入视野的是一大片涌动的人群，他们正聚集在公共市场旁的剧场内。这一场面气势磅礴。他意识到他们正在步入那座他首次亮相的宏大剧场。他在逃离红衣警察的追捕过程中，最后见到的正是这座光影交错的怪异剧场。这一次他是沿着舞台上方的一条长廊进去的，这地方现在又是灯火通明。他的目光搜寻着那条过道，当初他就是经此脱身的。但是现在人群如此密集，他无法在数十条类似的过道中将其识别出来，也没法看清那些破碎的座椅、瘪气的垫子，以及诸如此类的形迹。除了那座舞台，整个剧场拥挤不堪。从上面看下去，人群中仿佛点缀着粉色，每一个粉色的小点就是一张向上仰起的面孔，静默无声地注视着他。当他和奥斯特罗格出现时，欢呼声平息了，歌声停止了，无序状态受到遏制并渐趋平稳。人海中的每一个人似乎都翘首注视着他。

第十三章
旧制度的覆没

根据格雷厄姆的判断，当理事会的白旗降落时，正值正午时分，但是还需要数小时才能达成有关投降的协议。因此在对百姓发表了简短的演讲后，他回到了在风向标塔楼内的新居所。过去十二小时里连续不断的兴奋使他极其困顿，就连他的好奇心也已经达到了极限。他漠然地睁着双眼，呆滞而无生气地坐了一会儿，又小睡了片刻。而后，他被两个医护人员唤醒，他们带来了兴奋剂。为了能够经受得住接下来的折腾，他服了这些药，并听从劝告洗了冷水澡。此后他感到心旷神怡，精力倍增。现在他已经能够且乐意陪同奥斯特罗格穿过数英里的通道，乘坐电梯和滑梯前去观看伦敦理事会统治行将终结的盛大场面。

这条路在迷宫般的建筑群中迂回曲折地穿行。他们最终来到了一条呈曲形的走廊处，前方的路愈走愈宽，逐渐拓展成一块长方形空地。在落日余晖的映照下云层染上了暖色，已成废墟的理事会大厦的轮廓参差不齐，纷乱的叫喊声不断地向他袭来。不一会儿，他们从高高的崖头山顶上走了过去，那些倚崖而建伸出在废墟之上的楼房现在已面目全非。格雷厄姆眼前的广阔空间依然如他在椭圆形镜中远眺时那样陌生和奇妙。

这块近似圆形的凹地从底部到外缘约一英里，其左侧在阳光照射下灿烂辉煌，下方和右侧笼罩在阴影中，显得清寒阴冷。矗立在圆形凹地阴影中的理事会大厦的上方，仍然悬挂着黑色降旗，在炫目的落日映衬下，合拢的黑旗更显得无精打采。被拦腰切断的房间、门厅和走道，怪异地张着大口。断裂的金属块沮丧地从奇形怪状的碎瓦中探出身子，大堆扭曲的缆绳落在地上像缠绕在一起的海藻。从大厦的基底部传出无数张喉咙发出的纷乱叫喊声，以及猛烈的冲撞声和号角声。这座巨大的白色建筑茕茕孑立，四周一片废墟，被肢解的黑色墙体，塌陷的地基，横七竖八倒卧的框架，一根根被截短的粗壮石柱，残留的梁架，破碎的泰坦式内壁……在这些建筑残骸的下方能看到流水的闪光。远处，在这片废墟的另一边，从堆积的瓦砾中伸出弯弯曲曲的一段自来水管，约有二百英尺长，喷射出来的水流发出轰鸣声，如阳光下炫目的小瀑布。到处都密集着人。

不管在哪里，只要有空间、有立足之地，就能看到蜂拥的人群，远看虽然微小，但仍然清晰可辨，只有那些身处落日余晖所及之处的人群难以辨认。人们或攀登那些摇摇欲坠的石壁，或成群结队地环绕在耸立着的石柱周围，或在环形状的废墟边缘拥挤着。

他们朝中央场地蜂拥而去，空中充斥着他们的叫嚷声。

理事会大厦上面看不见一个人，就好像那儿是被废弃的荒芜之地，只有那面垂头丧气的降旗沉重地将头倚在那盏灯上。理事会大厦内仍可见到尸体，其余的或被人群遮住，或已被抬走。格雷厄姆所见到的是散落在豁缝、废墟角落和流水中那些被忽略的尸体。

“您愿意见他们吗？陛下。”奥斯特罗格问，“他们急切地想见您。”

格雷厄姆迟疑了片刻，然后向倒塌在地的那块断裂的饰柱走过去。他，一个身材颀长的黑色人影，在蓝天的映衬下显得格外孤寂，伫立着俯视下方。

废墟中的人群渐渐地注意到了他。与此同时，远处出现一队队黑衣人，他们从人群中硬挤过去，朝理事会大厦前进。他看见那一颗颗黑色的头颅变成了粉红色，他们在注视着他。他明白随之而来的便是浪潮般的欢呼声，这时他突然想应当有所表示，于是他举起手臂，指指理事会大厦，然后垂下手。顿时，下面传来憋足劲儿发出的异口同声的欢呼声，如同不计其数的涟漪汇积而成的声响。

在签订投降协议前，西边的天空湛蓝而清澈，南边的上空木星在闪耀。这时，天上出现了缓慢而细微的变化，静谧而美丽的夜色正悄无声响地降临。下面，人们在奔忙、雀跃。在相互冲突的命令和犹豫不决中，人员不时地被调来调去，喧嚣声一浪高过一浪，纷乱的声响不绝于耳。在理事会成员出来前，挥汗如雨的人们在互相冲突的命令声中将数以百计的尸体抬出去，这些人是在那些长长的走道和房间里进行的短兵相接的搏斗中死去的。

黑衣卫队排列在理事会成员可能经过的道路两侧，队列一直延伸到苍茫暮色中目力所及的废墟处。在被攻占的理事会大厦内，以及周围与之毗连的那些被毁的建筑内，每一处都挤满了黑压压的人群，即使在他们停止欢呼的时候，也能够听见窸窸窣窣的声音，如同海浪冲击着布满鹅卵石的海滩时发出的声响。奥斯特罗格在一座完全倾覆的、破碎的砖石建筑上挑选了一座平台，平台上的梁架和木料正在匆忙搭建，它的主体部分已经完工，但是机械仍在发出嗡嗡声和铿锵声，并不时地在这座临时建筑下面的阴影中投下炫目的强光。

格雷厄姆伫立在平台一稍高处，奥斯特罗格和林肯紧随其后，前方是一群级别较低的军官。一座地势稍低但更宽阔的平台环绕在这座高级官员专用的平台四周，上面站着黑衣卫队，他们佩戴着小型的绿色武器，格雷厄姆至今仍不知道这种武器的名称。站在他身旁的那些人觉察到他的目光不停在游移，一会儿扫向拥挤在昏暗的废墟中的人群，一会儿扫向朦胧的白色理事会大厦，他的财产受托人不久就要从那里走出来。接着他的目光又转向四周崖坡上那些坍塌的建筑，最后又回视着那人群。这时，人群发出的呼喊已变成震耳欲聋的喧嚣。

他远远地看到，理事会成员们正从临时悬挂的路灯发出的眩光中走来。那是一群白色的人影，在黑衣人排列而成的拱道中闪闪发光。他们是理事会大厦中的魑魅魍魉。格雷厄姆看着他们经过一盏又一盏炫目的星状电灯，愈走愈近。人群中爆发出的恐吓的吼叫声一直伴随在他们左右。那是在他们长达一百五十年的暴虐统治下生活的人们发出的愤懑呼喊。他们愈走愈近，脸上显露出萎靡、恐惧和焦虑的神色。格雷厄姆看见他们仰起头，透过炫目的灯光惊愕地扫视着他和奥斯特罗格。此时，他的脑海中浮现出阿特拉斯神像大厅中那些陌生冷漠的面孔。他立刻认出了其中几个人，那个叩着桌子朝霍华德大声叫嚷的家伙，一个蓄着红胡子的壮汉，还有一个皮肤黝黑、外表羸弱、脑壳特别长的小个子。他注意到有两个人正交头接耳并注视着他身后的奥斯特罗格。在他们身后是一个身材颀长、皮肤深色的英俊男人，他正沮丧地走着。突然他抬起头，向上仰视，他的目光落在了格雷厄姆身上，旋即便移向他身后的奥斯特罗格。他们的行动路线是精心策划的，因此他们不得不从平台正面经过，绕过弧形平台的一侧，然后才到达由木板铺成的一段斜面处，最后，这一木板斜面向上升到平台，投降协议预定在那里签订。

“国王，国王！”人们叫喊着，“让理事会见鬼去吧！”格雷厄姆看到人头攒动的民众逐渐地变得模糊起来，耳边只有不绝的叫喊声。他又转过头看着奥斯特罗格，只见他脸色苍白，一动不动地挺立着。格雷厄姆的目光又扫向那群伦敦理事会的成员们，接着，他仰起头遥望繁星点点的夜空，它们是那样的熟悉，那样的安静。命运之中不可思议的因素骤然变得清晰起来。记忆中那种微不足道的人生已逝去二百年，眼前这新的人生是真实存在的吗？

第十四章
桅楼守望塔

这位从 19 世纪走来的人，在怪异的延宕后，历经了疑虑和冲突，终于到达了他的预定位置——成为了这复杂纷繁世界的首领。

他从漫长的沉睡中苏醒，随后理事会投降，这一切都让他无法辨认周围的一切。他尽力回忆，终于有了头绪，曾经发生的一切又回到了记忆中。起初，这一切就像听到的一则故事，带有某种不可信的虚构成分，或像从一本书上读到的某种东西。在他的记忆变得完全清晰前，他的头脑中甚至重新闪现出因逃脱追捕而感到的那份欣喜，为声名显赫而感到的那种惊叹。他是这世俗世界的主宰、地球的主宰。这个全新的伟大时代是属于他的。他不再期盼自己的经历只是一场梦，现在他急于使自己确信这一切都是千真万确的事实。

一个忠心耿耿的贴身男仆在威严的侍卫长的指导下服侍他穿

衣，这人身材矮小，具有典型的日本人的面部特征，但他的英语十分纯正。从侍卫长处，他了解到有关时局的一些情况：这场革命已是既成事实，全城已经恢复营业。在海外，人们对理事会的垮台大都拍手称快。伦敦理事会无论在哪儿都不得人心，美国西部上千个城市，历经二百年仍然猜忌着纽约、伦敦和东方，在格雷厄姆被囚禁前两天便不约而同地发动了起义，巴黎正从容不迫地进行着战斗，世界的其他地方尚处于观望中。

格雷厄姆正要吃早餐时，屋子一角的电话突然铃声大作。侍卫长提醒他在询问情况时应注意礼节，还要留心奥斯特罗格的语调。格雷厄姆放下茶点去接电话。很快，林肯来了。格雷厄姆立刻表达了自己的强烈愿望：希望与百姓对话以及更多地了解展现在他面前的全新生活。林肯通知他，三小时后将在风向标组织总部的贵宾室召开由官员们偕夫人参加的代表会议。由于百姓太兴奋，格雷厄姆游览这座城市的愿望成了泡影。但是从风向标塔楼的桅楼守望塔鸟瞰全城还是可能的，于是格雷厄姆由其侍从护送到达那里。林肯给予侍从得体的夸赞，并为因公务缠身未能陪他们同行而致歉。

桅楼守望塔比很多庞大的风车轮还要高，比屋顶足足高出一千英尺，整体靠一根缆绳维系着，就像在金属细丝制成的长矛上放置的一个小圆盘。格雷厄姆坐在一只用金属杆悬挂的小吊篮中，被拉到守望塔的顶端。在这根看起来十分纤细的金属杆中，端放着一台轻巧的守望装置，四周悬挂着束管。当他们从上面往下看时，这些束管缓缓地绕着守望装置外缘的一圈栏杆旋转起来。这些是反射镜，与风向标守卫者管理的那些镜子相连。在其中一面镜子中，奥斯特罗格曾向他展示他的统治即将来到。格雷厄姆的日籍侍从在他之前登了上去，他们在那里用了将近一小时的时间对一些问题进行了探讨。

这是充满了希望和春之气息的一天。和煦的微风吹拂着，天空清澈湛蓝，伦敦广袤的上空霞光万道，放射出耀眼的光芒。空气清新，没有丝毫烟雾，散发着芳香，如同幽谷中的空气一般。

从上面俯瞰，除了理事会大厦四周不规则的椭圆状废墟和飘拂着的黑色降旗外，很少有迹象表明，这座宏伟的城市曾经发生过一场瞬息即逝的革命。在格雷厄姆的想象中，这场革命只是在一天一夜之中便改变了整个世界的命运。许多人依然蜂拥在这些废墟上，远处的巨型台架上也是黑压压的一片胜利者，在没有战乱的年代，飞机便从那里起飞，飞往欧洲和美洲的各大城市。

沿着脚手架铺设了一条狭窄的木板路，与废墟交会在一起。路的另一边，一群工人正忙着修复理事会与城市其他区域间的电缆和线路，为从风向标塔楼向奥斯特罗格总部传递信息做准备。在全城广大的区域里，照明并未受到干扰。与少数受到影响的地区相比，大部分地区如此平静，以至现在，当格雷厄姆往更远处眺望时，几乎忘却了那些从视线中消失的数以千计的人，他们正躺在地下迷宫内炫目的人造光之中，有的已经咽气，有的即将死于前一夜的创伤；忘却了在那些临时搭建的病房内，大批的外科大夫、护士和抬棺人正紧张地奔忙着；实实在在地忘却了在那些在电灯照耀下，曾感受到的所有疑惑、惊恐和新奇。他知道，远在那些人口稠密的背街小巷中，像蚁冢般隐秘的暗道内，这场革命已经取得胜利，黑色已经席卷了各地，街上悬挂着黑色旗帜和黑色花彩，到处散发着黑色魅力。再看眼前，在明艳的阳光下，除了累累弹痕，这地球上好像什么都不曾发生过，在理事会统治期间只能燃起星星之火的风向标塔楼此刻在欢笑，在和平宁静中不断地运转着。

远处，高耸的萨里山显得苍茫、迷蒙，高高低低的塔楼错落有致地密布在山上，整个山脊犹如被撕成了锯齿状，并被打上了一根根木桩。北边海格特和穆斯韦尔山轮廓鲜明，同样呈现出参差不齐的边线。他知道，在整个乡野田间，每一座山梁和丘陵都曾经树篱纵横，茅屋、教堂、客栈和农舍掩映其间。风车轮依然与他过去所见的相似，却承载着巨大的广告，那是新时代独有的病态标志。风车轮投下旋转的阴影，不间断地积存着能量，这些能量连绵不绝地流经城市的所有干线。在风车轮下方是英国食品联合企业的牛群和羊群，还有那些孤独的护卫者和看守人。

到处都是鳞次栉比的巨大建筑群，以往那种熟悉的轮廓已荡然无存。他知道的圣保罗教堂幸存了下来，而威斯敏斯特一地的许多古老建筑已从视线中消失，被置于拱盖或顶罩之下，藏身于这一伟大世界的摩天大楼之间。泰晤士河也未见水位下降或发出银光，依然保持着它古朴的风情，但被水总部贪婪地汲取着每滴水，然后运送给千家万户。它的河床和港湾因受到冲刷而下陷，现已成为海水倒灌的内陆航道。满身污垢的驳船运来了合伙经营的大量贸易物资。海天相连的东方朦胧而灰暗，隐约可见联营巨轮上的一簇簇桅杆。巨大的帆船将那些并非急需的货物从天涯海角运来，而体积较小但速度更快的那种机动船则运载急需的沉重货物。

南边的丘陵上，沿三个方向伸展着宽阔的海水排污管，并铺设着运输线路，苍白、无生气的公路上点缀着移动的灰点。格雷厄姆决定一有机会便出去看看这些公路，他不久将要光顾飞船，在那之后可能会有机会。他的侍卫官将那些公路描述为一种坡面和缓的双向公路，宽约一百码，用一种被称为伊德哈迈特的物质铺成。格雷厄姆推测，这是一种人造物质，颇像强韧玻璃。沿这种公路高速行驶的车辆很奇特：装有橡胶轮胎的狭窄车辆，巨大的独轮车，前面两个轮、后面四个轮的车，这些车辆以每分钟四至六英里的速度在公路上掠过。铁路已经消失，一些路堤仍然到处可见，但已成为沟渠，顶部的路轨已锈蚀，有些路堤成为了伊德哈迈特公路的中心地带。

最先引起他注意的是广告气球和风筝在空中组成的庞大队列，它们沿着飞机的航线向北或向南飘去，渐渐地隐没在参差不齐的远景中。已不可能见到飞机了，因为它们的航行已被中止，只能见到一种看起来很小的飞行器高高地盘旋在远处萨里山上空的蓝天中，宛如一个很不起眼的小点在翱翔。

在他了解到的事情中，有一件是令他难以想象的，那就是在这个国家，几乎所有小城镇和小村庄都已消失，遍布各处的只有一些像旅馆一样的大厦，矗立在以平方英里为划分单位的单一文化社区内，但是原有城镇的名称依然保留着，如伯恩茅斯、韦勒姆、斯沃尼奇。他的侍从不失时机地使他确信这样的变化是多么不可避免。旧制度使农舍星罗棋布，每隔两三英里便是大地主的房产、客栈、鞋铺、杂货店、教堂——这才是真正意义上的村庄。每隔八英里左右便是小镇，那里居住着律师、谷物商、羊毛商、马具师、兽医、外科医生、学者、绸布商、女帽头饰商等。那八英里——往返各四英里——的赶集路程曾是农民们感到最舒适的距离，但是随着铁路和窄轨铁路的相继问世，以及取代了四轮运货车和马的汽车的出现，加上公路开始使用木头、橡胶、伊德哈迈特和各种有弹性的耐磨材料铺设，这些间隔距离如此之近的集镇便失去了继续存在的必要，于是大城镇应运而生。这些大城镇吸引了大量的工人，那儿似乎有干不完的活儿；雇佣者也拥到那儿，因为他们的点子无穷无尽，似乎可以想出干不完的活儿来。

随着舒适度的标准不断提高，生活结构日益复杂，在农村生活愈益划不来，谋生天地也愈益狭小或不可能。教区牧师和乡绅绝迹，全科医生被城市专科医生取代，这一切都使乡村失去了残存的那点儿文化气息。在电话、电影放映机和留声机取代报纸、书籍、教师和信函后，在电缆范围之外就等于像与世隔绝的野蛮人那样生活。根据当今世界对衣食要求的精益求精的观念，在那样的世界中既无可能穿好也无可能吃饱，无应付急诊的干练医生，无社会交往，也无娱乐消遣。

此外，农业机械使一个工程师相当于三十个工人。因此，现在的体力劳动者采取了与当时城市职员完全不同的做法。当时空气中充斥着污秽的煤尘，因此伦敦不适合居住过密，工人住在乡间，晚上便通过陆地或天上的各种方式匆匆赶进城，尽情地享受那儿的夜生活和乐趣，第二天早晨便离城而去。城市已吞噬了人性，人类进入了一个新的发展时期。从最初的游牧和狩猎，到后来从事农耕，那时的城镇和港口只不过是农村的聚落和集市。在一个发明创造层出不穷的新时代，人类出现大规模新的集聚地就势在必行了。现在，除伦敦外，在英国仅有四座大城市：爱丁堡、朴次茅斯、曼彻斯特和什鲁斯伯里。像这样的情况，尽管对当代人来说是再简单不过的事实，但是格雷厄姆需要竭尽努力，才能想象出这样一幅图景。当他“越过这幅图景看过去”，瞥见在欧洲大陆出现的那些怪异的事物时，这幅图景便在他的脑海中完全隐没了。

他想象中的城镇各具特色：重重叠叠的山城，大平原上的繁华城镇，大河流域的都城，沿海的商业城，雪山环抱的林中小城。英语在地球上大部分地区通行。如果将西班牙裔美国人所说的英语、印度英语、黑人英语和“洋泾滨”方言计算在内，英语已经成为世界上三分之二人口的日常用语。在欧洲大陆，除了可追溯到久远年代的一些古老语言幸存了下来，占主导地位的只有三种语言：德语，其影响远及安蒂奥克和热那亚，并试图将西班牙英语逐出格迪兹；具有法语风格的俄语，其在波斯和库尔德斯坦与印度英语势均力敌，在北京与“洋泾滨”英语平分秋色；法语，仍然是那样清澄明亮，作为一种高雅的语言，在地中海沿岸地区与印度英语和德语三分天下，并通过黑人方言一直影响到刚果。

现在，在世界各地，除了在热带划出的“黑人聚居地带”外，在以城市为框架的全世界范围内，普遍设立了相同的世界性社会机构。格雷厄姆的资产和职责从极地一直延伸到赤道。整个世界变成了文明社会，全世界的人都住在城市里，整个世界都是他的财产。在英帝国和整个美国，他所拥有的一切都是公开的。无论国会还是议会通常被视为过时的、怪诞的集会。即使在俄国和德国这两大帝国，他的财富也是极具影响力的。当然，随之也出现了一些问题和可能的新情况。尽管格雷厄姆的社会地位提高了，但是与俄国和德国的关系似乎在一定程度上疏远了。“黑人聚居地带”以及他认为对自己有重要意义的那些事物完全不具有他以前所生活的那个时代的特征。这一切都成为了笼罩在他所展望的广阔前景上空的一团阴影，构成了对他的潜在威胁，但是以他 19 世纪的思维方式是不可能意识到这一点的。

从晦暗的西南方发出一种光亮，它艳丽夺目，光怪陆离，具有强烈的感官刺激，那是享乐城的光辉。关于享乐城，电影放映机、留声机和那位街头老人都曾提到过。这个怪异的地方使人联想起传说中的锡巴里斯[1]，这个艺术和美人之城，为金钱出卖艺术

1 锡巴里斯，古希腊城市，曾以其富饶和奢靡闻名。

和肉体之地。在那儿，激起声色之欲的舞姿和音乐使人流连忘返。那些为金钱经历了凶残而丑陋的拼杀后获利的人们在那里得到了宣泄。与此同时，这种拼杀在享乐城下面灯火通明的迷宫中继续进行着。

格雷厄姆知道那是凶残的。他可以从人们流露的怀旧情愫中判断出凶残程度，因为人们常常重提19世纪的英国，那时到处呈现出质朴宜人、轻松悠闲的景致。这时，他的眼睛又转向了眼前的景象，他试图去想象那些如迷宫般复杂的大型工厂。

在北部地区，他知道有制陶工人，他们不仅制作陶器和瓷器，而且制作与此同出一源的胶纸和多种化合物，这些是更为深奥的化学分支，同时也是矿物化学领域的最新成果。那儿还有专门制作塑像、墙饰和精致家具的工人。此外，那儿的工厂可为那些热衷于竞争的人们设计录音演讲稿和广告词，并为他们不断推陈出新、引起轰动的创作进行分类编排。从那儿还发出来自全世界的各种信息、新闻报道人的各种谎言和电话机投诉人的怨言。这些原来都是报纸上刊登的内容。

西边，在已经被摧毁的理事会大厦的另一边，坐落着市政监督和管理机构的办公大楼。东边，朝着港口方向，是贸易区、大型公共市场、剧院、娱乐馆、赌场、连绵数英里的台球场、棒球场和足球场、动物展卖场，还有不计其数的教堂和神殿，分属各个教派或宗教团体。南边还是工厂——生产各种产品的工厂，如纺织品、腌制食品、葡萄酒和调味品等。大群的人正沿着轰鸣的机械大道跑来跑去。此外，还有一只巨大的风箱，风永远是它不知疲倦的仆人，永不停息的风向标是王权的贴切象征。

他想到了许许多多的人，那些厅台馆场像海绵般将他们吸了进去。那史无前例的三千三百万条生命，各自都在上演那短暂而徒劳的人生之剧，直至生命的终结。想到这里，那种沉溺于今日的辉煌、未来的宽广壮丽，尤其是自己举足轻重地位的自我陶醉感正逐渐地衰微，最终完全消失了。站在如此之高的地方俯瞰全城，他完全可以想象这三千三百万人口所带来的巨大压力，这就是他将要承担的职责所面临的严酷现实。

他试着对个人的生活做出一番设想。他吃惊地意识到普通人的生活变化微乎其微，尽管条件发生了明显的变化。在全世界，生命和财产确实已不再受暴力的侵害，霉性传染病、各种细菌性疾病几乎绝迹，人人都无衣食之虞，即使在城市的移动大道上，都能感受到愉快和温暖，完全不受天气冷暖变化的影响。所有这一切几乎完全得益于机械学领域的进展，以及社会医药机构有效的工作。但他渐渐发现，百姓依然是百姓，无望地控制在蛊惑人心的政客和组织者手中，如果只是分散的个体，他们是怯懦的，而且受到欲望的驱动，只有集合在一起，其伟力才是无可估量的。在他的记忆中又浮现出穿着淡蓝色粗帆布衣的无数身影。在他下面的数以百万计的男男女女，一生中从未跨出城市一步，只是囿于那狭小的天地。如此愚昧，甚至不愿参与世界事务；如此愚昧，甚至不乐意分享世俗的欢愉。他想到了早已离他而去的同代人的希冀，在一瞬间，他又想到了莫里斯那部奇特而有趣的传世之作——《乌有乡消息》中的伦敦之梦。当赫德森优美的《水晶时代》中的理想国浮现在他脑海中时，他感到了无限的怅然。他想到了自己的希望。

在这个生活充满激情的年代，人人自由平等的理想对他来说并不陌生，因为他曾有过这种激情。他曾经希望过，正如他所处那个时代确曾希望的那样，他曾经幼稚地认为，多数人为少数人献身的行为终将成为历史陈迹，而且那一天到来的时候，每一个新生儿都能享有一种公平而有保障的幸福。可是时至今日，二百年过去了，这个希望依然是个梦，全城上下到处可见激情昂扬的人们在为实现这一希望呼喊。二百年过去了，这座城市日益宏伟壮丽，但是贫穷无助、劳碌忧伤有增无减。

他已经了解了在这二百年间发生的一些情况。他听说了，在出身低微的人中，继超自然的宗教归于失败、公众道德衰败和金钱至上之后，又出现了社会腐败。那些丧失了对上帝信仰的人们依然崇信财产的力量，因而金钱主宰了这个世界。

他的日籍侍从浅野，在阐述这二百年间的政治历史时，用一粒被寄生虫蛀蚀的种子做了形象生动的比喻。有一粒完好无损的种子，成熟饱满，富有生命力，这时来了一种昆虫，它钻入了种子外壳，并在里面产卵。瞧！没过多久，这种子便因为幼虫的啃噬成为空壳。接着又来了一种昆虫，某种寄生蜂，在那些幼虫中产卵。注意！那些幼虫也已成为空壳，于是新来的虫子便进入种皮内温暖舒适的空壳中。种皮依然保持其原有的外形，多数人认为它还是种子，甚至连种子可能都认为自己活力依旧，当然我们都知道事实并非如此。“你们的维多利亚君主国，”浅野说，“就像君主乘坐在一艘内脏已被蛀空的大船上。”很久以前，从约翰国王开始便有了地主、贵族和绅士，时过境迁，他们砍了查理国王的头，最终立乔治为王，但只是一具空壳，真正的权力掌握在议会手中。但议会是代表地主阶级（对佃户实行统治的土地拥有者）利益的机构，并未长久掌权。这种变化早在19世纪便开始了。公民权的范围被扩大了，最终包括了愚昧的百姓——城市的芸芸众生。他们会集在成千上万平淡无奇的人中，共同参加选举，由蜂拥的选民组成选区，势必受到政党组织的控制，甚至在维多利亚时代，权力就已经逐渐转移到政党领导机构的手中，这些政党形形色色，或不公开，或具有多种政治色彩，或为腐败的官员所组成。不久，权力便落到了资助政党的商业巨头手中。于是便开始了这样一个时代，英帝国的权力和利益的角逐显而易见地在两大政党委员会之间展开，其影响借助于报纸和选举机构。这是两个由富商和有才能的人组成的小团体，它们从起初的对抗最终走向联合。

对此，百姓曾经有过反抗，但是过于斯文，并无实效。浅野说，现有的大量书籍证实了这一点。其中有一部分早在格雷厄姆迷睡时便出版了，完整地记载了当时的这一反抗。反抗的一方似乎将自己封闭在书斋中，虽然不畏强暴、勇敢地进行抗争，但终究只是诉诸笔墨。实际上，为夺取或剥夺政党委员会的权力，迫切需要对20世纪所做的全部努力——无论在美国还是在英国——做以总结，并以此为基础提出一个共同主张。在多数此类问题上，美国起步略早些，尽管两国的发展目标是并行不悖的。

那逆潮流而上的行动终究未付诸实践。它不可能有组织地进行，也不可能保持这一斗争的纯洁性。这场斗争并未在人们中间留下很多应有的伤感和对正义的信仰。任何发展壮大到足以影响投票数的组织都必然会变得鱼目混珠，以致受到破坏、发生分裂或完全被精明的富人所收买。所有政党到头来都只是证券交易所的筹码，为支付竞选活动的开支而出卖原则。富人们最关心的莫过于使财产不受损害，即竞争完全不受行业规则的束缚，正如封建领主关心的是竞技和交战完全不受狩猎和战争规则的约束。整个世界都受到了利用，商界烽火连天，金融业动荡不安，货币流通混乱不堪，关税战连绵不断。20世纪的百姓苦不堪言，远甚过早期历史上最黑暗的年代因战争、瘟疫和饥馑所遭受的苦难。因为真正的不幸不是快速的死亡，而是活在凄凉和阴郁中。

对于在这一时代的发展中所扮演的角色，格雷厄姆已有了足够清晰的认识。在文明发展的各个阶段，机械文明起到了促进和先导的作用，此后出现了一种全新的有影响的力量，那就是理事会——格雷厄姆的财产托管理事会。起初，它只是伊斯比斯特和沃明数百万财产偶然结合的产物——两个无儿无女的立有遗嘱的人心血来潮的创意，但是，由于这一机构原始参与人的集体智慧，它最终发展成为一笔具有广泛影响力的巨款。最终，通过归于各种名目和化名之下的地契、贷款和股票，遍布整个英美社会组织。

财产托管理事会自恃其巨大的影响力和恩主地位，早就开始觊觎政治权力。在发展过程中不断利用其财富，改变大政方针，并利用其政治优势攫取更多财富。最终，东西半球的政党组织均受制于它，它成为实施政治控制的决策核心。它最后的对手，是默契联手的犹太大家族，但是这些家族仅仅依靠微弱的感情纽带维系着。根据因袭的传统，家族中的未成年人、妇女或白痴随时都可能突然继承一大部分遗产，因此婚姻关系和遗产都不堪一击，随时可能因调唆而分崩离析。而理事会却是铁板一块，无这样的缝隙可受人利用，因而获得了稳定而持续的发展。

最初的财产托管理事会由十二个才华出众的人所组成。他们紧密联合起来，形成一个极富创造力的团体。他们巧取豪夺，实施政治影响，财富和政治相辅相成。理事会以惊人的远见卓识，花费大量钱财用于研究飞行技术，并对此秘而不宣，直到这一技术被人们所预见。他们利用了专利法以及各种半合法的手段阻止那些拒绝合作的研究人员。那时，对于任何一个有才华的人，他们都不会错过，并为此支付高昂的报酬，他们的宗旨是“宁缺勿滥”。但是随着理事会稳定而持续的发展，这些偶然变富的人，又订立了有悖初衷的规则。这些实际上只是一些混乱的、利己的规则。经过一百几十年的时间，格雷厄姆已经成为非洲、南美、法国、伦敦、英格兰独一无二的主宰。这一理事会事实上已经成为北美的一股势力，并在当时的美洲居主导地位。它在中国建立组织机构，并在亚洲进行广泛的渗透。它破坏欧洲各大帝国的金融体系并与之交战、击垮它们，从而彻底削弱它们的影响。

它在全世界巧取豪夺，制订了普罗透斯[1]计划，即以数以百计的银行、公司和财团的名义进行的一系列行动，因此当计划得以完满实施之际，百姓才开始怀疑暴政即将来临。它从不迟疑，也从不畏缩。交通工具、土地、建筑、政府机构、市政当局、热带的地区性公司，每一家私营企业都成为其贪婪搜取的目标。它操练并组编自己的军队、铁路和公路治安部队、卫队、专管排水和搓绳的部队以及大群的农夫。对于那些与其联合的社团组织，它不与之进行直接对抗，而是通过破坏、诱骗和收买的方式加以对付。它终于买下了整个世界。它最后的也是决定性的一项举措就是设计飞机。

理事会曾与它的一些大型垄断集团的工人发生过冲突，并干了某种公然违法的事——与以往那些彬彬有礼的行贿性质的勾当完全不同——古老的英帝国为它从中谋取的可观收益而震惊，于是准备用武力加以干预，但是帝国已不再有军队，也没有战舰，因为帝国早已进入和平时代。唯一可用作战舰的是理事会下属的航海联合企业拥有的大型蒸汽轮。它们控制了警察部队，还掌握了铁路、轮船的治安部队和在它们的地产上维持治安的人员，以及记时员、维持城市秩序者，其数量是备受这个帝国忽略的少量军队的十倍，而且他们还生产出了飞机。现在还健在的人们可能还记得，伦敦议会下院进行的那场最后的大辩论。与理事会对抗

1 普罗透斯，希腊神话中的一个海神，善预言，能随心所欲改变自己的面貌。

的下院虽然为合法的一方，但处于少数地位，不得不进行殊死抵抗。他们还记得当时的情景，议员们成群拥到屋顶平台上，观看那些巨大的双翼幻影在头顶上方盘旋。理事会的影响力达到了巅峰。于是，长久以来一直宣称允许拥有不受限制的和不承担责任的财产的所谓民主，最终撕下了最后的伪装。

一百五十年间，格雷厄姆始终处于迷睡状态，财产托管理事会打着他的旗号赤裸裸地实施不受法律约束的统治。选举成了一种山呼万岁的仪式，一种每七年举行一次的劳民伤财的活动，一种索然无味的老传统。议会成为一种不定期举行的社交性聚会，像维多利亚时代的英国国教集会一样，不具有任何实际意义。一位正统的英国国王被剥夺了所有特权，终日醉醺醺、疯癫癫，荒诞地在一座平庸的音乐厅演戏。19 世纪辉煌的梦想、普遍的个人自由和幸福的崇高事业受到社会公认的行为法则和惯常的种种流弊的侵蚀，因迷信财产的绝对占有权而受到削弱，也因宗教宿怨而徒有虚名。普通公民实际上不享有受教育的平等权利，社会失去了可供规范行为的准则，道义上的约束力受到藐视。纵使这一梦想为史无前例的独创，也是激发百姓开拓进取精神的源泉，然而最终还是为财团之间的争权夺利和最高统治集团的苛政所吞没。理事会甚至已不再介意通过宪法机构批准它的一系列法令。而格雷厄姆却仍然一动不动、骨瘦如柴、皮肤泛黄地平卧着，既不死也不活。当他终于醒来时，发现自己竟然是那笔巨额遗产的主人！他被确认而且立刻被拥戴为世界的君主。他伫立在空寂的蓝天下，俯瞰着属于他的广袤无垠的领土。

他缘何会醒来？难道因为这座城市——这个充斥着绝望的劳苦百姓的场所，或者为了对他早已过时的希望做最后的抗争？抑或因为那自由之火，那火在他以往生活的岁月中曾熊熊燃烧过，然后逐渐暗淡下去。难道那火依然没有熄灭吗？他想起了那首曾在他心头激起震荡和冲动的歌，那首歌是否仅仅是百姓领袖为满足需要而采用的权宜之计呢？难道那依然在他内心骚动着的希望只是被弃之物，只是陈腐的信念在记忆中的痕迹？抑或它具有更宽泛的含义，包含着与人类命运交织在一起的某种意义？他缘何会醒来？难道有什么等待着他去完成？他下面的那些民众就像一幅天体图上标示的一颗颗星星，他想到了数以百万计的人，前赴后继走出实际上并不存在的黑暗，又进入死亡的黑暗中。他缘何会醒来？必定有原因，但非他的思维所能及。他平生第一次清楚地看到自己是何等渺小，同时他也清晰地感悟到人的能力与其内心的渴望有着多么可悲的悬殊差距。在那一瞬间，他认识到自己就是那种渺小的偶然存在，由此也认识到了内心渴望的伟大。突然，他的渺小变得不能容忍，他的渴望也变得不能容忍，接下来他产生了一种不可抗拒的想要祈祷的冲动。他开始祈祷。他的祷告含糊不清、支离破碎，而且自相矛盾。他的灵魂因跨越时空而扭曲，生命在纷乱杂陈的空间中疾驰，朝着某种东西疾驰——某种可以理解他所做出的努力和忍耐的东西——但他不知道那是什么。

朝南边俯视过去，在远处的屋顶平台上，一个男人和一个女人正在早晨的空气中尽情享受那份清新。那个男人掏出一架望远镜窥探理事会大厦，然后教他身边的女人如何使用望远镜，过了一会儿他们的好奇心得到了满足。实际上，从他们所站的位置，不可能看到任何杀戮的痕迹。她环视了广漠的天空后，便将望远镜转回到桅楼守望塔。在那儿她看见两个小黑影，如此矮小的身影，以至难以相信他们是人。其中一个人在注视着，另一个人伸出双手对着空寂广漠的天空比画着。

她将望远镜递给那个男人。他看了一眼，然后便仔细观察起来。

“我相信那就是君主。是的，没错。那就是君主！”

他放下望远镜，看着她。“他挥动着双手，像在祈祷。我真想知道他在干什么。难道是在敬拜太阳？在他那个时代这个国家应该还没有拜火教，不是吗？”

他又看了一眼。“现在他停下来了，难得一遇的祈祷姿势。”他放下望远镜，然后陷入沉思，“他不会有什么事情要做的，只是自得其乐罢了。毋庸置疑，奥斯特罗格将领导这一事业，这是必然的，因为是他使这些愚昧的劳动者迅速行动起来的。是的，那些愚昧的劳动者还有他们的歌。而他全凭睡觉就得到了这一切，天哪，全凭睡觉。这世界真是不可思议！”

第十五章
社会名流

如果格雷厄姆刚刚经历过 19 世纪的生活，那么当他步入风向标塔楼的贵宾接待厅时，可能会因它的错落有致而惊愕，但是他已经逐渐习惯新时代的繁杂精细了。这地方几乎不能被称作厅或室，因为呈现在眼前的是一个复杂的弓形结构建筑，拱门、拱桥、拱道、拱廊，它们将这个巨大的空间分割开，然后又连接起来。他沿着一段坡度和缓的宽敞阶梯走上去，上上下下的男男女女个个穿着鲜艳，比他所见到过的更鲜艳明亮。在阶梯尽头的平台处有一扇他已熟悉的滑动壁板门，他穿了过去。站在这个位置，可以看见乳白色和浓淡两种紫色点缀的远景。凌空横跨着的拱廊，似乎是用瓷质材料建成的，上面装点着金银透雕饰品，往远处看，尽头是虚无缥缈的围屏，上面隐约可见一排排孔眼。

他向上扫视，看见了层层叠叠向上移动的拱廊，一张张面孔向下俯视着他。说话声和乐曲声纷至沓来，如同潺潺流水，那乐曲欢快激昂，他探寻着，但不知从上方何处飘来。

中央甬道挤满了人，但尚未达到令人不安的程度。集会者总数肯定已达数千人，他们衣着艳丽，各种奇装异服争妍斗艳，男女概莫能外。那种要求男人的衣装保持素净淡雅的传统清教徒观念早已为人们所摒弃，男士罕见蓄长发者，但头发呈波浪形卷曲者比比皆是，这显然是美发师的杰作。秃顶已完全绝迹，到处可见那种中缝分开呈团状云集的卷曲发型，倘若罗塞蒂[1]在场定会心荡神驰。有人指着一位绅士告诉格雷厄姆，人们通常称他为“登徒子”。那位绅士的头发梳成两根辫子，上面呈褶状皱起，像含苞欲放的雏菊，下面露出辫梢，煞是好看。人群中各种服装琳琅满目，很少有相同的款式，体态匀称的男士穿着宽松马裤；女士们有的穿有泡泡袖的蓬松衣，有的穿两侧开衩的旗袍；还有的人身披斗篷或穿长衫，真是林林总总，不一而足。这些流行的服饰也许受到利奥十世时代款式的影响，但是远东地区的美学思想仍可从中窥见一斑。壮硕的男人在维多利亚时代可能遭受扣紧的衣服被绷开的危险，而现在，以过分夸张的细裤腿或窄衣袖为主要特征的男女晚礼服，仅限于一些庄重场合或与有褶皱的拖地长裙搭配。苗条匀称的身材同样比比皆是。格雷厄姆生活在以拘谨为典型特征的年代，而他又是一个典型的拘谨之人。因此，在他看来，眼前这些人总的来说不仅个人的仪态优雅得令人难以置信，而且个个有着一副表现力过于丰富的面孔。他们手舞足蹈，喜怒哀乐

1 罗塞蒂（1828—1882），英国诗人和画家。

溢于言表。尤其在周围聚拢着女士的情况下，他们更是情绪激荡，侃侃而谈。放眼望去，人群中女性显然占绝大多数。

由那些在服饰、风度和举止方面相似的男士陪伴的女士们显得不事张扬，也更细腻些。有些人青睐在法兰西第一帝国时期流行的简洁典雅的连衣裙和纤巧精致的褶皱，当格雷厄姆从一旁经过时，她们会故意耸动肩部或扬起手臂，夸示迷人的服饰。还有些人身穿腰部没有接缝或束带的那种上衣，其中有些衣服在肩部垂下长长的褶裥。女式晚礼服所特有的那些令人愉悦和自信的点缀虽历经二百年仍长盛不衰。

每个人的姿态似乎都很优雅。格雷厄姆困惑地对林肯说，他仿佛看到了拉斐尔[1]幽默画中的人物走了出来。林肯告诉他，培养适合各种场合的得体的行为举止是每个富人所受教育的一部分。当格雷厄姆走下阶梯朝甬道走去时，人们鼓掌对他致意，人群中不乏嗤嗤的笑声。但这些人并没有拥上前来将他围得水泄不通，也没有紧盯不舍令他烦恼，充分显示出高贵典雅的风度。

他已经从林肯处了解到这些人都是时下伦敦社会的头面人物。当晚到场的人不是有权势的官员，就是与之有利害关系的社会名流，几乎无一例外。其中很多人从欧洲享乐城赶回来，专门为了欢迎他。航空当局在当晚颇受瞩目，他们的叛变曾为推翻理事会起过作用，其作用仅次于格雷厄姆。风向标塔楼的管理人员也同样受到人们的关注。此外，还有几位食品联合企业的高级官员。欧洲猪场主管人的脸尤为可叹而有趣，其举止中隐含着吹毛

1 拉斐尔（1483—1520），意大利文艺复兴时期的画家。

求疵和玩世不恭的成分。衣冠楚楚的主教在格雷厄姆的视线中闪过，他正与一位戴着桂冠、穿着好像历史上的乔叟[1]模样的绅士交谈。

“那是谁？”格雷厄姆不由自主地问道。

“伦敦主教。”林肯答道。

“不，我是指另一个。”

“桂冠诗人[2]。”

“你怎么好像无动于衷？”

“当然他并不作诗。他是沃顿的堂兄——沃顿是理事会成员之一。但他是一个保皇主义者，令人愉快的红玫瑰[3]保王党俱乐部成员之一——他们保留了诸如此类的传统。”

“浅野告诉我曾经有过一位国王。”

“那位国王不称职，他们不得不废黜他。这是斯图亚特王朝的不幸，我想，但是实际上……”

“太过分了？”

“是的。”

格雷厄姆没有完全领悟眼前这一切的深意，但是这似乎是出现新时代大转变的序曲。在初次与这些社会名流见面时，他屈尊俯就地鞠躬以表示敬意。显然即使在这样的集会上，细微的等级差别仍然存在。林肯认为，得体的做法是仅仅将其介绍给一小

1 乔叟（1340—1400），英国诗人。

2 桂冠诗人，由国王或女王任命，作为王室成员为特定场合作诗、终身享受薪俸的优秀诗人。

3 红玫瑰，15世纪英国封建贵族争夺王位的玫瑰。战争中的一方为兰开斯特家族，其族徽为红玫瑰；另一方为约克家族，其族徽为白玫瑰。

部分人，也就是圈内的核心人物。他的第一个介绍对象是机长，机长那被太阳晒黑的皮肤与其周围娇嫩的肤色形成非同寻常的反差。此刻，他叛离理事会所起到的关键作用，使他成为引人注目的人物，他的风度与与会者的行为举止差异悬殊，但是在格雷厄姆看来，还算得体。格雷厄姆说了几句陈腐的套话并表示相信机长的忠诚，最后坦率地询问了他的健康状况。机长谈笑风生，但是语调缺乏当今英语的那种长短错落有致的特点，他用绝妙的语言使格雷厄姆明白，他只是一个粗俗的“空中飞狗”，他就是这么措辞的，一个直来直去的老顽固，他从不自称知道很多，但他坚信那些不知道的东西是不值得知道的。他很有气魄地鞠了一躬，然后摆出一副自负和桀骜不驯的模样走了过去。

“我很高兴看到那些玩意儿并不受人欢迎。”格雷厄姆讥讽地说。

“您是指唱片和电影放映机吧？”林肯不无恶意地说，“他从生活中学到了很多东西。”然后又瞥了一眼那魁梧的身影。

“事实上我们收买了他，”林肯说，“在一定程度上。此外，他对奥斯特罗格心存疑惧，因为他的权力无所不及。”

林肯突然转过身，向格雷厄姆介绍公学基金机构总监督官。监督官纤瘦细长，身穿蓝灰色的学究式长礼服。他微笑着，透过那副维多利亚时代式样的夹鼻眼镜俯视着格雷厄姆，边说边比画，那只挥动的手瘦骨嶙峋，指甲修得十分考究。格雷厄姆立刻对这位绅士的风度产生了兴趣，于是向他提了一系列直率的问题。这位总监督官似乎已经被表面呆笨、实际上坦率的机长逗得暗暗发笑，当被问及有关他的机构所拥有的教育控制权时，似乎有点茫然。实际上，该机构与遍及伦敦各市区的企业联合组织签订了契约，教育控制权便是根据这一契约加以约定的。但是当谈话涉及维多利亚时代以来的教育进步时，他立刻变得兴趣盎然起来。“我们已经摆脱了填鸭式的教育方式，”他说，“彻底地摆脱了。在这世界上已经没有考试了，难道您不高兴？”

“你是怎么取得成功的呢？”格雷厄姆问。

“我们使功课变得有吸引力，尽可能有吸引力。如果它不具有吸引力，那么我们就放弃它。我们的教育涉及的领域非常广泛。”

接下来他转入有关教育的一些细节内容。他们进行了一次冗长的谈话。总监督官怀着深深的敬意提到裴斯泰洛齐[1]和福禄培尔[2]的名字，尽管他并未表现出对他们划时代的著作有什么特别的好感。格雷厄姆了解到大学普及教育仍然存在，但是形式有所变化。“比如说，有这么一类女孩子，”总监督官说，他意识到自己的谈话对他人有助益，因而显得有些踌躇满志，“她们酷爱某些专业，这些专业对基本功的要求很严格，但并不太难学。于是我们就千方百计地满足她们。目前，”他用拿破仑式的腔调说，“约五百台留声机正在伦敦各地进行授课，内容是柏拉图和斯威夫特[3]对雪莱[4]、黑兹利特[5]和彭斯[6]爱情观念的影响。课后，学生们

1 裴斯泰洛齐（1746—1827），瑞士教育家。
2 福禄培尔（1782—1852），德国学前教育家。
3 斯威夫特（1667—1745），英国作家，讽刺文学大师。
4 雪莱（1792—1822），英国浪漫主义诗人。
5 黑兹利特（1778—1830），英国作家和评论家。
6 彭斯（1759—1796），苏格兰诗人。

针对授课内容写些有感而发的随笔，获奖名单公布在显眼之处。我们的教育就是这样从你们那个时代的萌芽中发展而来的，明白了吗？在你所生活的那个时代，中产阶级的学识是浅陋的，这种现象在我们社会已不复存在。”

“关于公立小学，”格雷厄姆问，“你对它们实行监督吗？”

“全面监督。”总监督官答道。生活在民主时代末期的格雷厄姆对这些问题产生了强烈的兴趣，因此，此刻他的发问令对方应接不暇。在他的记忆中，这时浮现出的只言片语均出自在黑暗中与其交谈的那位老人之口。实际上，老人的话已经得到总监督官的验证。“我们已经废除了死记硬背的应试制度。”他说。格雷厄姆将此理解为取消了一切需要付出努力的项目。总监督官感慨地说道：“我们尽力使小学成为孩子们无忧无虑的生活场所，因为他们不久将不得不走上社会。所以我们对他们只有为数不多的几条原则，遵守纪律，勤奋学习。”

“你们给孩子们灌输的东西不觉得太少吗？”

“为什么要灌输呢？这只会造成麻烦和不满。我们使他们的身心得到愉悦。即使像现在这样的鼓动性宣传，仍然面临许多麻烦。我一直认为，我的首要责任就是为消除普遍的不满而斗争，百姓究竟缘何被置于怨声载道的境地呢？”

“我也感到纳闷，”格雷厄姆若有所思地说，“但是我还有许许多多的事情想弄明白。”

谈话过程中林肯一直站在一旁观察格雷厄姆的表情，这时他插进来低声说："还有其他一些人要介绍。"

总监督官继续旁若无人地比画着。此刻，林肯恰好与一位女士的目光不期而遇，于是他对格雷厄姆说："也许您有兴趣认识一些女士？"

欧洲食品联合企业猪场经理的女儿，是一个小巧玲珑的娇媚女人，她长着一头红发，清澈明亮的双眸生机勃发。林肯与格雷厄姆暂且离开总监督官前去与她交谈。她对"可爱的旧时代"表现出浓烈的兴趣，格雷厄姆即从那时陷入迷睡。她谈笑风生，含笑的双眸秋波频传。

"我曾无数次试图想象那个浪漫的年代，"她说，"对于您，那是流逝的记忆。在您看来，这个世界是多么的奇怪和拥挤啊！我看过反映那个旧时代的照片和图画：一幢幢用烧制的砖坯建造的房子散布在乡野田间，被炉火的烟熏得漆黑；铁路拱桥；简洁明快的广告；神情严肃的清教徒，穿着怪异的黑色外套，头戴他们特有的高帽；铁路列车奔驰在高空的铁架桥上；满街放养着牛和马，还有狗在大街上乱跑。突然，您进入了这个世界！"

"是的，进入了这个世界。"格雷厄姆附和道。

"离开您的生活，离开了一切都很熟悉的那种生活。"

"往日的生活并不愉快，"格雷厄姆说，"我并不感到遗憾。"

她迅速地扫了他一眼，片刻沉默之后，以一种怂恿的口气叹道："不遗憾？"

"是的，"格雷厄姆答道，"那是一种渺小的、索然无味的生活，但是我原以为原来那个世界已经够复杂、拥挤和文明了，然而我看到了……尽管在这个世界上，我的年龄仅有四天，但回顾我生活的那个时代，才发现那真是一个非同寻常的野蛮时代，它只是这个新秩序的开端，新秩序的早期阶段，你会发现我知道的东西少得可怜。”

“您可以问我您想知道的任何事情。”她朝他笑着说。

“那么，请告诉我这些人是干什么的。我还没弄清楚他们的身份，太让人费解了。这当中有将军吗？”格雷厄姆问道。

“帽子上插着箭翎的那些人吗？”

“当然不是，不是的。我猜想他们应该是大型公共企业的监督官员。那个看起来十分高贵的人是干什么的？”

“是那一位吗？他是一个很重要的官员，叫莫登。胆道疾病治疗剂公司的常务董事。我听说他的工人能够在一天二十四小时内生产出无数颗药丸！”

“无数颗？难怪他看起来一副妄自尊大的样子。”格雷厄姆说，“药丸！这是一个多么奇妙的时代啊！那个穿紫色衣服的人是干什么的？”

“严格地讲，他不是核心圈内的人，但是我们喜欢他。他很聪明，也很风趣，是伦敦大学医学院的院长之一。要知道，所有医务人员现在都成了医学院股份公司的股东，而且都穿紫色衣服。当然，你必须首先获得资格，而且，还得是那种‘因从事某项工作而被付酬的人’。”她以微笑掩饰对所有在社交场合表现出自命不凡的人的厌烦。

“这儿有你们的艺术大师和文豪吗？”

“没有什么文豪。他们多半是些乖僻的人，而且常常旁若无人，一旦发生争执便忘乎所以！他们中的某些人，甚至会为了在阶梯上安排的先后位置争得面红耳赤！这太可怕了，不是吗？那位时髦的毛发切割师雷斯伯里也在这儿，他来自卡普里。”

“毛发切割师？”格雷厄姆重复着，“啊！我记起来了。一位艺术家！难道不是吗？”

“我们得与他友好相处，”她抱歉地说，“因为我们的头捏在他的手心里。”她嫣然一笑。

格雷厄姆在这喜形于色的笑意面前嗫嚅了，但是他眼中的闪光却是意味深长的。“是否有艺术伴随这些文明的事物一起产生呢？”他说，“你们这儿有没有杰出的画家？”

她疑惑地看着他，然后笑出声来。“刚才那会儿，”她说，“我以为您的意思是——”她又咯咯地笑了起来。“您是说，当然，您之所以如此赞赏那些杰出的人，是因为他们能用油画颜料涂抹在巨大的画布上吗？以前，人们常常把巨大的长方形画布装在烫金的画框内，然后挂在方形的房间里。我们没有这些东西，人们早就厌倦了那类东西。”

“但是你原以为我指的是什么呢？”

她意味深长地将一只手指放在面颊上，那羞涩已将她的心思写在了脸上。她颔首微笑，看起来那么调皮、机灵、诱人。“还有这儿。”她指着自己的眼睑。

这一刻，格雷厄姆感到惊心动魄。接着，在他记忆中闪过一个画面：他曾经在某个地方，见到托比叔叔和那个寡妇在一起。那早已成为陈迹的羞愧感又涌上心头。他敏锐地意识自己正处于众目睽睽之下。“我明白了。”他敷衍着说，然后窘迫地转过身避开她，避开这迷人的尤物。他环顾四周，恰与一些目光相遇。那些目光立刻忙不迭地朝别的方向闪避过去。他的脸可能有点微微泛红。“与那位穿橘黄色衣服的女士谈话的人是谁？”他问道，避开了她的目光。

他了解到那人是美国戏剧界杰出的组织者之一，刚结束在墨西哥的一次大型演出，便风尘仆仆地赶来。他的那张脸使格雷厄姆想起了卡利古拉[1]的半身雕像。另一位相貌惊人的男人是黑人工会会长。这一名称在当时未给他留下深刻印象，但是过后又浮现在他的记忆中——黑人工会会长？那位娇小玲珑的女士一点没有感到局促不安，她指着另一位娇小女子告诉他，伦敦圣公会主教妻妾成群，她是其中之一。此外，她还对教会实行主教制的勇气倍加推崇，过去这里一直实行神职人员一生一婚制。“这有悖天理常情。为什么情爱的自然发展应当受到阻碍和限制？难道就因为这个男人是教士的缘故吗？”

“顺便问一下，”她接着又说道，“您是圣公会教徒吗？”正当格雷厄姆嗫嚅着，打算委婉地问一问有关“妾”的说法时，林肯转回来，打断了这一引人联想的、有趣的谈话。他们走到甬

1 卡利古拉（公元 12—公元 41），罗马帝国第三位皇帝。

道另一头，一位身穿深红色衣服的男人和两位身着缅甸民族服饰的女子正在那儿胆怯地迎候他。在接受了他们彬彬有礼的致意后，他接着又去会见其他人。

不一会儿，无数零星的记忆碎片开始汇集，最终组合成一个总体印象。起初这一聚合发出的闪光唤醒了格雷厄姆意识深处对民主人士的记忆，他感受到了敌意和讥讽，但是拒绝置身于这充满谦恭敬意的氛围有悖人之常情。不久，在音乐、灯光和跳动的色彩中，四周晃动起熠熠闪光的手臂和肩膀，那一只只应接不暇的手，那一张张情趣盎然的笑脸，那娴熟变调的说话声充满谦恭、兴趣和敬意，但犹如昙花一现，转瞬即逝。所有这一切交织在一起，让他确确实实感受到了快乐。格雷厄姆一时淡忘了忧国忧民的信念，不知不觉地为自己已被确认的地位所陶醉。在他的举止中，自我意识愈益模糊，王者的成分愈益强烈。他身披双肩饰有褶裥的黑色斗篷，步履更加自信，他的声音也因油然而生的自豪而变得洪亮。毕竟这是一个光彩夺目的充满情致的世界。

他的目光赞许地扫视着五彩纷呈的流动人群，不时停下来，善意地评判着那一张张面孔。这时他突然想起了那个红发蓝眼的娇小姑娘，顿时心头涌起了一股歉疚之情，为自己笨嘴拙舌怠慢对方而内疚。毕竟冷落了她的并非王者气度，尽管他的为人之道迫使他拒绝接受。他思忖着是否应当再去见她。就在这时，在这辉煌的集会产生的迷人意境中，突然闯入一个可爱的人儿，于是一切黯然失色。他抬眼看去，只见在那座瓷质拱桥的另一头移动着一张面孔，正俯视着他，但瞬间便隐没了。这是他曾见过的那位姑娘的脸。那时在逃脱理事会追捕后，他在剧场另一边的一间小屋里度过了一夜。她注视着他的一举一动，目光中依然闪动着那种奇特的期待的光芒，一种闪烁不定的渴求的光芒。有一瞬间，他记不起曾几何时见过她，紧接着，那邂逅在心灵深处激起的情愫又猛地回到心间，他终于认出来了，但是四周的轻歌曼舞像一张无形的网，使他无法记起曾在空气中回荡的那首雄壮的进行曲。

这时他耳边响起了先前那位女士的一番宏论，记忆中又浮现出他刚刚经历的那种帝王般的调情取乐。

但是他接下来便感觉到一种朦胧的不安，后来逐渐清晰，最终变为一种不满郁积在心头。他感到了烦恼，就好像因淡化了某种责任，在纸醉金迷的享受中，正为一种使命感逐渐从身上失落而感到苦痛。簇拥在四周的那些光彩夺目的女士，渐渐开始施展的魅力已失去效力。他不再含糊其词、手足无措地对待那些微妙的钦慕暗示，此刻他确信那些正是对他示爱的方式。他的目光在人群中游移，寻觅着那张面孔。它曾经如此强烈地激起了他对美的感受。但是没有她的踪影，于是他只得等着林肯回来。在答复格雷厄姆的要求时，林肯保证，如果天气允许，当天下午就可以乘飞机离开，他已经为此做了一些必要的安排。

这会儿，格雷厄姆正在上方的一座拱廊中与一位蓝眼睛女士谈有关伊德哈迈特的问题。这一论题是他的提议，而不是出自那位女士的兴趣。她毫不掩饰地表露出炽热的恋慕之情，但格雷厄姆总是用就事论事的问题打断她。他发现，正如当晚他已经从其他几个当代女性身上发现的那样，她的知识极为贫乏，可谓金玉其外，败絮其中。近处，婉转动听的旋律中突然夹杂进不和谐的铿锵声响，那支造反之曲，他在那座大厅里曾听到的那支雄浑有力的歌曲，震耳欲聋，摄人心魄，朝他袭来，不断地撞击他的耳膜，震荡着他的心灵。

他吃惊地向上仰视，觉察到上方有一扇圆窗，这支曲子就是从那儿传进来的。窗外一长列缆绳映现在迷蒙的烟雾中，透过烟雾，公共大道上交织的吊灯架依稀可辨。他听见那支歌曲突然变成了纷乱的人声，然后静息下来。但是此刻他可以清楚地觉察到沉闷的嗡鸣、移动平台上的喧闹和很多人的低语。这时他内心萌发出一种含糊的劝慰感，他无法解释这究竟是什么，抑或是一种本能意识。他感觉到外面移动大道上有一大群人在观察这个地方。他们的君主正在其中尽情愉悦，他很想知道对此他们会做何感想。

尽管这支曲子骤然停息，尽管专为这一集会谱写的乐曲依然在显示其特有的魅力，但是这支进行曲的主题一旦展开便萦绕在他的心头，挥之不去。

当蓝眼睛女士仍在为伊德哈迈特的种种奥秘神伤时，他又觉察到，在剧场见到的那位姑娘正沿着拱廊朝他走来，格雷厄姆先看见了她。她穿着一件闪着微光的灰色衣服，眉宇四周浓黑的头发像云一般蓬松着。寒光从通往大道的圆洞口照进来，恰好落在她的脸上，她看起来有些萎靡不振。

被有关伊德哈迈特的问题弄得心烦意乱的女士，见他脸部表情发生了变化，就想趁机脱身。“您想认识那位姑娘，陛下？”她唐突地问道，“她是海伦·沃顿，奥斯特罗格的外甥女。许许多多伤脑筋的问题她都能答得出。她是世上最严肃认真的人之一。我确信您会喜欢她。”

不一会儿，格雷厄姆便和那姑娘交谈起来。蓝眼睛女士早就逃之夭夭了。

“我清楚地记得你，”格雷厄姆说，“当时你在那间小屋里，所有人都在一边唱着一边用脚打着拍子，后来我走到了大厅的另一头。”

她只感到了瞬间的困窘，然后便仰起头注视着他，显得镇定自若。“当时真是好极了。”她说，接下来欲言又止，最后还是费力地说了出来，“当时所有人都会为您而死，陛下。那天晚上确实有不计其数的人为您而死。”

她的脸因激动而透出红光。她的目光迅速地向一侧扫视着，以确保无人听见她说的话。

林肯挤过蜂拥的人群，正沿着拱廊远远地走来。她看见了林肯，于是立刻转向格雷厄姆，表现出出人意料的热切，目光也迅疾变得柔和起来，从中可以感受到信赖和亲昵的情愫。“陛下，”她快速地说，“此时此刻，我没法告诉您，但是老百姓生活在痛苦中，他们感到压抑，他们并未因改朝换代而得到善待。别忘了百姓，他们正面临死亡，确确实实的死亡。”

“我不明白……”格雷厄姆接着说。

“现在我没法告诉您。”

林肯的那张脸在附近出现了，他向那姑娘点头致歉。

“您发现这个新世界的可爱之处了吗，陛下？”林肯笑容可掬、充满敬意地问，并指着眼前这蔚为壮观的集会空间和场面，做了一个包罗万象的手势，“不管怎样，您会发现这世界已经变了。”

“是的，”格雷厄姆说，“变了。然而，毕竟变化不是很大。”

“等到您上了天，就知道了。”林肯说，“现在风已经减弱了，此刻飞机正等着您呢。”

那姑娘摆出一副等待获准离开的姿态。

格雷厄姆看着她的脸，正要发问，发现她的眼中有一种告诫的神情，于是向她点头告别，然后转身随林肯离去。

第十六章
空中俯瞰

格雷厄姆随林肯穿过风向标塔楼内的一条条通道。这会儿，他正心事重重，但是当林肯说话的时候，他还是努力回过神来，注意到了他说的话。没过多久，他就不再出神了。林肯在就飞行侃侃而谈。格雷厄姆非常渴望了解有关人类这项新技能的更多情况。他开始连珠炮似的向林肯发问，饶有兴致地追溯他经历过的空中航行的摇篮时期。在林肯的回答中，他欣喜地发现了那些熟悉的名字：马克沁、皮尔彻、兰利和夏努特，更重要的是发现了第一个空中殉难者的名字，利林塔尔，他至今仍受到人们的纪念。

甚至在他所经历的年代就已经有过两类研究，研究清楚地表明了存在两种不同的可行设计方案，结果这两种设计方案都获得了成功。一类是由引擎驱动的重型飞机，携有双排横置浮筒，其后装有硕大的螺旋装置；另一类是更灵巧的轻型飞机，但只能在无风或和风天气条件下飞行。现在已能预测，在骤起的暴风雨中，这种轻型飞机实际上处于任凭摆布的状态。重型飞机的体积特别大，机翼长度一般为六百英尺或更长，机身长度为一千英尺，仅用于客运。飞机所携带的吊舱长度在一百英尺至一百五十英尺之间。吊舱以一种奇特的方式悬挂，可轻微摆动，以便减少甚至在和风天气条件下都会产生的振动。由于同样的原因，吊舱内的小座位也被悬挂着，以自由摆动，每一位乘客在飞行中都必须保持坐姿。携有巨型吊舱的飞机只有在专门建造的脚手架路轨上才有可能启动。格雷厄姆从梳楼守望塔上清楚地看到过这些宽阔的脚手架和停机坪。那里有六块宽阔的空地，每一块空地上都有一台巨大的“移动滑车”。

飞机降落地点的选择同样受到限制，因为安全着陆需要符合标准的平面。不规则的地面可能使这些装有翼板和金属杆的庞然大物在降落时遭受毁坏，而且一旦毁坏便无法再起飞。此外，不规则的地面，例如种有树的山坡或堤岸，足以刺穿或毁坏机架、折断翼肋，或许还会使机上的乘客丧命。

起初，格雷厄姆对这些笨重的发明物感到失望，但是他很快便领悟到较小的飞机可能是无利可图的这一事实，原因很简单，因为运载能力会因体积的减小而大大下降，而体积大能够使飞机高速穿越空间，而且遭遇意外天气变化的风险也小。这是设计时首先需要考虑的一个因素。完成从伦敦到巴黎这一最短航程的飞行约需四十五分钟，但还不是最大速度，而飞到纽约需要两小时左右。如果在中途各站仔细调整好速度，那么在风和日丽的天气条件下完全可能做到在一天之内周游世界。

轻型飞机与重型飞机完全不同，其中有些可以在空中往返飞行。按照设计，这类飞机只能乘载一两个人，而且生产和维修十分昂贵，只有富人才能享用。这种飞机的机翼色彩鲜明，两侧翼面各装一对浮筒，其后有螺旋装置。它体积小，便于在任何开阔地降落，而且还可以在上面安装汽轮，甚至普通发动机，使之可以被便捷地运送到起飞地点。这种飞机可借助一种特制的快速吊舱被投入空中，但是这样的吊舱只有在无高层建筑和树木的开阔地才起作用。格雷厄姆意识到，人类的航空术显然与信天翁或鸟的天赋相去甚远，这种轻型飞机本可能得到更好的完善，但是缺少一个十分重要的因素，即这些发明物从未在战争中得到应用，从而使得这一发展受到延宕。最近一次国际性大冲突发生在理事会篡权之前。

伦敦的停机坪呈不规则的新月状，聚集在河的南侧，这些平台排成三组，每组两座，均沿用古时郊区丘陵或村庄的名称，而且命名符合规范，如罗汉普顿、温布尔登公园、斯特雷特姆、诺伍德、布莱克希思、射手山等。突兀于空地上的这些平台在结构上完全相同，长约四千码，宽一千码，用铝铁合金（用以取代建筑业中使用的铁）建成，呈递升排列，层层叠叠的梁架形成可供电梯和阶梯上升的通道，远看犹如透孔的网状建筑结构。平台顶面宽阔而均匀，分隔成几块。机动跑道升到平台顶层后便从略微倾斜的路轨上滑行到平台边缘。平台上除了停放轻型或重型飞机的那些区域，其余地方一律通行无阻，以备其他飞机使用。

在飞机起飞前的机械调试期间，人们可以去剧场、餐馆、阅报室以及各种享乐场所消磨时光，还可到与这些地方连通的下层繁华商店去购物。因此，伦敦的这块地方通常是城区中最生机盎然的去处，具有港埠或旅馆城那种五光十色的浮华气息。教堂不再仅仅是吸引虔诚信徒的场所，同时也成为大量名声显赫的医疗机构竞相争夺的对象，为乘飞机旅行的人们提供医疗保健服务。在这些设施下面是伦敦城移动大道的枢纽，交织的大道在各个层面的大厅和通道中穿行，此外，还有一个由专门的通道、电梯和滑梯组成的复杂运输系统，专供传送各平台之间的乘客和行李。这一城区特有的建筑风格之一是过于浮华，粗大的金属支柱和梁架横七竖八地交织在一起，以承受平台的重力和飞机飞越上空时引起的冲击，但阻断了人们眺望远景的视线。

格雷厄姆乘坐公共大道前往停机坪，陪同他的是浅野，他的日籍侍从。林肯被忙于行政事务的奥斯特罗格叫走了。风向标塔楼警方的一个卫兵正在塔楼外迎候君主。他们在上方的移动平台上为他清出一块地方。此行是人们始料未及的，但还是有数量可观的人聚集起来，跟随他前往停机坪。一路上，他听见人们在呼喊他的名字，看见穿着蓝色衣服的男女老幼涌上中央大道的阶梯，不停地打着手势叫嚷着。他听不清他们在喊什么。他又一次注意到，在伦敦的贫苦大众中，显然流行着一种粗俗的方言。当他最终走下大道时，他的卫兵立刻被激昂的人群围了起来。后来，他突然想到，这可能是因为有些人试图把请愿书送达他手中。他的卫兵艰难地在人群中开辟出一条通路。

一架轻型飞机停放在西边平台上，一位驾驶员正在迎候他。走近看，这机器并不小，当它卧在机动跑道上时，它的铝质机身框架看起来像二十四吨重的游艇的船体那样大。机翼由某种透明的人造膜覆盖。当两侧机翼支起，与其中很像蜜蜂翅脉的金属筋腱齐平时，四周数百平方码的空地完全笼罩在阴影中。机械师和乘客的坐椅用一种复杂的索具悬挂起来，可不受约束地晃动。这种索具置于机身中后部的保护性肋架中，乘客的坐椅受到防风装置和装有气垫的金属杆的防护。如果乘客要求，可以关闭这一装置。但是，格雷厄姆急切地想要感受这些新奇的事物，因此要求让它处于工作状态。驾驶员坐在一块可挡住脸的玻璃后，乘客可将自己缚牢在座位上，这样在着陆时就可以保证安全；乘客也可以抓住扶杆向前走，飞机前部有柜子，里面可以装一些行李、外衣和补给用品之类的东西。飞机前部也有一些座位，其作用是补充尾部螺旋推进器中主机部件重力的不足。

主机看起来很简单。浅野将这一装置的部件指给他看，并告诉他，它类似维多利亚时代的煤气内燃机，属爆发内燃机类，每一冲程烧一小滴被称为“福迈尔”的物质，它仅仅由贮油器、活塞和使推进器轴转动的长凹槽曲柄组成。他看到的主机仅此而已。

四周的停机坪空荡荡的，只有浅野和一些工作人员。在驾驶员的指引下，格雷厄姆在座位上坐定，然后喝了一种含麦角碱的混合饮料。他知道这是一种药剂，常使用于那些即将乘飞机旅行的人，其作用在于消减因机上气压降低可能造成的反应。喝完那药后，他表示已做好了旅行的准备，于是浅野从他手中拿走那只空杯子，然后穿过机舱口的栅栏。浅野站在下面的平台上挥手告别。突然，格雷厄姆感到自己好像在沿着平台在滑动，接着转向右侧，最后便不知去向了。

发动机在振动，推进器在旋转，远处地平线上的平台和楼房迅疾从格雷厄姆的视野中掠过，接下来便呈斜向上翘起状。他本能地抓住两侧的金属杆，感到自己在向上移动，听见挡风玻璃上方空气急速流动的呼啸声。螺旋桨旋转着，不断地产生强劲而有节奏的冲动，一、二、三，一、二、三，驾驶员娴熟地操纵着。这时飞机开始发出颤抖的振动，直到航行结束。屋顶的轮廓似乎在不断向右舷移动，愈变愈模糊。他将目光从驾驶员的脸上移开，朝飞机的肋架外看。从横向看去，视野中没有什么特别惊人的东西，与乘坐快速缆索铁路的那种感觉相差无几。他认出了理事会大厦和海格特山的山脊。后来他从两脚之间笔直地朝下看去。

一时间他感到了惊惧，感到了一种强烈的不安全感，他不由自主地紧紧攥住金属杆。有一小会儿他连头都不敢抬。这时他们飞到了几百英尺的上空，正下方是伦敦西南的一座巨大的风向标塔楼，在它后面最南端的那座停机坪上密集着黑色的斑斑点点。所有这些似乎都在逐渐地离他而去。此刻他突然产生了周游世界的冲动。他咬紧牙关、鼓足勇气抬起了头，那种惊骇的感觉终于过去了。

他一直咬紧牙齿，凝视着天空。砰，砰，砰，砰，他的心脏伴和着发动机的颤抖声，在忐忑不安地悸动。他紧紧地握住铁杆，无意中扫了一眼驾驶员，在那张黝黑的脸上，他看到的是笑容。他也回以微笑，也许有点做作。“开始会有点不适应。”他的尊严尚未恢复，驾驶员便喊了起来。但是这会儿他仍然不敢俯瞰。他从驾驶员的头顶看过去，只见灰蓝色的地平线边缘正缓缓地向上浮动，逐渐地与天穹交合在一起。有一阵子他的头脑中一直萦绕着一个可怕的念头，会有意外吗？砰，砰，砰，砰，假如那台发动机中的一颗不起眼的螺钉出了毛病！假如……他拼命排除所有这些假设。过了一会儿，尽管他仍然心有余悸，但是这些念头至少已经从意识的最显著处隐去。飞机越爬越高，钻入了万里无云的蓝天深处。

在天空穿行时，那种在无可依傍中体验到的惊惧，已经消失殆尽，他不再感到不快，相反很快便领略到了飞行的乐趣。他曾被提醒注意晕机症，但是他发现，当迎着西南方向吹拂而来的微风飞行时，机身的颤动比船头在风口浪尖上的那种颠簸要舒缓些。此刻他又记起，他生来就不晕船。高空纯净的空气令他强烈地感受到一种从未有过的轻松和欣喜。他抬起头，看见上面瓦蓝的天空飘动着纤细如羽毛状的卷云，犹如泛着涟漪的水面。他的目光小心翼翼地透过肋架和金属杆朝下看，只见飞机下方的空中悬浮着一群闪光的白鸟。他凝神观看了一会儿，便将目光向下方更远处移去，这时他已不那么惧怕了。他看到桅楼守望塔纤细的身影在金灿灿的阳光中闪动，而后慢慢地隐去。当他更有信心地朝下看时，映入眼帘的是连绵起伏的苍茫丘陵，接下来，他看见了伦敦大片盘根错节的楼宇屋面，距离较近的城区边缘看起来轮廓清晰而分明。这时，他心中残留的疑惧在惊喜之中烟消云散。伦敦的边缘地带就像围着的一圈城垛，像斜倚着的一座峭壁，有三百至四百英尺长的陡峭坡面，其正面仅仅被一处处台阶断开，形成一种错落有致的、富有点缀效果的外观。

以往，城镇逐渐地向乡村扩展，需穿过像海绵动物体内的沟通系统般复杂的广阔郊区，这是 19 世纪大城市典型的特征之一。现在已经不复存在，遗留下来的只是茫茫的一片废墟，其间还依稀可见斑驳杂陈的各种浓密植被。可以想象在那个年代，在一块块精耕细作的褐色农田和大片青葱翠绿的冬季蔬菜间，呈带状散布的花园，在这些植物的装点下多么生机勃勃。房前屋后甚至还依稀可辨当年菜园子的痕迹，但大部分地方是犹如突兀的孤崖和礁石一般的坍塌房屋，一座座郊外住宅的残骸散落在街道和公路间的树丛中，一堆堆石块像荒岛一样隆起在田园和菜地间，显然这儿早在多年前便被人们遗弃了，但是眼前的这一切实在太真实了，以至仍然可以想象得出当年田园生活的那份情趣。

这片荒原上的植物在碎裂的墙壁缝隙中滋生、蔓延，犹如在起伏的波浪下泛起的阵阵泡沫，而沿城墙脚则散长着一簇簇荆棘、冬青、常春藤、起绒草和高大的绿色植物，犹如拍岸溅起的浪花。放眼望去，富丽堂皇的游乐场林立，夹杂其间的是维多利亚时代残留的低矮房屋；空中架设着缆车铁路，从伦敦可乘缆车直达这儿。然而此时此刻，这些游乐场似乎成了被遗弃之地，在废墟间建造的那些花园也人迹罕至。现在城区的范围还是像古时那样被明确限定，因此一到夜里便关闭城门，盗贼潜行到城墙边不得不鬼鬼祟祟地踱来踱去。一条半圆形峡口道将川流不息的车辆吐到伊德哈迈特浴场大道上。这时，在格雷厄姆的记忆中映现出第一次眺望伦敦另一边世界的情景，然后渐渐地消退。当他又一次敢于向下直视的时候，他看见了泰晤士河流域的菜田、无数块微小的长方形红棕色菜畦，其间纵横交错着波光粼粼的丝带，那是排水沟。

他的兴奋愈益迅速地强烈起来，最终沉浸在一种陶醉中，他发现自己在开怀畅笑，禁不住想大声地喊。过了一会儿，那种渴望再也无法抑制，他大声地喊了起来。

这时，他们已经到达了轻型飞机通常飞行的高度，他们开始向南呈曲线飞去。格雷厄姆意识到飞机的飞行方向受制于坚硬的机翼中一两条柔性薄膜片的开启或关闭，同时还受制于整个发动机和沿支架所做的后向或前向的移动。驾驶员使发动机沿其轨道缓缓向前滑行，然后打开顺风翼的风门片，直到飞机机首向南呈水平状为止。他们朝南飞去，稍稍向下倾斜，然后慢慢变换位置。先做短距离急剧升高，而后向下做长距离滑行，疾速而惬意。在向下滑行的过程中推进器完全停止旋转。飞机向上爬行使格雷厄姆从富有成果的努力中享受到了快乐，而穿过纯净的空气下降则使他体验到了从未有过的感觉。

有一会儿，他全神贯注于下方疾速向北移动的那些细微而清晰的景致，从中感受到极度的欢愉，但也有令他感到强烈震撼的景象。曾经密布于乡间的那些房舍已经成为废墟，曾经从中繁衍出农场和村庄的那片广袤无垠的乡村已经成了无树地带，只有成堆的瓦砾。他早已知道情况会是如此，但亲眼看见则完全是另一回事。他试图在下面那个凹陷的盆地范围内辨认曾经熟悉的地方，但尽管泰晤士河流域历经沧桑保留了下来，他最初仍未能识别出令他信服的线索来。不久，当他们在一座陡峭的白垩丘陵上空飞行时，他认出了那是吉尔福德鬃丘，因为这山脊东端有他熟悉的峡谷轮廓，而且这山脊两边曾高耸着城镇，尽管现在只有城镇的遗迹。从那儿开始，他又辨认出一些地点，如利斯山、奥尔德肖特的沙质荒原。东南部丘陵草原上点缀着一座座巨大的缓缓转动的风车轮，伊德哈迈特朴次茅斯公路沿原来那条铁路线建造，上面布满了快速流动的黑影，除此而外，韦山的山脊灌木丛生。

他尽力透过灰色的薄雾向远处眺望，宽阔的丘陵草原上点缀着巨型风车轮，与此相比，即使是这座城市中最大的风车轮也会相形见绌。当它们迎着西南风威风凛凛地转动时，风车便跟着晃动起来。四周的一块块土地上散布着英国食品联合企业的羊群，那些骑在马背上的牧羊人像一个个黑点醒目地点缀其间。这时，机尾下方急速地掠过威尔登高地、欣德赫德铁路线、皮切山和利斯山。那儿也有一排风车轮，似乎在竭力与丘陵地的风车争夺它们应得的那一份风。近处，大片紫色石头中镶嵌着黄色的荆豆；在较远的一侧，一群黑牛在乱窜，旁边有两个骑马的人。所有这些眨眼间便掠到了身后，愈变愈小，愈变愈淡，成为几乎不动的斑点，最终被薄雾吞没。

当这些消失在远方时，格雷厄姆听见了一只红嘴鸥在近处哀鸣。他意识到此刻正在英格兰南部丘陵草原上空，便转过头细看，发现了高耸在朴次唐山山脊上的朴次茅斯栈桥城垛。不一会儿，视野中闯入一列船只，像一座座城市漂浮在水面，使阳光下尼德尔斯矮小的白色悬崖相形见绌。海水在狭窄的海湾中发出灰暗的闪光。他们似乎刹那间跃过了索伦特海峡，瞬息之间飞过了怀特岛，接下来又飞到了一片浩渺的水域上空，那海水在云雾状阴影笼罩下呈现出紫色，接着变成了灰色，一会儿又如镜子般晶莹透亮，最后在烟波浩渺中呈现碧绿色，这时怀特岛已经愈变愈小了。不一会儿，从片状云层中游离出一条灰色的云带，由远而近，愈益清晰，那是一条海岸线，金光灿灿，透射出温暖宜人的色泽。法兰西北部的海岸向上隆起，渐渐地染上了斑驳的色彩，显露出清晰的轮廓，与之隔峡相望的英格兰南部丘陵草原转眼便消失在远处。

似乎没过多久，巴黎便升起在地平线上。飞机盘旋了一会儿，又继续向北飞去。巴黎的身影仅仅在近处停留了片刻，便从视线中消失了，但是他已觉察出埃菲尔铁塔依旧矗立着，旁边有一座巨大的穹顶建筑，正中央安放着一座阿波罗雕像。他还觉察到——尽管当时他还不明白——从下方某处斜向逸散出一股浓烟。驾驶员谈到了“地铁中的问题”，但格雷厄姆当时未加留意。在城市风向标塔楼上方的天幕上，映衬出林立的清真寺尖塔、城堡和簇拥在一起的狭长建筑。格雷厄姆意识到，巴黎的典雅气质仍是各大都市的翘楚。就在他眺望之际，一片淡蓝色的阴影向空中疾速飘来，就像被风刮起的一片枯叶。它盘旋着，向他们飘过去，影像愈益快速地增大。驾驶员似乎对格雷厄姆说了些什么。“什么？”格雷厄姆随口问道，不愿意将目光从这影像上移开。“飞机，陛下。”驾驶员用手指着吼道。

当它快要接近时，他们升起来，盘旋着朝北飞去。它越来越近，越来越大。砰，砰，砰，砰，格雷厄姆开始忐忑不安起来。尽管他们的轻型飞机看起来快速而有冲劲，但仍然显得无法与那架飞机的突飞猛进相比。那怪物看起来那么庞大、那么快速而稳定！它从下方近处掠过，寂然无声地向前推进，机身两侧伸展着宽阔的透明金属网状机翼，仿佛活物一般。他在一瞬间瞥见了那架飞机中一排排裹得严严实实的旅客，正坐在挡风玻璃后的吊篮中；一个穿着白衣的机械师迎风攀着梯子；喷气发动机在颤动；螺旋桨在旋转；一大片宽阔的机翼迎风拓展。这一切令格雷厄姆感到欣喜。那架飞机转眼间便掠了过去。

它稍稍爬高了一些，轻型飞机的小小机翼在掠过的强大气流的冲击之下摇摆起来。而后它又落下去，渐渐地远去。似乎，他们还未及移动，那架飞机便又已经成了一片蓝色的阴影悬浮在朦胧的天边。这就是往返于伦敦和巴黎之间的那种重型飞机。如果天气晴朗、政局稳定，它一天可往返四次。

他们再次飞越了海峡。在格雷厄姆看来，这一回似乎飞得慢了，而且也艰难了。不久，比奇角灰蒙蒙地隆起在他们的左侧。

“陆地。”驾驶员喊道。迎着挡风玻璃上方呼啸的气流，他的声音听起来很小。

“不忙着着陆，”格雷厄姆笑着喊道，“不忙着着陆。我想更多地了解这种飞机。”

“我的意思是……”驾驶员说。

“我想更多地了解这种飞机。”格雷厄姆重复了一遍。

“我就来。”格雷厄姆边说边从座椅中挣脱出来，沿着设有防护装置的扶栏朝驾驶员走过去。他停了一会儿，突然脸色骤变，双手紧绷，赶紧又迈出一步，挨到了驾驶员身边。格雷厄姆感到肩膀上有一种重重的压力——空气的压力。他的帽子飘到了后面，像一个旋转着的黑点。一阵阵疾风从挡风玻璃上方刮进来，他的面颊上披散着乱蓬蓬的头发。驾驶员赶紧做出调整，改变重心和压力。

“我希望对这些玩意儿有些了解，”格雷厄姆说，“当你把这一装置向前移动的时候，它能起什么作用呢？”

驾驶员迟疑了一会儿，然后答道：“这太复杂了，陛下。”

“没关系，”格雷厄姆喊了起来，“我不在乎。”

驾驶员沉默了一会儿，说：“航空技术是一种机密，一种专利……”

“我知道，但是我是君主，我想知道。”他大声笑了起来，充分表明了他对天赋君权有了新的认识。

飞机盘旋着，凛冽的疾风掠过他的面颊，令他感到刺骨的寒冷。当飞机转向西飞行时，他身上的衣服被风刮得哗哗作响，他连站都站不稳了。他们两人面面相觑，束手无策。

“陛下，在这方面是有规矩的……”

“我不受约束，”格雷厄姆说，“你似乎忘记了。”

驾驶员细细地打量着他的脸。“不，”他说，“我没有忘记，陛下。但是在世界各地，凡是未宣过誓的人，永远都不能成为飞行员，只能以乘客的身份登机……”

“我已经听说过这类事情，但不打算和你争论这些问题。你知道我为什么沉睡二百年吗？就是为了飞！”

“陛下,”驾驶员说,“这些规矩,如果我违反了这些规矩……”

格雷厄姆对他所说的这些话毫不理会。

“那么，难道您想看着我……”

“不。”格雷厄姆说。就在这时，飞机又抬高了机首准备升高，他被晃得东倒西晃，连忙握紧扶手。“那不是我的目的。我想亲自驾机。我就不信由我来驾驶就会机毁人亡！不，我会成功的。等着瞧。我打算从这旁边爬过来，我们俩合坐。别慌！我想亲自驾机，如果出了问题，那是我自愿的。我得为我的迷睡付出点代价，还有所有那些事情。那时，飞行曾经是我的梦想。现在，镇静。”

“好多密探在盯着我，陛下！”

这时，格雷厄姆已忍无可忍。搞不好你就希望别人监视你呢，格雷厄姆心里咒骂着。他从俩人之间那些密集的操纵杆边上绕过去，这时飞机晃动起来。

“这地球的主人究竟是我，”他说，“还是你们的协会？听着，把你的手从那些操纵杆上挪开，握住我的手腕。对了——就这样。现在，我们怎么做才能让飞机朝下滑降呢？”

“陛下。”驾驶员说。

“怎么啦？”

“您会保护我吗？”

“天哪！当然会的！即使我不得不烧掉伦敦！哪怕是现在！”

于是，格雷厄姆用这一承诺换得了学习航空第一课的机会。“这对你显然是有好处的，这次航行，”他大声地笑着说，“这清新的空气就像醇厚的美酒。这么快就教会了我，而且教得很好。拉这个吗？啊！好了！棒极了！”

“推上去，陛下！推上去！”

“推上去，对。一，二，三，天哪！啊！它飞上去了！它是有生命的！”

现在飞机开始在空中跳起了最最离奇的舞蹈。它一会儿以几乎不到一百码的直径飞速盘旋下降，一会儿又直冲云天，接着又垂直、急速地俯冲下去，就像鸷鸟那样猛扑过去，然后又恢复环形猛冲状态，接着呈螺旋形再次飞速上升。在一次下降过程中，它似乎朝东南方向一座飘动着气球的公园直冲过去，幸好又突然恢复了它的矫捷，呈曲线飞行，绕了过去。机械运转的灵敏和平稳，空气的纯净，这一切都使格雷厄姆变得疏忽大意，产生了一种冲动。

但是一件偶然的事情终于使他清醒过来，而且使他又一次突然沉浸到尘世间喧嚣的人生中，有着那么多扑朔迷离的难解之谜的人生中。当他俯冲下去时，传来一种轻轻的叩击声。接着不知何物飞掠而过，而后像雨滴一样的东西落了下来。当继续冲下去时，他看见了一块像破布一样的东西在下方尾随着。“那是什么？”他问，“我看不清。”

驾驶员扫视着，但赶紧又握紧操纵杆以保持飞机的平衡，因为他们正在俯冲。当飞机又开始向上飞行时，驾驶员深深地吸了口气，然后指着那块仍然在飘动着的白色物体说：“那是一只天鹅。”

“刚才我没有看见。”格雷厄姆说。

驾驶员没有接话，这时，格雷厄姆看到他的前额染上了斑斑血迹。

飞机呈水平状飞行着，格雷厄姆爬回到乘客座位处，那儿没有肆虐的狂风。这时，飞机又开始急速地俯冲，螺旋桨不停地旋转着阻止它下降。呈现在眼前的停机坪看起来更加宽阔、更加昏暗。太阳随他们一起下落，落到了白垩丘陵的上方，在西边的天空留下了灼眼的余晖。

远处的人看起来斑斑点点。不久他便听到了拥上前来迎接他的人发出的喧哗声，就像浪花拍击在海滩卵石上发出的声响。他看到了停机坪四周的屋顶上黑压压地站满了为他安全返回而欢庆的人群。平台下面的阴影中也拥塞着大群的人，那片阴影中点缀着攒动的人头，随着那些挥舞的手帕和手产生的细微波动，阴影在颤抖。

第十七章
奇妙的三天

林肯在停机坪下面的一间屋子等他。他看起来很好奇，想了解发生过的一切，似乎也很乐意看到格雷厄姆钟情于飞行而且兴趣盎然。“我要学会驾驶飞机，”格雷厄姆激动地喊道，“我必须掌握它。我为那些未享受到这一机会就死去的人们感到惋惜。那急速流动的清新空气啊！这是世界上最令人心醉的经历！”

“您会发现在我们这个新时代到处都可以体验到神奇的事物，”林肯说，“我不知道您是否乐意现在就去尝试。我们有那种对您来说可能十分新颖的音乐。”

“就目前来说，”格雷厄姆答道，“我只对飞行有兴趣。请允许我对此多做些了解。你们的飞行员曾经对我说起某种行会组织反对人们学习飞行技术。”

“是有这么回事，”林肯说，“但是对您，如果您愿意把时间花在那上面，我们明天就可以让您宣誓成为一名飞行员。”

格雷厄姆强烈地表达了他的愿望，然后谈到了他的种种感受。“关于行政事务，”他突然问道，“情况如何？”

林肯对此未做直接回答。“奥斯特罗格明天会向您汇报，”他说，“一切都将平静下来。革命在世界范围内取得了成功。冲突总是不可避免的，不是在这儿，就是在那儿，但是您的统治是可以确保的。由奥斯特罗格掌管一切，您尽可以放心。”

“是否能让我成为一名立有誓言的飞行员，如你所说的，立刻，在我就寝前？”格雷厄姆踱着步说道，“如果可能，那么明天我就又可以去驾驶飞机了。”

“可能，”林肯若有所思地说道，“很有可能，肯定会安排的。”他笑着说，“原本我来这儿是为了给您安排一些适当的娱乐活动，没想到您已经给自己找到了一种乐趣。我会从这儿打电话通知航空局，然后我们回您在风向标塔楼内的住所。没等您用完餐，飞行员可能就已经到了，您不认为在您用完餐后，您可能更乐意——”说到这儿，他停住了。

“是的。”格雷厄姆说。

“我们准备了舞蹈节目，演员是从卡普里剧场请来的。”

“我讨厌芭蕾舞剧，”格雷厄姆唐突地说，“我从来就没喜欢过。至于别的，那不是我想要看的东西。我们那个时代有舞蹈演员。说实在的，古埃及就有。但是飞行——”

“不错，”林肯说，“但是我们的舞蹈演员——”

“这事先搁一搁，”格雷厄姆说，“先搁一搁。要知道，我不是古罗马人。关于飞机，有些问题我想请教专家。我很感兴趣。我不需要任何消遣。”

“整个世界供您选择，”林肯说，“您需要的任何东西都是属于您的。”

这时，浅野出现了。在一位强壮的卫兵护送下，他们穿过街道回到格雷厄姆的居所。聚集在那里目睹他安全返回的人群远比为他送行时密集。格雷厄姆在欢呼和叫嚷声中向群众点头、挥手，表示感谢，但是林肯告诫他这样的表示会被视为不得体的行为。尽管格雷厄姆对刻板的俗套已经有点厌倦，但他依然注意到要在这次公开出游即将结束之际对他的臣民保持符合国王身份的礼仪。

他们一到达住所，浅野便去寻找有关机械运转的摄像纪录片，林肯则去传达格雷厄姆的一系列吩咐：展示机器和小型器械的模型，以便向他说明近两个世纪来在机械学领域取得的各种进展。一组电信器械引起了国王强烈的兴趣，以至当几位娇媚而灵巧的姑娘端上为他精心配置的晚餐时，他一时无心问津。抽烟的习惯几乎已经从地球上绝迹了，但是当他表示希望拥有那种特权时，有关人员为此进行了调查，结果在佛罗里达找到了一些上等雪茄。晚餐时，雪茄已通过气流管式输送法送达他的手中。晚餐后，飞行员到了。出自当代工程师之手的那些设计新颖、制作精巧的机械模型也一起展示了出来。其中有计算器、建筑机械、纺纱机、各种新颖别致的门、爆发内燃机、备有起卸机的谷仓和水塔、屠宰器械和收割机，真是琳琅满目，美不胜收。对于格雷厄姆来说，这些精美灵巧的机械无论如何——至少目前——都要比印度神庙中的舞女更令人迷恋。“那时，我们是野蛮人。”这已经成为他的口头禅，“那时，我们是野蛮人。我们生活在石器时代。与这些相比……你们还有什么？”

来的人当中还有经验丰富的心理学家，他们在催眠术的研究方面已经取得了一些有趣的进展。他发现米尔恩·布拉姆韦尔、费克纳、利伯特、威廉·詹姆斯、迈尔斯和格尼的名字现在具有了确定的含义，倘若这些心理学家的同时代人了解到这些，定会为之瞠目结舌。心理学的若干种实际方法已经得到普遍应用。麻醉品以及药学上使用的杀菌剂和麻醉剂多半已废除。要解决注意力不能集中的问题，几乎都需从心理学中寻找答案。心理学作为开拓人类才能的一个领域，似乎已经取得具有实际意义的成功。现在任何人都享受得起技术娴熟的催眠师所提供的种种服务。在教育领域沿袭已久的考试早已被摒弃，代之以便利的催眠手段。应试者无须经过成年累月的学习，只需要昏睡数周。在此期间，技术精湛的专家，只需重复所有答题要点，并在催眠后，对这些要点的记忆做某种暗示。尤其在概念数学方面，这种辅助手段具有异乎寻常的作用，而且一直成为国际象棋选手和那些需要运用手的灵巧性参加竞技的运动员们的法宝——仍旧有人从事这类活动。事实上，在有限的规则约束下开展的所有活动都具有类似机械运动的性质，也就是说，所有活动现在都已经彻底摆脱了游移不定的想象和变幻无常的情绪的影响，达到了无可比拟的准确程度。劳动阶级的子女一旦达到可被催眠的年龄，便被转变为极为守时、可靠的机器看管人，漫长的青少年时期所特有的烦恼也因此得以解脱。如果学开飞机的人被急速的旋转吓蒙了，催眠术可缓解他们臆想出来的种种恐惧。每条街上都有催眠师，他们随时准备为那些希望留下永久记忆的人们提供服务。如果某人希望记住一个名字、一系列数字、一首歌曲或一篇演讲，催眠术可以帮助他了却这一心愿；与之相反，记忆可被抹去，习惯可被消除，而且欲望也可被根绝——事实上，这已经成为一种广泛使用的心灵外科手术。耻辱或羞辱可借助此方法被忘却，多情的寡妇会彻底忘怀已逝去的丈夫，醋意大发的情人可淡化过于强烈的占有欲。但是，欲望的移植仍然可望而不可即。此外，移情的过程也尚未有定论。心理学家在一组面色苍白的蓝衣儿童中进行了一系列惊人的实验，他们以此为基础提出了有关记忆术的许多见解。

像他所生活的那个年代的多数人一样，格雷厄姆对催眠怀有疑虑，否则他内心中许多痛苦的先入之见立时便能化解。尽管林肯向他做出了种种保证，但是他仍然恪守传统观念：被施以催眠在一定程度上意味着人格的丧失，即对个人意志的放弃。新世界的帷幕已渐渐拉开，展示在他面前的将是目不暇接的奇妙事物，但是他渴望保持完全的自我。

一天，一天，又一天，每一天都是这样有趣地度过。每一天，格雷厄姆都花大量时间飞行，他从中享受到了无比的欢愉。到了第三天，当他驾机飞越法兰西中部时，视野中映入了大雪覆盖的阿尔卑斯山脉。这些充满生机的飞行操练使他睡得恬静、安宁。他每经历一天，便离他最初苏醒时那种毫无生气的萎靡状态远一些。每当他不在空中飞行或未在睡觉时，林肯总是乐此不疲地为他安排各种消遣。当代独创的那些既新颖又别致的玩意儿，源源不断地塞给他，以至他对新奇的渴求最终几乎达到厌腻的程度。用他们展示的那些光怪陆离的玩意儿足可以写成十二卷内容毫不相关的书。每天下午他都临朝听政约一小时，他很快发现了自己的兴趣所在：当代人正在变得愈益注意人际关系，而且相互愈益亲密。最初，他主要属意那些他感到陌生和奇特的事物。他们的服饰浮华艳丽，与他对高贵的身份和举止的先入之见相去甚远，这种不和谐曾使他感到不快。可是，他注意到，由此而产生的怪异感和朦胧的敌意很快便消失了，他对自己已确定无疑的前程开始在意起来，那已经逝去的维多利亚时代很快便被他视为悠远而古朴的陈迹。他发现自己对那位红发姑娘——欧洲猪场经理的女儿——一往情深。第二天晚餐后，他又结识了一位跳现代舞的姑娘，发现她是一位令人惊叹不已的艺术家。此后，生活中出现了更多的类似催眠状态下看到的奇妙事物。第三天，林肯很想劝国王到享乐城去游玩，但是格雷厄姆婉言拒绝了，同时也不愿意接受催眠师为他的飞行训练提供的服务。当地的一条铁路线将格雷厄姆一直带到了伦敦，在辨认地形特征时，他发现了一处令他永难忘怀的地方，那是他在空中不可能捕捉到的奇妙之处。“这儿，或者在这儿一百英尺以下，”他这么说，“在伦敦大学上学的日子里，我常把中餐的肉排吊在烧烤架上。这下面是滑铁卢，还有那些令人迷惑的火车，后面总有络绎不绝的人群在追赶。我时常站在那下面等候，手里拎着包，仰视着信号灯林立的那片天空，几乎未曾想到有一天我竟然会在离地几百码的空中行走。而现在，就在那曾经烟灰色的天空中，我驾着轻型飞机盘旋。”

在那三天中，格雷厄姆如此醉心于这些消遣，以至外界正进行的声势浩大的政治运动也未引起他的关注。周围的那些人几乎对他守口如瓶。奥斯特罗格是政党领袖，也是格雷厄姆的首相，一个真正握有实权的人，每天都来含糊其词地对格雷厄姆说些他的统治机构如何如何稳定之类的话，诸如，在这座城市里出现了“一点麻烦”，但不久就会平息，在那座城市里稍稍有点“不稳定”。那支起义之歌从此从格雷厄姆耳边消失了，他不知道那支歌已经禁止在城区传唱。桅楼守望塔在他心中激起的那股热情也已经消退。

但是在第二天和第三天，他发现尽管自己对那位经理的女儿情有独钟，但是记忆中仍然闪现出海伦·沃顿的身影。这可能是那些暗示在起作用。在风向标塔楼的集会上，她的一席话听起来是多么不同寻常。她留下的印象令人经久难忘，尽管层出不穷的新奇事物令他惊叹不已，以至无暇去沉思。他感到现在留在记忆中的她又开始渐渐清晰起来。他感到纳闷，那些已经淡忘在记忆中的破碎句子究竟意味着什么。随着他对机械的兴趣逐渐减退，她那闪亮的双眸、那执着的神情越来越生动，她那清纯的美丽不可阻挡地横在他和近在咫尺的那些激发卑俗情欲的种种诱惑之间。但是直到三天以后，他才又见到她。

第十八章
海伦·沃顿

在从风向标塔楼总部通往格雷厄姆住所的一座小型拱廊上，格雷厄姆终于见到了她。那是一条狭长的拱廊，拱壁上有一串壁龛，内壁上开着窗状小口，从那里可看见一个长满棕榈树的庭院。透过一个壁龛，他无意中发现了她的身影。当时她正端坐着，听见脚步声立刻转过头来，看见他时吓了一跳。从她的脸上看不出一点儿生气。她立刻站起身，朝他近前走一步，好像要对他说话，但又迟疑起来。他止住脚步，站在那儿静默无言，期盼着。后来他意识到，一种紧张的烦乱使她语塞，而且他还觉察出，她必定是等在这个地方伺机与他谈话。

他情不自禁地涌起一种冲动，想为她提供符合国王身份的帮助。“我一直想见到你。”他说，“几天前，你对我说的那些话，那些有关百姓的事情。你究竟想要告诉我什么呢？”

她用那双不安的眼睛看着他。

“你说百姓过得很悲惨？”

她仍然沉默不语。

“当时，这对您来说一定很不可思议。”她突然说道。

“是的，然而……”

“当时，那只是一种冲动。”

“是吗？”

“就这么简单。”

她迟疑地看着他。“忘了它吧。”她深深地吸了一口气，鼓起勇气说道。

“什么？”

“百姓。”

“你是说？”

“忘了百姓。”

他疑惑地看着她。

“是的，我知道您会吃惊。因为您并不明白您是谁，您不知道正在发生的事情。”

“怎么回事？”

“您不明白。”

“不清楚，但是……或许你可以告诉我。”

她突然果断地转过身面对着他。“这很难解释，我是说，我想要解释，但是关于您，有一些说法。这是天方夜谭。您的迷睡、您的苏醒，都是不可思议的事情，至少对于我、对于所有百姓来说是这样的。您曾经活在世上，后来受难，最后死去，您曾经是一个普通公民，后来醒了过来，又活在这世上，结果发现自己几乎成了地球的主宰。”

“地球的主宰，”他重复道，“他们就是这么告诉我的。但是你能想象得到吗？我对此几乎一无所知。”

“城市，托管财产，劳动服务公司。”

“君主，势力，领土，权力和荣耀。是的，我听见了他们的呼喊。我知道，我是主宰。至于国王，如果你希望的话，不如让给奥斯特罗格，这个重权在握的人……”

他静了下来。

她面对着他，用一种探究的目光审视着他。

“怎么啦？”

格雷厄姆笑着继续说：“让给他行使这个职权。”

“这正是我们一开始就担心的事。”她沉默了一会儿。“不，”她缓缓地说，“还是应该由您来行使这个职权，由您发号施令，百姓期待着您。”

她轻声地说：“让我来告诉您！至少在您沉睡的一半时间里，在每一代人中间，有不计其数的人，一代又一代，有更多的人，祈祷您能苏醒过来。祈祷。”

格雷厄姆想要说些什么，但是没有说出来。

她犹豫了一会儿，这时，她的脸泛出红光。“您是一个博学多才的人，那么您知道亚瑟王[1]和巴巴罗萨[2]吗？如果他们还活着，会为人们治理好这世界吗？”

“我想那是百姓的想象。”

“难道您没听说过一句老话：‘当迷睡人醒来时’？当您失去知觉，一动不动地躺在那儿时，来了成千上万的人，成千上万。每个月第一天，您都庄重地躺在那里，身着一件白色袍服，人们从您身边依次走过。当我还是一个小姑娘的时候，我就看到过您那样躺着，脸色苍白、面容安详。”

她转过脸，凝神着她面前的那面油漆过的墙。她的声音弱了下来：“当我还是一个小姑娘的时候，我常常看着您的脸……它好像在告诉我，您在坚定不移地等待，就像上帝的耐性！”

“那就是我们对您怀抱的希望，”她说，“那就是您给我们的感觉。”

她将闪亮的目光转向他，声音清晰而高昂。“在这座城市里，在这个世界上，千千万万的人对您满怀无比强烈的期望，他们正拭目以待。”

“是吗？可除了奥斯特罗格，没人能担当此任。”

格雷厄姆吃惊地看着她，看着她那张因激动而容光焕发的脸。起初，她说话似乎有些勉强，但越说越兴奋，最终激昂起来。

“您以为，”她说，“您在遥远的过去度过了如此短暂的一生，

1 亚瑟王，中世纪传奇故事中的不列颠国王。

2 巴巴罗萨（约1123—1190），即“红胡子”，弗里德里布一世的绰号，德意志国王，神圣罗马帝国皇帝。

您陷入了迷睡又从迷睡中奇迹般地苏醒，您以为这奇迹、尊严和希望不断地惠顾您，只是为了让您再过一次渺小无为的人生吗？只是为了让您将这一责任转交给其他人吗？”

“我知道我的王权多么重要，”他吞吞吐吐地说，“我知道这似乎很重要。但是这是真的吗？难以置信，像梦一般。是真的，还是仅仅是一种妄想？”

“是真的，”她说，“只要您敢于这么想。”

“毕竟，像所有王权一样，我的王权只是信仰而已。它是人们的头脑中幻想出来的东西。”

“只要您敢于这么想！”她说。

“但是……”

“无数人都这么想，”她说，“既然它存在于他们的头脑中，他们就信。”

“但是我什么都不懂。我就是这么认为的。我什么都不懂，而其他人，那些财产受托人，还有奥斯特罗格，他们比我更精明干练，更沉着冷静。他们懂得那么多，而且了解得细致入微。那么你说的那些苦难究竟是什么呢？我需要了解什么呢？你的意思是……”

她停了一会儿，脸上露出怅然的神情。

“我像其他女孩儿一样不懂得世道常情，”她说，“但是对我来说，这世界充满了不幸。自从您那个时代以来，这世界就变了，变得很陌生，我一直在祈祷，祈祷有朝一日能见到您，并告诉您这一切。这个世界已经变了，就好像一种溃疡侵染了它，并剥夺了它的生命和一切值得拥有的东西。”

她满脸通红地看着他，突然激动起来：“您那个时代曾经是自由的时代。是的，我这么认为。我不得不这么想，因为我的生活并不快乐。百姓不再有自由，人们的生活并不比您那时强。还不止如此，这座城市是一座监狱，现在每座城市都是一座监狱。金钱成为万恶之源，芸芸众生终身劳碌，不是吗？难道那是注定的，永生永世都无法改变吗？是的，现在远比您那时更糟。在我们周围，在我们下面，到处是哀伤和悲惨，正如您所看到的，这种强颜欢笑与那种难以言表的悲惨，并无实质上的差别。是的，穷人知道这一点，他们知道自己正在受苦。千千万万的劳苦大众为了您经历了两个黑暗时期，他们在死亡的边缘挣扎！您的生命是他们给予的。”

“是的，”格雷厄姆沉重地说，“是的，多亏了他们。”

“您来自，”她说，“来自那个时代，那时新的暴政只是初见端倪，而现在才是真正的景致。在您那个时代，好战的封建领主刚刚消失，富有的新贵族便接踵而来。世界上一半的人原本生活在自由自在的乡村，但崛起的城镇又将他们吞没。这些是我从史籍中读到的。那时有贵族阶层！那时，普通人生活在浪漫的情趣和坚定的信仰中，他们的生活丰富多彩。而您，就来自那个时代。”

“那个时代其实并不……算了，那么现在如何呢？”

“牟利和享乐！还有蓄奴！奴隶得不到回报，毫无尊严！”

“奴隶！”他吃惊地重复道。

“奴隶！”

“你该不是想说人是奴隶吧。”

“更糟。那正是我想让您了解、让您看到的。我知道您不了解。他们会蒙蔽您，他们不久就会带您到那座享乐城去。但是您已经注意到了那些穿淡蓝色粗帆布衣的男女老少，那一张张消瘦的病态面孔和呆滞暗淡的目光，不是吗？”

“随处可见。”

“说一种可怕的方言，粗俗且令人费解。”

“我听到过。”

“他们就是奴隶，您的奴隶。他们是您所拥有的劳动服务公司的奴隶。”

“劳动服务公司！好像听起来很熟。啊！我想起来了。我在城里转悠时见过，灯光熄灭后，建筑物的宽大正面被染成了淡蓝色。你的意思真的是——？”

“是的。我如何解释才能让您明白呢？当然，这蓝色制服给您留下了深刻印象。在我们的百姓中，大约有三分之一的人穿这种服装。现在每天都有更多的人穿上它。这家劳动服务公司正以不为人觉察的方式发展。”

“这是家什么样的公司？”格雷厄姆问。

“在旧时代，如何解决身无分文的穷人的问题呢？”

“那时有济贫院，由各个教区负担。”

“济贫院！是的，那时是有这类机构的。在我们的历史课上，我记起来了。劳动服务公司取代了济贫院。它的发展部分是由于某种组织，也许您能记得一种被称作“救世军”的有感染力的宗教组织，它逐渐发展成一种企业。最初，它本质上还是一种慈善团体，目的是将穷人从严酷的济贫院中解救出来。现在我终于想起来了，它是您的受托人最早获得的财产之一。他们买下了救世军，然后将它重组成劳动服务公司，最初的计划是为那些饥饿的无家可归者提供工作。”

“对。”

“现在没有济贫院，没有收容所，也没有慈善社，只有那个劳动服务公司。它的分支机构遍及各地。那种蓝色就是它的标志。任何人，包括男人、女人和儿童，如果衣食无着落或对生活厌倦，而又无亲友或其他依靠，最终都不得不求助于劳动服务公司，或用某种方法自行了断。安乐死虽无痛苦，但非他们的财力所及。对于男人来说，连死也不容易。无论在白天还是黑夜，劳动服务公司为所有前来的男人提供食物、住所和蓝色制服。这就是这种公司最初的状况。公司榨取他们一天的劳动，以此作为对一天住宿的补偿，然后归还他们的个人衣物，送他们出去。”

“是这样吗？”

“也许，这对于您来说并不可怕，毕竟在您那个时代，到处都是饥饿的人，那确实很糟糕……可等待他们的只有死亡，这些穷苦人，这些穿蓝衣服的人。俗话说：‘一朝蓝衣在身，永无出头之日。’劳动服务公司做劳动力生意，而且想方设法确保劳动力的来源。穷人饥饿而无助地找上门，白天在那里干活，晚上住在那里，第二天再从那里走出来。如果他们干得卖力，可以拿到大约一个便士的报酬，足够看一场戏，或到粗俗的舞场去跳场舞，或看场电影，或吃顿饭，或打一场赌。此后，他们便到处游荡。但是乞讨受到交通警察的阻止，再说也没有人施舍。于是他们又不得不找上门去，日复一日，由于同样的原因又回到那里。最终，他们的衣服磨损了，或穿到了捉襟见肘的程度，连他们自己都感到羞愧。于是，为了体面，如果他们需要体面，便不得不连续数月不停地干活。大量的孩子是在公司的照料下降生的，因此母亲在生产后欠公司一个月的劳动。这些孩子由公司抚养和教育到十四岁，然后他们向公司提供两年的劳动服务。毫无疑问，教育他们是为了向公司提供源源不断的劳动力。这就是该公司的生意。”

“这城里难道没有人是无家可归的吗？”

“没有。他们不是蓝衣工人就是监狱囚犯。”

“如果他们不愿干活呢？”

“多数人都在那个宿营地干活。那家公司有权有势，有各种各样治人的方法，如中止食物供应，摁拇指指纹。如果有人拒绝干活，哪怕只有一次，指纹系统即可将拒绝干活者的拇指指纹传输到公司在世界各地的分支机构。再说，有谁能够身无分文地离开这座城市呢？到巴黎需要两块金币。而且，已经设立了很多监狱，专门关押那些敢于反抗的人。那里黑暗、肮脏，在城市下面看不见的地方。现在监狱里关押着被冠以各种罪名的犯人。”

“有三分之一的人穿蓝色粗帆布衣吗？”

“超过三分之一。劳苦大众生活在无尊严、无欢愉、无希望之中，有关享乐城的故事在他们耳边回荡，似乎在嘲笑他们的贫困和艰辛，以及不体面的生活。他们太贫穷了，连安乐死都享受不到，安乐死只是富人为获得解脱所求助的手段。成千上万的人失去说话能力，身患残疾。不计其数的人，遍及全世界，愚昧无知，只知道种种的限制和无法实现的愿望。在他们从生到死的人生经历中只有挫折和失败，那就是我们现在的处境。”

格雷厄姆颓丧地坐着。

“但是已经发生了一场革命，”他说，“所有这一切都会改变。奥斯特罗格……”

“那是我们的希望，那是全世界百姓的希望，但是奥斯特罗格不会这么做。他是一个政客，在他看来，这种现状是必然的。他并不在乎，相反将此视为理所当然。所有富人、所有有权威者、所有生活幸福的人渐渐地都将这些苦难视为理所当然。他们利用百姓的力量作为政治斗争的筹码。他们腐败堕落却活得坦然自在。但是您，您来自一个较为宽松的时代，百姓期待的正是您，是您。”

他凝视着她的脸，那盈眶的泪水闪闪发光。他顿时百感交集。一时间，他忘记了这座城市，忘记了权力之争，忘记了那些遥远的模糊声音，完全沉浸在她美好心灵的感召中。

“但是我能做什么呢？”他目不转睛地看着她说。

“亲理朝政，”她俯身向前，压低声音答道，“以从未有过的方式治理这个世界，为大众谋福利。因为只有您才能治理这个世界，而且您也有能力治理。

“百姓正在觉醒。全世界的百姓正在觉醒。只需要一声号令，来自您的号召，就能将所有人聚集起来。甚至处于中立的那类人也会站过来，因为他们也活在焦虑和忧伤之中。

“他们并没有告诉您现在正发生着什么。百姓不愿意回去干苦工，他们拒绝被解除武装，奥斯特罗格唤起的东西远比他所梦想的伟大。他唤起了希望。”

格雷厄姆的心脏在悸动。他试图缜密考虑，权衡利弊。

“他们只需要属于他们的领袖。”她说。

“那应该怎么办呢？”

“您可以做您愿意做的任何事情，这个世界是您的。”

他坐在那儿，不再注视她。过了一会儿，他说：“那古老的梦想，我一直在梦想着自由和幸福。这些梦想仅凭一个人能够……仅凭一个人……”他的声音低了下去，越来越弱。

“不是一个人，而是所有人。只要给他们一个领袖，说出他们心中的渴望。”

他摇摇头，接下来便是一段沉默。

突然，他仰起头，他们的目光相遇了。“我不像你那么有信心，”

他说，“也没有你那么有活力。我在这里拥有的权力根本徒有其名。不可能让我去替他们说话。我想去做，却心有余而力不足，我没有实力去做，但是我知道这样做是对的。或许这样做不会带来太平盛世，但是现在我有决心去实施我的统治。你的一席话唤醒了我……你是对的。奥斯特罗格必须明白自己的身份，而且，我会记住，有一件事我向你保证，这种劳工奴役制必将废止。”

“这么说，您愿意亲理朝政了？”

“是的，但是有一个条件。”

“什么？”

“那就是，你得辅佐我。”

“我！一个姑娘！”

“对。难道你没有想到我很孤独吗？”

她突然一惊，眼中瞬间闪出同情的目光。“您何需这么要求呢？”她说。

她站在他面前，亭亭玉立，谦恭有礼。她的热情和他们触及的伟大主题，就像一道不可逾越的鸿沟横亘在他们之间。触摸她、握住她的手似乎都是遥不可及的幻想。

“我要亲理朝政，”他不紧不慢地说，“我要行使我的权力。”他停了一会儿，“和你一起。”

接下来出现了令他俩都感到紧张的沉默。就在这时报时的钟敲响了。她未给他答复，格雷厄姆立起身。

“眼下，”他说，“奥斯特罗格正在等着我。”他面对着她，犹豫着。“有很多事情我并不了解，在我问他一些问题后，可能我会去亲眼看看你说的那些情况。当我回来的时候……”

“我会知道您的一举一动。我将在此等候您。”

他伫立着注视了她一会儿。

“我知道这次约见——”她说完这句话便打住了。

他等待她说下去，可是她没有再说什么。他们用坚定的、探寻的目光相互注视着，然后他转身朝风向标塔楼总部走去。

第十九章
首相的用心

格雷厄姆发现奥斯特罗格正恭候在那里，准备就当日朝政做正式说明。在以往的听政仪式上，格雷厄姆总是不拘礼节，草草了事，目的是尽快继续他的飞行实践，但是这一次他提了一些简短的问题。他急切地想执掌君权。奥斯特罗格带来的奏折涉及海外事务的发展，通篇充斥溢美之词。在巴黎和柏林，曾经有过动荡，但确非有组织的敌对，而是违抗。在格雷厄姆的逼问下，奥斯特罗格说："经过这么多年，巴黎公社又开始抬头了。直言不讳地讲，这就是冲突的实质。但是，这些城市的秩序已经恢复。"格雷厄姆的情绪激动起来，为了能够慎重地做出决定，他问是否发生过枪战。"有过，但不严重，"奥斯特罗格说，"仅限于某一区域，但是我们的非洲农业警察部队和非洲联军，拥有一支精锐部队——塞内加尔兵团，它已整装待发，飞机也处于待命状态。

根据原先的推测，在欧洲和美洲各大城市会有一些骚动，但是美洲很平静。据目前的情况看，他们对推翻理事会是感到满意的。”

“你根据什么推测会有骚乱发生呢？”格雷厄姆骤然问道。

“存在普遍的不满——社会性的不满。”

“是针对劳动服务公司的吗？”

“您已经有所了解，”奥斯特罗格有点吃惊地说，“是的，主要是对劳动服务公司的不满。正是这种不满激发了推翻理事会的这场革命，此外还促使了您的苏醒。”

“是吗？”

奥斯特罗格笑了。他变得直率起来。“当初，我们必须煽动他们的不满，必须重新唤起他们追求普遍幸福的理想：人人平等，人人幸福，没有不能与人分享的乐趣。这一理想已经蛰伏了二百年。您了解吗？为了推翻理事会，我们必须这么做，尽管这一理想是不可能实现的。而现在……”

“什么？”

“我们的革命取得了成功，理事会已被推翻，而我们唤起的百姓依然热情高涨。原本就没有什么了不起的战斗……当然，我们曾经保证过。令人吃惊的是，这种含义模糊而且迂腐的人道主义竟然再度复兴并蔓延起来，势如破竹，锐不可当。我们播下的种子，现在该轮到我们大吃一惊了。在巴黎，正如我所说的，我们不得不从外部调入援军。”

“那么这儿怎么样？”

“骚乱仍然存在，许多人不愿意复工，已经出现了大罢工。一半的工厂已空无一人，百姓拥在大道上，他们在谈论一种公社。穿着华丽的人当众受到侮辱。蓝衣工人正在期待您为他们谋利益，当然没有必要劳您大驾。为了维护法律和制度，我们准备启动那种可以唠叨个没完的宣传机器，向百姓提出一些劝慰性建议。我们必须严加控制。除此而外，别无他法。”

格雷厄姆思考着。他悟出一种可以显示自己权威的方法，但是言语中仍然不露声色。

“甚至到了调入黑人警察部队的地步。”格雷厄姆说。

“他们很管用，”奥斯特罗格说，“他们虽然粗野，但是品质高尚，忠实可靠，在他们的脑袋瓜里没有理想那一类奢求，而我们的那些贱民却总是异想天开。如果理事会当初让黑人去负责大道的警卫工作，那么情况就可能大不相同了。当然，除了暴动和破坏，没有什么可担忧的。您现在照样可以去飞行，如果有什么风吹草动，您可以远走高飞，一直飞到卡普里。我们与所有有影响的人和组织都有关系。飞行员享有特权而且富有，他们组成了世界上最严密的行会集团。此外，风向标塔楼机械师也是如此。我们掌握了制空权，控制了天空就控制了世界。没有人有能力把百姓组织起来反对我们。他们没有领袖，只有秘密组织的小头目，那些秘密组织是在您苏醒前我们组织的团体。他们都是些平庸之辈、感情用事的凡夫俗子，而且心胸狭窄、相互倾轧，他们中没有人足以成为一呼百应的领袖人物。唯一的麻烦是百姓自发的骚乱。老实说，那是有可能发生的。但是即使出现那种情况，您的飞行课也不会中断。百姓能够发动革命的时代已经一去不复返了。”

“我想他们正在这么做，”格雷厄姆说，“我想他们正在起事，”他若有所思地说，“你们这个世界到处都是令我吃惊的事物。过去，我们梦想着一种美好的民主生活，梦想着一个人人平等、幸福的时代。”

奥斯特罗格目不转睛地盯着格雷厄姆。“民主时代消亡了，”奥斯特罗格说，“永远地消亡了。那个时代始于克雷西[1]的弓箭手，但是当步伐整齐的步兵应运而生时，当乌合之众不再拥有作战优势时，当昂贵的火炮、巨型的铁甲舰和战略铁路成为权力的工具时，那个时代便结束了。今天是金钱的时代。现在金钱就是权力，而在过去它从未与权力有缘。它支配着地球、海洋和天空。所有权力归那些有能力掌握金钱的人。您必须接受事实，这就是事实。百姓的世界！百姓是统治者！甚至就在您那个时代，那种信条也早已被尝试过，并被毫不留情地宣告不适用。”

格雷厄姆未立即接话，他站立着陷入忧郁的沉思。

“平民的时代已经过去，”奥斯特罗格说，“在广漠的农村，人人都一样或几乎一样。较早的贵族并不具有稳定的实力和勇气，他们不断地受到磨炼，起义，抗争，骚乱。随着城堡和甲胄的出现，便有了第一代真正的贵族，第一代长盛不衰的贵族。但是当滑膛

1 克雷西，法国北部的一个村庄，1346 年 8 月 26 日英格兰国王爱德华三世曾在此击败法国瓦卢瓦王朝腓力六世。当时英格兰军队使用长弓，而法军使用弩弓。

枪和弓箭诞生时，又一代贵族应运而生了，这是第二代贵族，真正的贵族。火药和民主的时代只是历史长河中的一个旋涡。现在，平民是社会中无助的一部分人。我们拥有城市这部庞大的机器，而且建立了一种如此复杂的机构，令他们难以理解。”

“然而，”格雷厄姆说，“存在着某种抵抗的力量，某种你正在加以镇压的力量，某种正在觉醒和奋进的力量。”

“您会看到，”奥斯特罗格说，那脸上的勉强笑容表明，他可能会对这些咄咄逼人的问题采取避而不答的态度，“我尚未激起一种足以毁灭自己的力量，相信我。”

“我表示怀疑。”格雷厄姆说。

奥斯特罗格凝视着他。

“难道这世界必须朝这个方向走吗？”格雷厄姆说，激动的情绪已写在脸上，“必须这样吗？我们所有的希望都是虚妄的吗？”

“什么意思？”奥斯特罗格说，“希望？”

“我来自一个民主时代。我发现了一种贵族专制的政治制度。”

“那好，那么您就是专制君主。”

格雷厄姆摇摇头。

“这样吧，”奥斯特罗格说，“就让我们来考虑一下这个大问题。一切事物的变化都顺应着这个方向。贵族政治主张优胜劣汰，不适者受苦遭难，最终灭亡，为的是改善事物的质量。”

“但是你说的是贵族阶层中的出类拔萃之辈！而我所认识的那些人——”

“啊！不包括他们，”奥斯特罗格说，“他们多半将遭到淘汰。只有恶习和享乐！如果他们的后裔被剥夺贵族头衔，那类人将不复存在。对于他们来说，如果这世界只循着一条路走，如果社会一成不变，那是最好不过的。当然，对于贵族的无度还有一种便捷的解决方法，那就是安乐死，对于那些耽于声色、放荡不羁的追求享乐者，这是改善这一阶层品质的方法。”

“真是令人耳目一新的灭绝！”格雷厄姆说，“然而，”他沉思片刻，“还有另一类人，那些百姓，劳苦大众，他们也会被淘汰吗？他们不会的。他们受苦受难，苦难对他们来说是一种力量，那种力量甚至连你——”

奥斯特罗格不耐烦地踱着步子，当他开口说话的时候，语气明显不如先前那样温和。“别为这些事情操心，”他说，“再过几天一切就会见分晓。百姓是一大群愚蠢的牲口，算得了什么？即使仍然存在，他们还是能够被驯服、被驱使。我对奴隶不同情。两夜前您听见过那些叫嚷和唱歌，那支歌是灌输给他们的。如果当初您有意问他们中的任何人为何叫嚷，他们不可能告诉您。他们对您忠心而虔诚。当时，他们准备把理事会的人统统宰了，而现在他们已经在对推翻理事会的那些人发牢骚了。”

“不，不，”格雷厄姆说，“他们叫喊，是因为他们的生活凄凉而愁苦，没有欢乐，没有尊严，因为他们寄希望于我，我。”

“他们希望什么？希望什么？他们有何权利去希望？他们不好好干活却想得到与干活卖力的那些人相同的报酬。人类的希望是什么？希望有一天超人会降临，那些劣者、弱者、无人性者会被驯服或被淘汰。即使不被淘汰，也会被驯服。这世界不是供恶人、愚者、弱者居住的地方。他们的使命——这也是一项高尚的使命，就是死掉。为失败而死！这是兽进化为人、人发展为更高等生物的必经之路。”

奥斯特罗格跨了一步，似乎在思考，然后转向格雷厄姆，说：“我能够想象在一个维多利亚时代的英国人眼里，我们这个伟大的世界是怎样的。您为失去各种传统形式的代议制政府扼腕痛惜。它们的幽灵依然萦绕着这个世界，出没于政务会和议会，还有那些 18 世纪的庸俗无聊的装饰物。您唾弃我们的享乐城，我原本能够想到这一点，如果我不是太忙的话。但是您会认识得更清楚。百姓因怨恨而癫狂，他们与您有同感。就在现在，他们在街上叫嚷着要毁掉享乐城，但是享乐城是这个国家专司宣泄的机构，具有经久不衰的魅力。意志薄弱者、怪癖成性者、好色之徒和懒鬼无不趋之若鹜，带去了全世界所有好逸恶劳的习惯和流氓无赖的行为，最终在纸醉金迷中毁灭。他们在那儿尽情风流，无后而终，所有那些愚钝的淫荡女人都无后而终，于是人类便得以净化。如果这些人心智健全，他们便不会以自我毁灭的方式宣泄对富人的怨恨。您可能会解放我们所奴役的那些白痴工人，并试图使他们重新生活在悠闲舒适中，但他们已堕入与他们相适合的那种生活。”此时他露出一种令格雷厄姆极不舒服的笑容，“您会认识得更清楚。我了解那些思想，在我童年时代，我读过雪莱，梦想过自由，但是根本就没有自由，只有才智和自制。自由寓于内而不见于外，因此它属于我们个人。假设，当然这是根本不可能的，这些蜂拥着大嚷大叫的蓝衣傻瓜就算把我们推翻了，那又如何呢？他们只会落入其他君主之手。只要有羊的存在，造物主就一定会创造出食肉动物来，但是这将意味着会有几百年的延宕。贵族必将崛起，最终将出现超人，尽管人类会愤怒抗议。让他们造反吧！让他们取胜，然后杀了我和我们这类人吧。其他君主照样会崛起，结果还是一样的。”

“我怀疑。”格雷厄姆固执地说。

他颓丧地站着，沉默了一会儿。

“我必须亲自了解这些情况。”格雷厄姆突然说，语气中明显带有驾驭局势的自信，“只有亲眼看见，我才能明白。我必须了解情况。这就是我想要告诉你的，奥斯特罗格。我不想在一座享乐城里做国王，那种享乐不属于我。我已经花足够多的时间学习飞行术，还有许多其他知识。现在我必须了解百姓生活得怎样、百姓的生活有哪些改善，这样，我才会更明白这些情况。我必须了解普通人如何生活，尤其是劳动人民，包括劳动状况、男婚女嫁、养儿育女、生老病死，等等。”

“您可以从我们的现实主义小说中了解。”奥斯特罗格建议道，此时他突然心事重重起来。

“我要的是现实，”格雷厄姆说，“不是现实主义。”

“这存在着种种麻烦。”奥斯特罗格说，然后思考了一会儿。

“我就看看总的情况——”

“我未料到您会——

“我原以为——不过，或许吧。您说您想穿过城市大道，去看看普通人的生活。”突然，奥斯特罗格做出了某种决断，“那您可能需要化装前去。整座城市处于激奋之中，如果您在他们中间被认出来，可能会出现可怕的骚乱。然而，深入到城里去是您的愿望、您的主张，是的，看来我对这个问题考虑不周。这件事不难做到，但愿您从中找到乐趣！当然，您是君主，如果您乐意，您很快就可以上路。关于出巡的化装问题，浅野会做出安排。他将随您一起去，毕竟这不是一个坏主意。”

“你不想和我商谈什么问题吗？”格雷厄姆顿生疑窦地问道。

“哦，没有什么！没有！我想，您尽可以暂时将政务托付于我，在任何情况下都可以。”奥斯特罗格笑着说，“即使我们有分歧。”

格雷厄姆瞥了他一眼，目光犀利。

“没有战事要发生吗？”他突然问道。

“肯定没有。”奥斯特罗格回答。

“我从未考虑要调用这些黑人。”格雷厄姆说，“我不认为百姓对我怀有敌意，再说，我毕竟是君主，我不希望任何黑人被调入伦敦。也许这是一种陈旧的偏见，但是我对欧洲人和君主国的臣民后裔怀有特殊的感情，即使是巴黎周围也不行。”

奥斯特罗格站着，从低垂的眉毛下面注视着格雷厄姆。“我不打算将黑人调入伦敦，”他不紧不慢地说，“但是如果——”

“无论发生什么，你都不能将武装的黑人调入伦敦，”格雷厄姆说，“关于这个问题，我已经决定了。”

奥斯特罗格迟疑了一会儿，还是决定不说话，然后恭敬地点头表示赞同。

第二十章
微服私访

那天晚上，格雷厄姆穿了一件风向标塔楼总部下属官员休假时穿的衣服，浅野则穿着劳工部的帆布制服，两人乘着夜色，神不知鬼不觉地漫步入城。

在城里，他们四处察看，发现到处灯火通明、群情振奋，一片纷乱的景象。尽管革命力量以排山倒海之势震撼了旧世界，尽管受苦受难的百姓依然怨声载道，预示着仅仅只是序曲的第一次造反将会发展成为更大规模的反抗，但是一条条宽阔的街道上商店鳞次栉比，过往行人熙熙攘攘，从四面八方汇集而来的购物人群络绎不绝，就像一条条溪流在街上奔流涌动。格雷厄姆感悟到了新时代独有的某些生活维度和特质，但是此情此景却又令他手足无措。眼前呈现的纷杂景象让他久久不能平静，那流光溢彩的色泽激起他无尽的感慨。

这是他与当今的百姓第一次真正的接触。他意识到，此之前的一切，除了公共剧院和市场中的短暂接触外，无不带有隔绝的成分，而且无不表现为在相对狭小的政治圈内打转。他还意识到，以往的所有经历都与他自身的地位休戚相关。但是眼前的这座城市正处于夜间最有生气的时刻，人们大都沉溺于可带来及时行乐的情趣中，继续他们不拘礼节的夜生活。这已经成为新时代的常见现象。

这时，格雷厄姆发现街对面的大道上拥塞着蓝衣工人。他们是一部分参加游行的人，正颇为古怪地坐着游行。他们扛着旗帜，上面用粗劣的红色原料涂抹着具有特殊意义的口号："反对缴械。"这些口号多半书写蹩脚，拼写不一，如"为什么我们应当缴械？""反对解除武装。"一面接着一面的红旗从他们身边飘拂而过，就像一条流动的河流，当最后一面旗帜掠过时响起了那支造反之歌和用奇特的乐器奏出的乐曲。"他们都应当去干活，"浅野说，"这两天他们没有东西吃，或者是靠偷来的食物维持。"

不久他们便绕道而行，以避开拥塞的人群，那群人偶尔向两旁闪开，形成一条通道，在黑夜中像张开的豁口，吞噬着从医院送往殡仪馆的尸体。这些是打扫战场时遗漏的尸体，就像收获后掉落在田里的谷穗。

那天晚上，很少有人睡觉，人们大都待在户外。周围一片骚动，聚拢的人群散开后又聚拢。格雷厄姆的思想变得混沌而模糊。连续不断的骚动，不绝于耳的嘶叫，难以捉摸的零星冲突酝酿着更大规模的反抗，这一切都搅得他晕头转向。到处花团锦簇，黑旗招展，更突出了他具有众望所归的盛名；到处他都能捕捉到那种粗俗含混的方言——文盲阶级的语言，即不理解音标注音文字的阶级在日常交往中使用的那种语音；到处他都能感觉到缴械言论引起的骚动，以及那种一触即发的紧张气氛。在他隐居在风向标塔楼寓所的那段时间里，他未曾获得过任何有关这方面的暗示。他感到了事情的紧迫，他决定一回到住所便立刻与奥斯特罗格讨论这一问题，以及隐藏在这一表象下面的更严重的一系列问题，直截了当地提出，不给他任何回旋余地。那天晚上在城里四处转悠的头几个小时里，他的注意力完全被那种叛逆精神所吸引，以至无暇顾及许多他本可能观察到的怪异现象。

这种过分的专注，使得在他的记忆中留下了对周围事物不完整的印记。那些支离破碎的、怪异而生动的事物，无论多么富于人性，多么引人注目，都没能占据他的意识。有时候这场革命运动在他的意识中完全被淡忘了，就像拉上的帷幕遮住了这新时代的某些惊人的新景象一样。海伦的思想曾支配着他满怀热诚地进行这次探访，但是就连她的影像有时也会在他的意识中变得模糊。有一瞬间，他发现他们正在穿越一处教堂区。教堂区的兴起是因为移动大道提供的便利交通使得偏远的大小教堂不再被需要。这时他的注意力完全被一座色彩鲜明的教堂所吸引。

当时他们正坐在一条快速的移动大道上，在一弯道处，那座教堂扑面而来，急速地朝他推进，从顶部到基底，到处可见色泽鲜明的、蓝色的刻印文字，其中有一处呈现出一幅宽大的、引人注目的场景，那是《新约》中栩栩如生的一个场面，刻写的文字上悬挂着一串巨大的花彩。

“有数以百计各种不同的敬拜方式。当然，如果任何教派都说自己的敬拜方式是会吉利生财的，那么就会出现这种不统一的情况。高层次的敬拜有更静心的仪式，昂贵的香和内心的专注，等等。这些人有人缘，有好运。他们得给理事会，给您，以及那些专司烧香拜佛的地方支付几十块金币。”浅野说道。

格雷厄姆突然想起了与金币相关的某个问题。于是，浅野的话引发的那种遐想，瞬息间便被这一新的兴趣所冲淡。浅野的话所提示的支付手段和方式，证实了金和银均已非货币化，印模冲压金币最终被废除了，这一交易手段早在腓尼基古国时，就在商人中成为约定俗成的交易手段。这一变化虽是渐进的，但速度很快，其原因是商业交易中衍生出了另一种形式取代了金币。现如今，常规的城市商业交易，乃至于全世界的货币流通，都采用了由理事会发行的小额支票，分棕色、绿色和粉红色三种颜色，上面印有空白待填的受款人一栏。浅野随身带有几张，一有机会他就在规定的空白处填上数字。支票不是印在易扯破的纸上，而是印在一种半透明的、光滑而柔韧的丝质纤维上。支票上拓印着格雷厄姆散乱的笔迹。在经历了二百零三年的迷睡后，这是他第一次见到那熟悉的、龙飞凤舞的亲笔签名。

在这二百零三年间他曾有过某些灵性的感受，但是这些感受未在他的记忆中留下清晰的印象，但足以提供一些暗示，比如缴械这一问题可不受其思想的影响。这时，他的意识中映现出一座通灵神殿的模糊影像，它预示了“奇迹”——那是两个由晃动的火焰交织而成的硕大的字。那幅影像也许是格雷厄姆记忆中所有影像中保留得最完整的。接下来他的眼前出现了诺森伯兰大街上一座餐厅的景象。这一切都使格雷厄姆兴趣盎然。

在浅野的帮助下，格雷厄姆从专供餐桌侍者伫候的柱廊处看到了那个地方。那座楼内充斥着闷声瓮气的大叫、刺耳的嘶叫和咆哮。起初格雷厄姆摸不着头脑，后来他记起来了，在那个只身徘徊的夜晚，当一盏盏明灯重新在眼前闪亮时，他曾听到一种莫名其妙的似皮革摩擦的声响。

他现在已经习惯了许多人聚集在一起的浩大场面，但眼前的景象却引起了他长时间的注意。他观察着邻近餐桌上的情况，并亲耳听到了人们在觥筹交错中的谈话细节，这时他突然意识到，这数千人的盛宴究竟意味着什么。

他常常吃惊地发现，人们从一开始就期望了解的某些问题，往往会突然横生枝节，像谜一般令人费解，直到拨开这些细枝末节才最终找到答案。他们从未想到，这些问题正因为他们的忽略而未能在一开始就被感悟到，眼前的情景就是如此。他从未想到，这座城市已成为远离自然的封闭地。那些高大宏伟的建筑和连绵不断的大道，意味着家庭的消亡。维多利亚时代特有的那种充满浓郁生活气息的“家”，小巧的砖舍，里面的厨房、餐具间、客厅和卧室，还有篱笆棚，都确定无疑地消失了，只剩下散落在乡野间的那些废墟。他意识到那些曾清晰无比的图景——曾被视为居住区的伦敦，已不再是住宅聚集之地，矮小的住宅已被一座高耸入云的饭店取代。那座饭店内设有各种等级的住房，不计其数的餐厅、教堂、戏院、市场、会堂。这是一座由他控制绝大部分股份的综合性设施。人们拥有各自的套房，内设卧室，可能还有会客室，这些房间无论舒适或幽静程度如何，至少是窗明几净，一尘不染的。至于其他方面，他们的生活与维多利亚时代住在新建的豪华饭店的那些人的生活并无什么差别：在公共场所就餐、读书、思考、娱乐、交谈，在城市的工业区上班，在贸易区的办公室做生意。

他突然意识到曾经那座维多利亚时代的城市，获得如此的发展是多么有必要。现代化城市崛起，主要归因于以合作为基础建立的经济秩序。在他生活的那个时代，阻碍单个家庭结合的主要因素是国民教育尚未完善，人们妄自尊大，缺乏理智、充满偏见，中产阶级和下层社会相互妒忌、竞争和敌对。这些因素曾迫使那些毗邻而居的家庭老死不相往来。但是时代在变化，百姓变得柔顺随和起来，这一变化甚至在当时就已经有了日新月异的发展趋势。在他过去短暂的三十年人生中，他曾亲眼见到在家用餐的习惯已被打破，各式各样的餐饮场所如雨后春笋般出现，倘若你惠顾茶座或咖啡屋，可以在其中享受到轻松自在的氛围。但是不久，露天面包摊便取而代之，那里专门出售用二氧化碳膨发的食品，吸引了大群的人在那里用餐。妇女俱乐部已见雏形，阅览室、娱乐室和图书馆获得长足的发展，对促进百姓对社会的信赖起到了积极的作用。迄今为止这些新生事物已经日臻完善，那千家万户自成一统的时代已经一去不复返了。

他了解到，下面的这些人来自中下层社会，其地位略高于蓝领阶层。在维多利亚时期，这一阶层的人习惯独处一隅进餐，因而在公开场合用餐时，他们通常用粗陋的喧闹或军人式的不苟言笑掩饰内心的窘迫。眼前这些服饰华丽的人们挥洒自如，无拘无束，但还是会给人匆忙和拘谨的感觉，倘若他们穿得轻松随意些，就会看起来更有生气。

这时，有一样东西吸引了格雷厄姆的注意：那是一张桌子，它位于餐厅的尽头，它从一开始就是那样洁净明亮，现在依然保持着让人感到惬意的那种清爽。它的周围一片混乱，到处散落着面包碎屑，溅泼出来的菜肴和佐料，翻倒的酒瓶和凌乱不堪的装饰品。这场疾风暴雨式的革命，改变了维多利亚时代特有的饮食习惯，但如此纷乱，毫无进步可言。那张桌子上没有任何与这环境和谐一致的东西，它与众不同，既无饰物，又无鲜花，也无桌布。格雷厄姆知道，它是用一种具有锦缎外观的固体物质制成，他还从上面辨认出设计雅致的商业广告图案。

在每一位用餐者面前有一个呈凹陷状的装置，它用瓷和钢为材料制作而成。上面器具一应俱全，除了一只白瓷盘外，还装有各种龙头，用餐者可在每道菜之间打开控制冷热两种挥发性液体的龙头洗手，如果需要还可冲洗精美的金属刀叉。

如果用餐者想喝点什么，打开类似的龙头，汤和配置的酒及饮料即可注入餐具中。菜肴装在雅致的盘子里，沿银制跑道在桌面运行，用餐者可随心所欲地停住盘子，挑选他所喜欢的菜享用。盘子在桌子一端的一小门处出现，然后在桌子另一端消失。他从这些人身上明显地感觉到民主意识在衰微，表现为丑陋的自尊下面隐藏着对奴仆的鄙视，因而他们极不情愿相互服侍。他如此专注于这些细节，以至当他打算离开这地方时，才注意到在上方的墙壁上蔚为壮观地流动着一幅幅巨型立体广告画面，上面展示着最奇异的商品。

走到这座建筑的另一边，他们又进入了一座已挤满了人的大厅，那里异常嘈杂，他感到了困惑。他们在一扇旋转栅门处停下，付了钱。

格雷厄姆的注意力立刻被一种激昂的、似猫头鹰叫的声音所吸引，紧接着一种似皮革摩擦的声响回荡在空中。“君主正在安静地睡觉。”这声音清晰可辨，“他身体强壮，他打算将余生奉献给航空术。他说女人从未像现在这样美艳动人。”这时这声音变成了叽里呱啦的怪叫，“我们辉煌的文明吓到了他，令他难以承受。他最信赖我们的首领奥斯特罗格，绝对信赖。奥斯特罗格将成为首相，负责所有公务人员的任免，独揽官职任命权。奥斯特罗格将掌握所有官职的任命权！理事会成员已被送回理事会大厦上面他们自己的监狱。”

格雷厄姆听到第一句时就停住了脚步。他仰起头，注视着那个喇叭一样的东西，它看起来十分可笑，那粗嘎的叫声就是从它嘴里发出来的。这是情报总部的播音机。有一会儿它似乎在喘气，从它的圆筒状的身体中传出有节奏的搏动声，接着又是一阵叽里呱啦的叫声，然后又开始叫嚣起来。

“巴黎的骚乱现在已经平息，所有反抗已结束（叽里呱啦），黑人警察控制了城里的每一重要据点，他们勇敢战斗，高唱诗人吉卜林的歌，颂扬他们的祖先。他们曾有过一两次失控，折磨并残害受伤的起义者和俘虏，不管男人还是女人。教训，切勿去造反！哈哈！（叽里呱啦）这些人都是些可爱的人，生气勃勃的可爱的人。让这一造反成为这座城市中骚乱分子的一次教训。哎哟！骚乱分子！这世界的垃圾！（叽里呱啦）”

这声音中断了。人群中发出一片嘀嘀咕咕的抱怨声。“该死的黑鬼。”在他们旁边，一个人开始大发议论，“难道这是国王的旨意，弟兄们，难道这是国王的旨意？”

“黑人警察，”格雷厄姆说，“这是什么意思？该不是说……”

浅野碰碰他的手臂，向他使了个眼色。立刻又有一台这样的播音机歇斯底里地大叫起来，继而又是一阵哇啦哇啦的怪叫。“哎哟，哇啦哇啦！听最新一份报纸上痛苦的尖叫！最新的一份报纸，哎哟！巴黎骇人听闻的暴行。哎哟哟！巴黎人被黑人警察激怒了，已经开始行刺政要了。恐怖的报复行动。野蛮时代又来到了。血！血！哎哟！”附近的一台播音机开始大声叫嚣起来，接着又是一阵叽里呱啦的怪叫，湮没了歇斯底里的喧嚣。它用更含糊的音调开始对骚乱做别出心裁的评论。“法律和制度必须被维护。”它说。

“但是——”格雷厄姆说。

“别在这里提问题，”浅野说，“否则您会卷入到争论中去。”

“那么，我们继续往前走，”格雷厄姆说，“因为我想了解更多的情况。”骚动的人群聚集在那些机器下面。格雷厄姆及其侍从朝出口处奋力地挤过去，这时他对这座大厅的规模和特征有了更清楚的了解。他猜想附近肯定有许多这样的建筑，不管其大小如何，总之那些宽敞的空间也一定充斥着尖声嘶叫，粗嘎的喊声、咆哮和唠叨，各处都有骚动的人群，多数是穿蓝色粗帆布工装制服的男人。格雷厄姆见到的播音机大小各异，小如闲话型的那类机械装置，置于街头巷尾处，专对流言蜚语做嬉笑怒骂式的评说；大如五十英尺高的巨型装置，他在那座大厅内听到的吼叫就是从这类机器中传出的。

这地方异乎寻常地拥挤，因为公众对巴黎事态的发展有浓厚的兴趣。显然，这场冲突远比奥斯特罗格描述的残酷。所有的播音机都在对此问题进行评述。整座城市犹如一座巨大的蜂巢，到处充斥着嗡嗡的议论，流言不胫而走。“警察被私刑处死。”“妇女被活活烧死。”“人都醉醺醺，晕乎乎。”“这些事情难道是国王允准的吗？”在他近旁的一个人问道，“难道这就是君主统治的开始吗？”

难道这就是君主统治的开始吗？在他离开那个地方后，那种喇叭的鸣响和嘶喊长时间地萦绕在他的脑际："叽里呱啦！叽里呱啦！""哎哟哟，哎哟，哇啦哇啦！""难道这就是君主统治的开始吗？"

他们一来到户外的大道上，格雷厄姆便立刻询问浅野有关巴黎冲突的性质。"缴械！缴械会带来什么问题？缴械意味着什么？"浅野似乎急于使他确信一切都"平安无事"。"但是这些暴行如何解释！"格雷厄姆厉声说。"要炒蛋就得先打破蛋，"浅野说，"那些只是野蛮人，冲突仅仅发生在一个城区，其他地方平安无事。除了我们的劳工外，巴黎劳工是世界上最野蛮的。"

"你说什么！伦敦人？"

"不，我是说日本人，他们必须被严加控制。"

"但是把妇女活活烧死又如何解释？"

"公社！"浅野说，"他们将抢劫您的财产，他们将废除财产所有权，并将整个世界归于暴民统治之下。您是君主，这世界是属于您的。这儿将不会有公社，这儿也不需要黑人警察。情况已经清楚了。那些是他们自己的黑人，说法语的黑人，来自塞内加尔兵团，还有尼日尔和廷巴克图兵团。"

"什么？"格雷厄姆困惑不解，"我原以为只有一个兵团……"

"不，"浅野瞥了他一眼说，"不止一个。"

格雷厄姆感到不快，但是一筹莫展。

"我从未认为……"格雷厄姆说道，但骤然停了下来。他突然离开话题转而询问有关这些播音机的情况。原先他不明白为何簇拥在播音机的下面那群人多半衣着破旧，甚至衣衫褴褛。现在他才知道，富裕阶级的人们在他们舒适的私人住宅中都装有播音机，只要拉动一根控制杠，它就说起话来。他们还可以将播音机与大型新闻辛迪加[1]组织的电缆联结。了解到这种情况后，格雷厄姆便追问为何在他的套房中没有装这种设备。浅野愣住了，“我没有料到会有这种情况，”他说，“肯定是奥斯特罗格让人把它们拆除了。”

格雷厄姆目不转睛地盯着浅野说：“难怪我什么都不知道。”他大声喊了起来。

“也许他认为这些东西会惹恼您。”浅野说。

“等我一回去，播音机必须得给我装上！”格雷厄姆停顿了一会儿后说。

令格雷厄姆感到不可思议的是，这新闻广播站和餐厅竟然并非是中心场所，这样的设施遍布全城，几乎难以计数，但是在这次夜巡中，他常常能够从大道上传来的纷乱声响中辨别出以奥斯特罗格为首的那个机构的喧嚣：“叽里呱啦”；或它的主要对手的尖声嘶叫：“哎哟哟，哎哟，哇啦哇啦……听最近一份报纸痛苦的尖叫。”

到处都是相似的情景，他现在进入的这地方——育婴堂——也是如此。他们先乘电梯上去，再通过一座凌空架在餐厅上方的玻璃桥，然后以稍稍向上倾斜的角度从一侧横穿大道。

进入育婴堂，需要在入口处签名，于是他在浅野的指导下留

1 辛迪加，资本主义垄断组织形式之一。

下了亲笔签名，具有偿付能力的签名。他们立刻受到了一位穿紫色罩衣、佩带行医标志金别针的男士的关顾，根据此人的举止格雷厄姆觉察出自己的身份已被知晓，于是他开始直率地就这地方的奇特布局提出一些疑问。

走道寂静无声，壁上装有护垫，似乎是为了减弱脚步的声响。两侧有一扇扇狭小的门，其大小和间隔距离使人联想起维多利亚时期监狱的单人牢房，但是每扇门的上部呈绿色透明状，与格雷厄姆苏醒时围在其周围的那种东西相同。里面光线暗淡，每个房间都有一个婴儿躺在用柔软的棉絮铺成的小窝里。空气受到精密仪器的监测，倘若温度和湿度稍稍偏离最佳标准，远在中央办公室的铃就会响。像这样的育婴方法几乎已经取代了欧洲传统的那种冒险的养育方式。陪同的那位男士要他注意沿走道两侧排成长列的景象：一排机器人奶妈。那手臂、肩膀和乳房具有逼真的立体效果，关节和质地也同样栩栩如生，只是下部为三脚铜架，面部由一扁平的圆盘替代，上面有广告，母亲看了会感兴趣的那种广告。

那天晚上格雷厄姆发现了许多奇特的事物，但是这个地方与他的思维习惯发生的碰撞最为强烈。那粉红色的幼小生命，柔弱的四肢，在生命之初做出意向不明的动作，不稳定地晃动着的四肢，更不用说没有拥抱或爱抚……这一景象与他的情感格格不入。而这位陪同的医生持截然相悖的看法。他所展示的统计学证据不可辩驳地表明，在维多利亚时代婴儿的夭折多半与母亲的手臂相关，那时人的死亡率异常的高。而另一方面，这家育婴公司，也就是国际育婴辛迪加，以其独特的方式育婴达百万，存活率为99.5%。但是格雷厄姆成见之深难以接受这些数字。

他们沿一条走道向前走时，碰见了一对穿着常见的蓝色粗帆布衣的年轻夫妇，他们正通过门上部的透明处向里察看。这是他们的第一个孩子，那光秃秃的头令他们笑得前仰后合。格雷厄姆脸上的神色肯定显露出了对他们举止的评判，因为他们停止了欢闹，而且看起来局促不安。这一小插曲本身无足轻重，却使格雷厄姆更清楚地认识到，在他的思维习惯和新时代的行为方式之间，存在着明显的冲突。他继续向前，进入到专供婴儿学爬行的房间和幼儿嬉戏的地方。在那里他感到了困惑和烦恼，他发现环状的儿童游泳室空荡荡的！然而使他感到宽慰的是，当今的孩子们至少仍然是在睡眠中度过他们的夜晚。当他在这些房间中穿行时，浅野向他说明了那些玩具的特性，它们是在福禄培尔设计的玩具基础上开发的新品种。这儿有保育员，但是大量的工作由机器来完成，诸如唱歌、跳舞和抚弄孩子。

格雷厄姆在很多细节上依然不是很明了。“竟有如此多的孤儿……”他困惑不解地重新回到最初的话题，但是却误解了。他又一次了解到，他们不是孤儿。

他们一离开那座育婴堂，他便抑制不住地说起保育箱里的那些婴儿带给他的恐惧。“难道母亲的义务不复存在了？”他说，“难道它只是某一个时期流行的空话？母性无疑是一种本能。而那种情景似乎很不自然，近乎令人厌恶。”

“这儿通向舞厅，”浅野说，未直接回答他的问话，“那儿肯定人满为患。尽管发生了这场政治骚乱，那儿仍然会很热闹。妇女们对政治没有兴趣，除了少许人以外。您将会看到那些母亲——在伦敦很年轻的女子就已经是母亲了。生一个孩子是值得称道的，这是生机勃发的证明。在中产阶级中很少有人生两个孩子，这和劳动服务公司的情况不同。就母性而论，她们依然为自己的孩子深感骄傲，而且牵肠挂肚，她们经常来探望。”

“那么，你是说世界人口……”

“正在下降？是的。不过劳动服务公司里的那些人是例外，他们还是要很多孩子。”

随着乐曲的奏响，气氛突然活跃起来。他们沿着一条倾斜的通道朝前走去，两侧嵌着豪华柱墩，似用洁净无瑕的紫蓝色青玉制成。从四面八方汇集而来的人们欢快地叫喊着、嬉笑着，远望过去卷曲的头发和缠绕着花束的额头与周围炫目的橙黄色交织成一幅跳动的画面。

“您会看到，”浅野说，脸上露出不明显的笑意，“这世界已经变了。再过一会儿您就会看到新时代的母亲们。请这边走，不用多久我们还会看到更年轻的母亲们。”

他们坐上高速电梯，上行到某一高度时，又换乘速度稍慢些的电梯继续上行。这乐曲越来越迷人，再往上行，它变得愈益清晰、圆润和辉煌。从这复杂多变的音符交织而成的美妙旋律中，格雷厄姆能够辨别出无数只跳动的脚击出来的节奏。他们在旋转栅门处付了钱，然后登上一座宽敞的拱廊，从那儿可以俯瞰整个舞厅，领略令人销魂的音响和景象。

“这些人，”浅野说，“就是那些小东西的父母亲。”

这座舞厅不像阿特拉斯神像大厅装饰得那么富丽堂皇，但就其规模而言，它是格雷厄姆所见过的最恢宏的。支撑着拱廊的那些洁白塑像舒展着优美的肢体，它们的造型各异，可谓千姿百态，而且面部呈现欢欣喜悦的神情。不知从何处传来的乐曲缭绕着整个大厅，一对对青年男女在宽敞闪光的地面上翩翩起舞。“您瞧，”矮小的侍从官说，“他们表现出何等强烈的母性。”

他们站立的那座拱廊沿一面巨大的围屏上缘向两侧延伸。这围屏将舞厅隔成内外两部分，外厅有宽大的拱门，从那里可以看到外面川流不息的大道。外厅聚集着几乎与内厅同样多的人，但衣着不太鲜亮，其中多数穿着格雷厄姆熟悉的蓝制服。他们太穷，不可能通过那些旋转栅门到内厅去狂欢，但是又无法摆脱那些充满诱惑的声响。有些人甚至在外厅空间中跳起舞来，他们身上褴褛的衣衫伴随着舞步在空中飘拂。有些人则在一旁大声叫喊，其中的戏谑语和含沙射影的语言是格雷厄姆无法理解的。有人还吹起了口哨，重复地吹那支革命歌曲的收尾部分，但似乎没过多久便被制止了。传出哨音的那个角落光线昏暗，格雷厄姆什么也没看见，他又转向内厅。在塑像柱上方安放着大理石半身雕塑像——被那个时代尊崇为伟大的道德解放者和先驱的人物雕像，其中多数人是格雷厄姆感到陌生的，但是他认出了格兰特·艾伦、勒加林、尼采、雪莱和古德温。硕大的黑色花彩和热情洋溢的情绪渲染了那行醒目的印文："觉醒节"正在进行。

"成千上万的人为此而休假，姑且不论拒绝复工的那些劳工，"浅野说，"这些人随时做好了休假的准备。"

格雷厄姆走到栏杆处，凭栏向下俯视那些跳舞的人们。除了远处有两三对窃窃私语的青年男女从人群中溜了出来，这座拱桥上只有他和他的向导。下面舞场中，无论男女都穿着轻佻，而且裸肩、露颈。在这座热情四溢的城市中，这是不足为怪的。这些男人的头发纤巧地卷曲成团状，面颊刮得溜光，其中许多人来参加舞会前清洗了脸蛋或在脸上化了妆；女人们大都长得很标致，衣着妖艳浮华。当他们从下面轻盈地掠过时，他瞥见了那一张张如醉如痴的面孔，双眸微闭，心驰神迷。

"这些人属于哪一类？"他突然问道。

"工人，富足的工人，您可以将他们称为中产阶级。那些拥有几间零散商店的商人早就消失了，但是现在有商店服务员、经理和工程师，职业类别有上百种之多。今晚无疑是一个节日，城里每家舞厅都会挤得满满的，还有每个礼拜堂。"

"但是，那些女人呢？"

"她们也是。现在女人的工作类型有上千种，在您那个时代就已经有了不必为生计操劳的女工的雏形。她们中多数已结婚，现在有一些不同类型的婚约方式，这些婚约可以给她们带来更多的钱并能使她们过得快活。"

“我明白了。”格雷厄姆说，与此同时他瞥见了那一张张流光溢彩的面孔，飘然闪过的倩影和旋转的舞步，但是他仍然不能忘怀如同梦魇中所见到的那些粉红色的无助的四肢。

“这些就是——母亲们？”格雷厄姆惊讶地问。

“多半是。”

“这些事情我见得越多，我发现你们的问题越复杂。例如，这就是一件令人感到意外的事情，那来自巴黎的消息也同样出人意料。”

过了一会儿，他又说了起来。

“这些人竟然是母亲。不久，我想，我将学会用现代方式去看待事物，我的心境还依恋着过去。我想，这种心境建立在那些已经不复存在需求之上。当然，我们那个时代，女人不仅应当生育孩子，而且还应当珍惜他们，钟爱他们，教育他们。这是道德和精神教育中全部精髓之所在，也是一个孩子长大成人后需对其母亲感恩戴德的原因。或许没有孩子也无妨，不少的女人，我承认，放弃了这一责任。而现在，显然，追求享受已成为某些女人的更大需要。我看到了这一点！看来，理想的女人仅仅存在于过去。她们富有耐心，平静而安详，那些家庭主妇是母亲也是男人的创造者。对她们的爱同样也是一种崇拜。”

他停了下来，又重复了一遍：“一种崇拜。”

“理想在变，”浅野说，“就像需要在变一样。”

格雷厄姆从瞬间的沉思中清醒过来，浅野又重复了一遍。格雷厄姆的神智又回到了刚才的话题上。

“当然，我明白，克制或节制欲望、深思熟虑、无私奉献是人类理性必不可少的条件。尽管严厉是抑制欲望的一种手段，但是人类事实上已经被迫放弃了全部欲念，他们的政权落到了拥有黑人警察的政客们手中，竟然还说生活是快乐的。”

他又扫了一眼下面翩然起舞的人们。“快乐的生活……”他说。

“确实有令人感到厌倦的时候。”浅野沉思默想之后说。

“他们看起来都很年轻。在他们中间，我显然是年岁最大的。在我生活的那个时代，我已经过了中年。”

“他们确实很年轻。在商业化的城市中，这一阶级很少有年纪大的人。”

“这是怎么回事？”

“老人的生活不像过去那么愉快，除非他们有钱雇佣帮手。我们现在有一种专门解决老人痛苦的机构，其名称为安乐死。”

“安乐死！”格雷厄姆惊叹道，“无痛苦死亡？”

“是的，无痛苦死亡。安乐死公司在这方面的工作卓有成效。享受安乐死需支付一笔钱，这是一种奢华的死法，需要早做准备。他们前往享乐城，回来时一贫如洗，而且极其倦怠。”

“看来还有很多东西有待于我去了解，”格雷厄姆沉默了一会儿说，“但是我看到了所有这一切之间的相互联系。我们那时的一系列德行，在痛苦中忍受，在禁欲中压抑，都是由生活的危险和无保障造成的，即使在我们那个时代，禁欲者和苦行者也在逐渐消失。以前，人类坚韧地与痛苦进行较量，而现在乐于纵欲，这两者之间存在着差别，现在文明已将痛苦和危险为富人驱走了，唯有富人才有举足轻重的地位！而我已经沉睡了二百年。”

这会儿他们凭栏俯视着舞厅，目光循着复杂的舞步移动。眼前的景象确实美妙动人。

“说实在的，我宁愿做一个在雪地里战栗的受伤的哨兵，也不愿成为那些油头粉面的傻瓜当中的一个！”

“在雪地里，”浅野说，“人们的想法就会不同了。”

“我这人还未开化，”格雷厄姆旁若无人似的说，“这正是问题之所在。我就像原始人，生活在旧石器时代的人。那时人们的渴望、恐惧和愤怒受到抑制，犹如封闭的喷泉，因而他们终其一生活得快乐、恬静和舒畅。你肯定对我所生活的 19 世纪感到震惊和厌恶。你说，这些人是熟练工人或诸如此类。他们在这儿跳舞，而其他人在战斗——在巴黎为维护这个世界而殊死战斗——他们才有可能在这儿跳舞。”

浅野淡淡地一笑。“他们在伦敦也在进行殊死战斗。”他说。

他们沉默了一会儿。

“这些人睡在哪儿？”格雷厄姆问。

“在上面和下面，一个错综复杂的公寓里。”

“那么他们在哪儿干活呢？这只是他们的业余生活。”

“今晚您不会看到有人去干活，一半的工人在罢工或备战，一半的工人在度假。但是如果您乐意，我们可以到工作场所去。”

格雷厄姆注视了一会儿跳舞的人，然后突然背过脸。“我想见那些工人，我已经看够了这些。”他说。

浅野在前面引路，他们沿拱廊走到了舞厅的另一边。不久，他们便来到了一条横向通道处，这时迎面拂来清新的空气，但略带凉意。

当他们从通道口经过时，浅野向里扫了一眼，然后止住了脚步。他往回退了几步，然后转身笑着对格雷厄姆说：“陛下，这还是有您熟悉的东西的，但是现在我不会说，跟我来！”

浅野在前面引路，他们沿着一条封闭式通道往前走，很快格雷厄姆就感到那里寒气逼人。他们从脚步发出的回响声中，意识到这实际上是一座悬在半空中的桥。桥的尽头是一座四周用玻璃围住、与外界隔开的回廊。再往前走，有一个圆形房间。这房间看起来很熟悉，但格雷厄姆无法清晰地记起他何时进去过。里面有一架梯子，这是自他苏醒以来见过的第一架梯子，他们沿梯子爬上去，进入一个宽敞、黑暗、阴冷的地方。那里也有一架梯子，几乎呈直立状，他们爬了上去。格雷厄姆一直处在困惑之中。

但是一到达顶上，他便立刻明白了。他认出了曾经被他牢牢握住的那些金属杆。现在，他在圣保罗教堂圆顶下面的一台升降车内。在静谧的暮色中，城市轮廓线模糊不清，浮现在它之上的穹顶在远处昏暗灯光的映照下似乎正在倾斜，缓缓地被环绕在其周围的黑暗所吞没。

从金属杆之间望出去，北部天空被风荡涤得明净而爽朗，闪烁的星群仍然未变。御夫座中最亮的恒星五车二，悬挂在西天，织女星正在冉冉升起；大熊星座内七颗璀璨的星星，呈环状蔚为壮观地从上空掠过，聚集到北极附近。

他是在天空一个明显的豁口中看到这些星星的，东边和南边的天空被吱嘎作响的风车轮的巨大圆状身影遮得模糊不清，理事会大厦周围的闪光也因此被挡住。西南方的天空高悬着猎户星座，透过映射着眩光的铁制窗花格和各种交织的线条望去，宛若一个苍白的幽灵。从停机坪方向传来的轰鸣和汽笛的尖叫向全世界警示着一架飞机正准备起飞。他朝那耀眼的平台方向凝视了一会儿，然后将目光又转回到北边的那些星群。

他静默无语了很长时间。“这，”他终于开口了，黑暗中脸上挂着笑容，“似乎是最不可思议的事。站在圣保罗教堂的穹顶下面，又一次观看这些熟悉的、寂静无声的群星！”

此后，格雷厄姆由浅野领着迂回曲折地绕到了赌场和商业区。这座城市的大部分金钱在这里输掉或被赚去。他犹如走进了一个几乎望不到头的区域，高大的建筑物鳞次栉比，四周环绕着通向数以千计的办公室的层层叠叠的长廊，与纵横交错的拱桥、人行道、空中机动大道、吊架和空中索道交织在一起。这里比其他任何地区都更明显地表现出充满激情的活力和无法遏止的、草率的冲动。到处是流光溢彩的广告，以至他的头脑在强烈的感官刺激下感到了晕眩。音调尤其令人作呕的那种播音机比比皆是，空气中充斥着声嘶力竭的尖叫声和愚蠢之极的粗俗语言。“小心你的眼睛，悠着点。”“小玩意儿，发大财。”“黑面木偶来了，看！”

这地方到处都是人。在格雷厄姆看来他们或被煽动得浮躁不安，或因老谋深算而自命不凡，但是他知道，这里的人其实并不算拥挤，过去几天的政治大动乱已经使得这里的生意空前未有的清淡。在一座巨大的赌场内摆着一长列轮盘赌桌，每一张桌旁都聚拢着一大群情绪亢奋、举止不得体的人。从另一处传来哇啦哇啦的叫喊声，那是一个脸色苍白的女人和一个声音响亮的乡巴佬正在交易股票——一家完全子虚乌有的企业的股票，因为这家企业承诺每五分钟即可通过摇奖的方法偿付百分之十的红利，并注销一定比例的股票。

这些经营活动办得有声有色，充满活力，但这种活力极易转变成为狂暴的行为。当他走近密集的一群人时，他发现人群中央有两个很有身份的生意人为商业规矩中的某些细微之处正在进行争吵，吵得脸红脖子粗，但各不相让。生活中有些事情仍然是靠争斗解决的。再往前走，他吃惊地看到一则火一般热情洋溢的广告，用形如烈焰的音标拼写文字书写，每一个字母有两人高，上面写着“我们为英帝国的所有人担保。我们为英帝国的所有人担保。”

“这‘所有人’是指谁？”他问。

“您啊。”

“他们为我担保什么？”他问，“他们为我担保什么？”

“难道您不曾投保？”

格雷厄姆思索了片刻："你是说保险？"

"是的，保险。我记起来了，那是一个旧词。他们在为您保人寿险。成千上万的人正办理保险手续，不计其数张兑票将作为赌注压在您身上。往前走，那边的一些人正在购买年金保险。他们为每一个知名人士提供这类保险。瞧那儿！"

一群人在拥挤着，喊叫着。格雷厄姆看见一块巨型的黑色围屏突然被照得通明。上面有更大的字母，形如燃烧着的火，但发出紫色的光芒。广告上写着："凡购买人寿保险者，年金支付额为保险投资额的五倍。"在场的人发出"呸，呸"的声响，并开始大嚷大叫起来，还有几个人气喘吁吁地跑过来，他们的手在空中挥动，屈起的手指像爪子一般，一副气急败坏的样子。这时，距离门厅不远处传来了猛烈的撞击声。

浅野做了粗略的估算。"投资您的人寿保险可获得 17% 的年回报率。如果他们现在看见您，他们就不会支付那么高的比率了，好在他们不认识您。以前您的人寿保险是项十分可靠的投资，但是现在，对您下注纯粹是冒险。这可能是铤而走险的赌注，我怀疑人们是否会拿到这笔钱。"

渴望领取年金的那群人在他的周围挤得水泄不通，有一阵子他被困在那里进退两难。格雷厄姆注意到在这群投资者中妇女似乎占了很大比例，由此他又一次想到了女性的经济独立。她们似乎很善于在人群中照料自己，以独特的技巧运用她们的肘部，对此，他算是领教过了。一个头发卷曲的女人有一阵子被困在人群中不能动弹，她有好几次直愣愣地看着格雷厄姆，就好像认识他似的。后来她从容地侧身从人群中朝他挤过去，挨到他身旁时，故意用手臂碰碰他的手。她的目光以与巴比伦一样古老的传情方式道出了她的心思，她对他一往情深。在他们附近，一个头发平直、胡须灰白的男人正以极大的自救热情在人群中挥汗如雨地挤着。他对一切世俗的东西都视而不见，唯独钟情于那闪光的诱惑，硬插到他俩之间，又以锐不可当的气势挤向令他向往的目标——保险投资额的五倍。

“我想从这儿出去，”格雷厄姆对浅野说，“这不是我此行要看的东西。领我去见那些工人，我要去看那些蓝衣工人。这些异想天开的疯子——”

他发现自己又陷入了奋力拥挤的人群中，那句原本寄托着他的期望的话就这么打住了。

第二十一章
地下世界

不久，他们便乘坐移动大道从商业区进入一个偏僻城区——制造业中心。一路上，移动大道两次跨过泰晤士河，还穿过一条宽阔的高架桥，它凌空架设在一条由北向南进入城区的大路上。这些地方转瞬即逝，但留给他的印象却清晰而生动：宽阔的泰晤士河中流动着闪闪发光的黑色海水，两侧林立的高楼渐渐地隐没在黑暗中，只有像星星一样闪烁不定的灯光点缀其间，夜色中一列驳船驶向海面，驾船的是蓝衣水手。那长长的公路实际上是一条既宽又高的隧道，巨轮机车在里面疾速穿行，但听不见声响。隧道中也有许多有穿着标志性蓝色服的工人。那平稳的双轨，与车体成比例的巨大而轻盈的汽轮给格雷厄姆留下了鲜明的印象。一辆细长的货车不适时地闯入了他的视野，那上面几百只开膛破肚的羊血淋淋地悬挂在纵向架在车上的金属杆上。这一景象刹那间便被一座拱廊的边缘切断，而后就被遮住了。

现在他们已离开移动大道，坐上了下行电梯，穿过一条向下倾斜的通道，又来到一处下行电梯前。从外表看，一切都今非昔比了，就连建筑物表面起美化作用的装饰也消失了。电灯的数量减少了，灯泡也换成了小的。当他们愈益接近厂区时，建筑物的规模便随空间的扩大相应地增大。在满是粉尘的陶土素坯制作工地、在金属冶炼车间长石裁断机旁、在发出白热光的伊德哈迈特原料池中，到处可见穿着蓝色工装衣裤的男人、女人和儿童。

在很多积满了灰尘的工地上停放着一排排闲置的机器和一座座已扒空了炉灰的熔炉。这场革命带来的混乱由此可见一斑，但是不管在哪里，只要有活干，就能见到那些动作迟缓的蓝衣工人。工地上，只有监工和身穿橘黄色制服的劳动服务公司的警察不穿蓝制服。对于格雷厄姆来说，舞厅里热情洋溢的那种场面、商业区中无可遏止的那种旺盛活力，仍然记忆犹新；但是现在，他看到的是一张张苦恼的面孔、虚弱无力的四肢和倦怠困顿的目光，这就是当今的工人。他所见到的这些干活的工人在体格上显然不如那几个发号施令的、衣着华丽的经理和女工头。在维多利亚时代，强壮劳动者的体力堪比重型挽马，可如今那些可以产生惊人力量的生命体已不复存在。代价昂贵的体力劳动已被灵巧的机器所取代。如今的劳动者，无论女性还是男性，实质上只是机器的看管人和使唤人，仆人和侍者，抑或是被驱使的艺术家。

女人们，与格雷厄姆记忆中的那些女人相比，相貌平平，而且胸脯扁平，这是显而易见的。女性从清教的道德禁锢中获得解放已有二百年，而且城市的生活环境对她们有着同样长久的影响，女性的特质和活力使她们免遭蓝衣工人所经历的磨难和摧残。焕发身体上或精神上的活力，在任何一方面变得有魅力或独特，一直都是人们从劳苦生活中解放出来的有效方式，他们在享乐城奢华糜烂的生活中寻求慰藉，最终在安乐死中求得平静的解脱。那些平庸的灵魂很难抵御这些诱惑。在格雷厄姆生活的那个时代，那些新兴城市刚刚聚集起劳动者群体，他们人数众多、成分复杂，但是依然受崇尚道德和情操的传统影响，而现在他们逐渐地异化为完全不同的一个阶级，其道德品质和身体素质明显地不同于过去，甚至有其独特的语言。

他们乘坐电梯继续下行、不断地下行，朝作业现场深入。现在，他们正从一条移动大道的下方经过，他看到了流动平台正在高空跑道上疾驶，一束束白色的灯光从横向的狭长豁口射进来。不开工的工厂和那些被巨型机器遮蔽的甬道似乎陷入了黑暗，透射出一种悲伤的气氛。即使在那些灯光通明的作业场地，光线也远不如公共大道那么耀眼。

在发出白热光的伊德哈迈特原料池的另一边是聚集着宝石匠的工地，格雷厄姆在那里受到了阻拦，但在签名后获准进入这些狭长的工作室。这些房间高大，但是黑暗、阴冷。在第一间工作室里，几个人正在制作金银透雕丝工饰品，他们各自站在工作台前，旁边有一盏装有灯罩的灯。那一长列斑驳的光影、强光照射下的手指，在一圈圈隐约闪光的金黄色细丝中灵巧地移动，那专注的面孔像阴影中的幻象，所有这些都产生了十分离奇的视觉效果。这些艺术品制作精美，巧夺天工。但由于未吸纳依照模型或图纸进行制作的优点，因而不可能制造出风格迥然相异的艺术品，不可能利用几何图形的变化推陈出新。这些工人们穿着一种独特的白色制服，既没有口袋也没有袖子。他们穿着这种衣服上班，但是晚上下班时，他们被剥光衣服，经搜查后方可离开公司的大楼。公司警察沮丧地告诉他们，尽管戒备森严，那里仍然经常被盗。

再往前走，他们看见一长列的女工正在切割和镶嵌人造红宝石，在她们后面，一群男女工人正忙着制作网状铜片——景泰蓝瓦片的主要部分。他们的口鼻部呈青灰色，这是由一种独特的紫色瓷釉引发的疾病，而这种颜色正引领时尚。他们的脸色非常难看，以至浅野为由此引起的冒犯向格雷厄姆道歉，但是以这条路线便捷为由替自己辩解。“这正是我想要看的东西，”格雷厄姆说，“这正是我想要看的东西。”他试图保持镇定，但那张盯着他看的丑陋面孔确实让他感到心悸。

“她本可以做得比这更好。”浅野说。

格雷厄姆愤愤不平地发表了一些看法。

“但是，陛下，我们简直无法忍受不掺进紫釉做成的那种玩意儿。”浅野说，“在您那个时代，人们能够忍受那样粗陋的东西，因为那时距今二百年，几乎处于半开化状态。”

他们继续沿景泰蓝工厂下方的一条长廊走，不久便来到一座小桥前，小桥横跨在一座拱顶上。他从护墙处往下看，看见了一座座拱形结构，比他所见过的更为宏大。在其下方是一个码头，一大群人正在从笼罩在粉尘中的三艘驳船上卸长石粉，他们人手一辆手推小货车。整个空间弥漫着令人窒息的雾状灰尘，电灯的眩光变成了灰黄色，人们在不停地咳嗽。模糊的阴影在工人们的脚边晃动，那一大片刷得雪白的墙上投下了来去匆匆的身影，滞留的身影是那些不时停下来咳嗽的人们。

从漆黑的水中浮现出一座巨大的石建筑的轮廓，这使格雷厄姆突然想到了矗立在他和天空之间的那些一层高过一层的大道、长廊和电梯。那些工人在两个劳动服务公司的警察的监督下默默地干着活，他们的脚在木板上来回踏动，传出空洞而沉闷的轰响。当格雷厄姆注视着这一情景时，隐蔽在黑暗中的一个人开始唱了起来。

“不许唱！”一个警察喊道，但是这一命令不起作用。起先是一个人，后来，所有在那儿干活的满身灰尘的工人都开始接唱那支雄壮有力的造反之歌，而且正气凛然，毫不示弱。那几只在木板上踏动的脚发出的轰响湮没在“咚咚咚咚”的节奏声中。先前大声喊叫的那个警察朝同伴扫了一眼，格雷厄姆看见他无奈地耸耸肩。他没有进行干预。

他们就这样穿过了一座座工厂和辛苦劳动的人群，看到了许多痛苦和冷酷的事情。但是，我们亲爱的读者是否有理由感到压抑呢？当然，对于一个有教养的人来说，现今的世界够让人痛苦的，以至我们不必为未来的苦难操心。无论如何，我们不会更苦了，我们的儿女可能会，但那是一种什么样的生活呢？在格雷厄姆的意识中有那种生活的记忆痕迹，但是像迷宫一样纷乱，那是一幅幅起伏不定的影像。透过云雾状的粉尘可以看到封闭的大厅和拥挤的拱顶建筑；复杂的机器，急速转动的织机，捣碎机的敲击声，皮带和甲胄的撞击声；光线昏暗的地下甬道中的床铺，一盏盏微小的电灯排列而成的幽暗景象。这儿散发着制革的臭气，那儿飘着酿酒厂的酒气，到处逸散着闻所未闻的浓烈气味。满眼都是支柱和交叉拱形结构，其规模之大是格雷厄姆从未见过的；巨大的闪光砖砌建筑群陷入复杂的城市世界的重围而不堪重负，就像数以百计贫血的穷人在复杂生活的重压之下苟延残喘一样。到处是苍白的面容、瘦削的四肢，更有丑陋和堕落。

在这些地方进行的长时间的而令人不快的调查过程中，格雷厄姆不止一次听见那支造反之歌在耳边响起。有一次，他在沿一条通道走下去时目睹了一场混战。后来他了解到，那是由几个被剥夺自由的人未干完活就抢夺面包而引起的。接着他又逐级而上朝大道方向走去，这时他看见几个蓝衣儿童正沿一条横向通道跑着，他很快便意识到了他们恐惧的原因——劳动服务公司的警察佩有警棍。哪儿有不明原因的混乱，哪儿就有他们凶神恶煞的身影。后来，远处传来了骚乱声，多半只是曾经发生过的那场骚动的余波，它起过作用，但是得到的却是无望的结局。那天晚上，所有倒下去的人的亡灵都聚集在上面的那些街道上，呼唤着君主，而且依然勇敢地发出喧嚣，要求继续持有武器。

他们离开那些漫游的地方，又回到了大道上。平台中央通道处的灯光亮得炫目。他们意识到远处的叽里呱啦声是情报总台的一个播音站的机器发出的。突然，人们开始跑动起来。沿着平台两侧，在大道的四周，到处是叫喊声。这时过来一个妇女，吓得脸色苍白，接着又过来一个，喘着粗气，一边跑一边尖声嘶叫。

“发生了什么事？”格雷厄姆困惑地问，因为他听不懂他们的混浊发音。接下来他听见有人说起了英语，男人的号叫和女人的尖叫混杂在一起，就像暴风雨来临前突然掠过城市的那阵阴冷的风，他终于明白了人们在大声叫嚷什么：“奥斯特罗格已经下令，黑人警察进驻伦敦。黑人警察正从南非来……黑人警察。黑人警察。”

浅野脸色苍白，露出吃惊的神色。他迟疑地看着格雷厄姆的脸，然后说他对此已有所闻，“但是他们怎么可能知道呢？”

格雷厄姆听见有人在叫喊：“罢工，罢工！”循着声音看过去，只有一个皮肤黝黑的驼子正沿着平台跳跃着朝他奔过来。那人衣着华丽，绿色和金色的夺目色彩在他身上显得尤其滑稽可笑，嘴里一遍又一遍地用纯正的英语呼喊着。“这是奥斯特罗格策划的，奥斯特罗格，骗子！国王上当了！”他沙哑着嗓子，声嘶力竭，嘴角泛起一层薄薄的口沫。他喊出了压在人们心头难以言表的恐惧。黑人警察在巴黎的暴行历历在目，至今仍然令人毛骨悚然。耳边掠过的尖叫声“奥斯特罗格，骗子！”同样让人心悸。

格雷厄姆静静地伫立着，因为他突然又产生了一种梦幻的感觉。他仰起头，凝视着两侧悬崖峭壁上的高大建筑，它们渐渐模糊，最后隐入漂浮在灯光之上的烟雾中；朝下看，从一层高过一层的平台上传来轰响，人们边跑边喊，不停地用手比画着。“国王上当了！”他们叫道，“国王上当了！”

突然，眼前的情景又在他的头脑中变得真实、紧迫起来。他的心脏开始快速而强劲地搏动。

“终于来了，”他自言自语道，“这一时刻来临了。”

“返回理事会大厦吧。”浅野说。

“百姓就在眼前，为何不直接……”

“您会贻误时机。他们会怀疑您的身份，但是他们会聚集在理事会大厦周围，在那儿您再亮出身份。在那儿和他们会合，您才会有力量。”

“是否有可能这只是谣传？”

“听起来像真的。”浅野说。

“耳听为虚，眼见为实。”格雷厄姆说。

浅野耸耸肩。“最好现在就到理事会大厦去。”他喊道，“那儿是他们聚集的地方，恐怕那儿的废墟现在已经无法通过了。”

格雷厄姆怀疑地注视着他，然后跟着他上路了。

他们来到平台处，逐级而上，登上了快速大道。在那儿，浅野主动与一个劳工搭讪，劳工用那种混浊而粗俗的语言回答了他的提问。

“他说了些什么？”格雷厄姆问。

“他了解得很少，但是据他说，如果不是因为风向标总部有人预先获悉这一情况的话，黑人警察本有可能在百姓知道之前到达这儿的，他提到了一位姑娘。”

“一位姑娘？没听错吧？”

“他说到一位姑娘，但不知道是谁。她从理事会大厦跑出来高声喊叫，把这一情况告诉了在废墟中干活的那些人。”

这时又传来了叫嚷声，就像一股强风扫过街道，顿时将纷乱的骚动变成了有确定目标的行动：“回到你们的队伍中去。回到你们的队伍中去。拿起武器回到你们的队伍中去！”

第二十二章

生死搏斗

格雷厄姆和浅野急步朝理事会大厦周围的废墟赶去，一路上到处可见群情激昂。“回到你们的队伍中去！回到你们的队伍中去！”穿着蓝衣工装的男男女女匆匆离开那些鲜为人知的地下作业区，沿着中央大道的各个阶梯向上飞奔。格雷厄姆看见革命委员会的一座军械库被喧嚣的人群团团围住。后来，他又看见两个人，穿着令人厌恶的黄色警服，被一群聚拢的人追赶着，正沿着向相反方向行驶的快速大道抱头鼠窜。

当格雷厄姆接近政府机关所在的城区时，“回到你们的队伍中去”的喊声最终变成了不绝于耳的呐喊。其中有很多内容令格雷厄姆费解。“奥斯特罗格背叛了我们。”一个男人用嘶哑的嗓子一遍又一遍地大声嚷着。这声音如此聒耳，以致格雷厄姆的耳朵嗡嗡直响，待他听清楚后，那句话便像挥之不去的阴影，久久地萦绕在他的脑际。那人在快速大道上和他们挤在一起，突然，他从他们身边冲了过去，边跑边向下方平台上拥挤的人群叫嚷着。他一会儿高喊奥斯特罗格的背叛，一会儿又似乎在发布命令，不久，他从大道上跳了下去，消失在人群中。

格雷厄姆的头脑中满是这聒耳的声响。他的计划仍然是朦胧的，尚未成形。这时，他的意识中只有两幅图景：一幅是他站在一个居高临下的地方向聚集的人群发表演讲；另一幅是他与奥斯特罗格直面相视，他抿住嘴，双手紧攥，怒不可遏，全身肌肉紧张地颤动着。

穿过废墟通向理事会大厦的路已被堵住了，但是浅野想方设法领着格雷厄姆进入了中央邮局的大楼内。邮局看起来仍在营业，但是蓝衣勤杂工动作缓慢，或者停下手中的活向走廊的拱门外张望。喧嚣的人群正从门口经过。“回到队伍中去！回到队伍中去！”按照浅野的建议，格雷厄姆在这儿表明了身份。

他们坐在吊篮中通过缆绳滑到理事会大厦。在理事会成员投降以后的短暂时间内，废墟的外表已经发生了可观的变化。从破裂的水管中像瀑布样喷射出来的海水已经被制服；沿着看起来像薄薄的织物做成的大型工字梁架起了临时管道；空中交织着业已修复的缆绳和电线专供理事会大厦使用；起重机和其他建筑机械在大厦上来回地奔忙，不断地把崭新的建筑材料运往大厦的左侧。

穿越这一地区的移动大道已经开通，尽管拱盖尚未修复。这些就是格雷厄姆刚苏醒时从小露台看到的大道，那时距现在还不到九天。他曾经迷睡其中的那座大厅在大道的另一边，现在那儿已是断壁残垣，瓦砾成堆。

阳光普照大地，最重要的时刻已经来临。闪烁着蓝色电灯的高大山洞中出现了快速大道。上面的人群像洪水般拥下来，会聚在破败倾塌的房屋四周。他们呐喊着，奋力地推挤着，朝中央的那座建筑拥过去。喧嚣的人流就像簇拥在一起的蜂群，杂乱无序，但是格雷厄姆可以感觉到它在试图安定下来。混乱之中仍然有人清醒地意识到秩序的重要，他们高声叫嚷着："回到你们的队伍中去！各位回到自己的队伍中去！"

吊篮载着他们进入了一座大厅。格雷厄姆认出那是通向阿特拉斯神像大厅的前堂。几天前他曾绕着那座大厅的柱廊徘徊过，那是在他刚刚苏醒后，霍华德正打算去见理事会的成员。现在这些已不存在，空荡荡的，只有两个照看缆绳的仆人。当格雷厄姆从座位——实际上是两根十字交叉的棍子——上挪开腿、纵身跃下时，他们大为吃惊地发现，他竟然是迷睡人。

"海伦·沃顿在哪儿？"格雷厄姆询问道，"海伦·沃顿在哪儿？"

他们不知道。

"那么奥斯特罗格在哪儿？我必须立刻见到奥斯特罗格。他违抗我的命令，我回来就是为了撤他的职。"他毫不理会浅野，径直穿过前堂，然后从大堂另一头的楼梯逐级而上。当他拉开挡在面前的帷幕时，发现自己正面对着那座泰坦巨神塑像，它永远是一副备受煎熬的神情。

大厅空无一人。它的外表与他初次见到时的模样相去甚远。它在暴乱之初的激战中遭到了重创。在这尊巨大的塑像右侧，墙体上半部被撕开了近二百英尺长的豁口，一层如玻璃一样透明的薄膜——与格雷厄姆苏醒时见到的围在他四周的那种薄膜相同——罩在上面。这层薄膜减弱了噪声，但仍然挡不住户外的吼叫声。那些人似乎在喊："武装！武装！武装！"透过这层薄膜可以清楚地看见金属脚手架的横梁和支架正按照在场工人的需要上下起落。一台闲置在一旁的建筑机械突然伸出漆成红色的细长铁臂，抓住了用糊状矿物质制成的块料，将其吊运到适当的位置，然后令人生畏地从这绿色的画面上挪开铁臂。透过这绿色的薄膜还可以看见几个工人正在注视着下面的人群。格雷厄姆站在那里观察着，这时浅野赶了上来。

"奥斯特罗格，"浅野说，"会出现在那边的小办公室里。"这时，他的脸色变得青灰，目光探寻着格雷厄姆的反应。

他们刚离开帷幕还不到十步，阿特拉斯神像左侧的一块壁板突然向上卷起。奥斯特罗格出现了，由林肯陪同，后面跟着两名身着黑黄两色制服的黑人，正从大厅远处的角落经过，朝另一扇已经开启的壁板门走去。"奥斯特罗格。"格雷厄姆叫道。一听见喊声，这一小队人吃惊地转过身。

奥斯特罗格对林肯交代了几句，然后独自走上前来。

格雷厄姆首先开腔。他的声音响亮，语气傲然。"我已经听说了，这是怎么回事？”他问，“你打算调黑人来，镇压百姓？”

“为时已晚，”奥斯特罗格说，“自从造反以来，他们变得越来越难控制了，我低估了他们……”

“你是说那些黑人警队已经上路了？”

“上路了。事实上，您也看见了外边的这些人吧。”

“原来如此！你已经做出了决定！你擅做决定，奥斯特罗格。”奥斯特罗格一言不发，但是向前挪近了些。

“这些黑人绝对不可以进入伦敦，”格雷厄姆说，“我是国王，我不会允许他们进入伦敦。”

奥斯特罗格扫了一眼林肯，林肯立刻朝他们走了过来，身后跟着他的两个侍从。“为什么不呢？”奥斯特罗格问。

“白人必须由白人统治，而且——”

“这些黑人只是工具。”

“但是问题不在于此。我是国王，我要行使国王的权力。你听着，这些黑人绝不允许进入伦敦。”

“那些人——”

“我相信那些人。”

“因为你是一个不合时宜的人，你是一个不合时代的人，纯属偶然的产物。也许，你拥有这世界一半的财产，但是你不是主宰，你不具有足以成为主宰的头脑。”

他又扫了一眼林肯。“我知道你在想什么，我能够猜得出你打算做什么。即使是现在，对你做出告诫也为时不晚。你梦想人人平等，梦想建立社会主义制度，所有这些19世纪的陈腐梦想你都记忆犹新。你想统治这个时代，一个你根本不理解的时代。”

“听！”格雷厄姆说，“你能够听见，那海涛声，不是说话声，而是呼声！你完全听懂了吗？”

“是我们教会他们呼喊的。”奥斯特罗格说。

“也许吧。但你能教会他们忘记呼喊吗？够了！绝不允许这些黑人来伦敦。”

接下来一阵沉默，奥斯特罗格毫无惧色地盯着他。

“他们会来。”奥斯特罗格说。

“我禁止他们来。”格雷厄姆说。

“他们已经出发了。”

“我不会让他们得逞。”

“不，”奥斯特罗格说，“抱歉，我打算沿用理事会的方法。为了你的利益，你绝不可以支持骚乱。既然你已经在这儿了，你到这儿来再好不过了。”

林肯抓住了格雷厄姆的肩膀。格雷厄姆骤然意识到，他贸然闯入理事会大厦无异于自投罗网。他转过身朝向将大厅与前堂隔开的帷幕，这时，浅野那只攥紧的手伸过来干扰了林肯，林肯猝不及防，只抓住了格雷厄姆的斗篷。

格雷厄姆转过身，挥拳朝林肯的脸上打去。此时，一个黑人毫不迟疑地扑上来抓住了他的衣领和手臂。他拼命地扭动身子挣扎着，衣袖发出了被撕裂的声响。格雷厄姆踉踉跄跄地朝后退着，结果被另一个侍从绊倒，重重地跌倒在地，仰面朝着大厅的天花板。

他大声叫嚷，在地上翻滚着进行殊死搏斗。他抓住了一名侍从的脚，猛地一拽，只见那个侍从倒栽葱似的被掀翻在地，然后格雷厄姆挣扎着站了起来。

这时，林肯出现在他面前，格雷厄姆猛地出拳，击在他的下巴上，林肯再次重重地倒了下去，一动不动地趴在地上。格雷厄姆踉跄着向前跨了两步，这时，奥斯特罗格突然从后面冲上来，用手臂勒住他的脖子向后拽。格雷厄姆重重地倒下去，双臂被牢牢地按在地上。他几经努力，无法动弹，最后放弃了挣扎，盯着奥斯特罗格蠕动着的喉结。

“你——是一个囚犯，”奥斯特罗格喘着粗气欣喜地说，“你，是个十足的傻瓜，竟然还敢回来。”

格雷厄姆将头转向一侧。从墙上不规则的绿色窗洞中，他突然发现了那几个开起重机的工人正激动地向下面的人打着手势。他们看见了！

奥斯特罗格循着他的目光看过去，然后立刻朝林肯大嚷起来，但林肯一动也不动。这时，一颗子弹从阿特拉斯神像上方呼啸而过，击在了装饰线条中。罩在墙上豁口处的那层透明薄膜被撕裂了。被撕开的隙缝边缘变黑，卷曲，并迅速地向框架移动，刹那间整个理事会大厅暴露在光天化日之下。从豁口中刮进一股凉飕飕的风，随之也带进来模糊不清的纷乱声响，像走火入魔时的那种喋喋不休：“保佑君主！”“他们对君主干了些什么？”“君主受骗了！”

这时格雷厄姆意识到，奥斯特罗格的注意力已经被分散，而且手也松开了。他扭动着身子，活动开手臂，然后挣扎着跪了起来。他以迅雷不及掩耳的速度猛地将奥斯特罗格推翻在地，然后单腿跪立，用一只手卡住他的喉咙，奥斯特罗格双手死死地抓住他的绸衣领。此刻人们正从露天平台处朝他们涌来，但是格雷厄姆误解了他们的意图。乘格雷厄姆不注意，奥斯特罗格从他手中挣脱了。这些赶来的人朝格雷厄姆拥了上来。令他百思不得其解的是，他们突然把他逮了起来。在奥斯特罗格声嘶力竭的命令下，他们采取了这一行动。

他被生拉硬拽着走了十几码，这时才意识到这些人不是朋友。他们正拖着他朝一扇开启的壁板门走去。当他明白了他们的意图时，便开始向后退缩，并试图扑倒在地上。他使出全身的力气高喊救命，但是得到的只是愤怒的斥责声。

卡住他脖子的手松开了。瞧！在墙上豁口的下方角落出现了一个人，接着是几个黑色的人影，高声叫嚷着，舞动着手臂。他们从豁口处纵身跃进了光线充足的柱廊，然后飞快地跑起来，他们就在不远处，格雷厄姆能够清楚地看见他们手中的武器。这时，奥斯特罗格冲着那几个抓住他的人大声嚷了起来，于是格雷厄姆又一次憋足了劲儿拼命地挣扎，以避免被推入那个门洞——仿佛张着大口、等着吞噬他的深渊。“他们不可能下来，”奥斯特罗格气喘吁吁地说，“他们不敢开火，不用担心，我们会脱身的。”

这场不体面的冲突在格雷厄姆看来似乎持续了很长时间。他的衣服被撕破了十几处，全身上下满是尘土，而且一只手被踩伤了。他仍然能够听见他的支持者的呐喊，有一次还听见了枪声。他可以感觉到自己的勇气正在逐渐地消退，而且开始怀疑自己的努力是否是轻率的、盲目的。他现在孤立无援，被拖向门洞，而那黑洞洞的、张着大口的深渊必定会不可抗拒地将他完全吞没。

这时，格雷厄姆突然感到身上的压力减轻了，于是挣扎着站了起来。他看见奥斯特罗格灰白的头在渐渐地隐没，而且意识到已不再有人抓着自己了。他转过身，正好与一个黑衣人撞了个满怀。这时，在他的近旁突然响起了噼啪的枪声，一股刺鼻的烟扑面而来，接着闪亮的刀刃在他眼前一闪而过，顿时他感到大厅绕着他旋转了起来。

他看见一个身穿浅蓝色衣服的人用刀戳死了一个侍从，就在距他不到三码的地方。接下来他又被伸过来的手抓住了。

现在他正被两方争夺着。他感到百姓在呼唤他，他希望给予他们同情，但是无能为力。这时，有人抓住了他的大腿，尽管他拼命地挣扎，但还是被举了起来。他突然悟出了什么，于是决定任由他们摆布。他们把他扛在肩膀上，从那扇万众瞩目的壁板门抬了出去，这时，千万张喉咙同声欢呼起来。

他看见身穿蓝色和黑色衣服的人追赶着后撤的奥斯特罗格分子，而且不停地开枪射击。此刻，他居高临下，看见了阿特拉斯神像俯视的整座大厅，看见了自己正被抬向大厅中央的那座高台。大厅的尽头早已挤满了人，他们朝他奔过来，仰视着他，高声地欢呼。

他意识到，在他的周围有类似保镖的那种人。他们正在一旁含糊其词地大声发号施令。他认出了站在近处的那个长着两撇黑胡须的黄衣人，那人曾在公共剧场向他致意并向人群发布指示。大厅已经挤满起伏不定的人群，前堂也同样人头攒动。周围如此纷乱，他几乎无法使身旁的这个人听清他的话。“奥斯特罗格到哪儿去了？”他大声问道。

他问的那人没有回答，只是用手指着正对着豁口的那面墙的下方。那儿有几扇敞开的壁板门，全副武装的男人身穿蓝制服，系着黑腰带，正从那几扇门鱼贯而出，很快便消失在那后面的密室和通道中。这时格雷厄姆似乎在骚乱声中听见了枪声。他们摇摇晃晃地抬着他从大厅一侧绕行到豁口下面的一个门洞。

他发现身边的人以粗鲁无礼的方式驱开人群，以阻止他们靠近他。出了大厅，他看见一堵新砌的粗糙的墙矗立在面前，在蓝天的映衬下它显得尤其呆板、苍白。他转过身，从他们的肩上滑到地面，随即便有人过来扶住他并给他引路。他发现那个黄衣人就站在近处。他们领着他登上了一条砖砌的狭窄阶梯，那些漆成红色的庞然大物、起重机、林立的杆状物和大型建筑机械的发动机，赫然矗立在一旁。

到了上面，他被催促着快速通过一段有扶栏的小道。就在这时，爆发了巨大的喧嚣声，他的眼前又一次呈现出那盆状的废墟。“国王与我们同在！国王！国王！”这喊声就像巨浪从人群上空掠过，撞上远处突兀的断壁残垣上，然后又翻腾着退回，发出震撼人心的呼喊：“国王支持我们！”

格雷厄姆发现自己已不再被人群所包围，而是伫立在一座用白色金属建起来的临时平台上——它实际上是理事会大厦四周看起来并不牢固的脚手架的延伸部分。在空旷的废墟上，人群在起伏旋动；革命团体的黑色旗帜在混乱的人群中穿插晃动，它是众望所归的组织核心。陡直的墙梯和脚手架上攀爬着黑压压的一大群人；依附在支柱和凸出物上的那些小黑影正劲头十足地对拥塞在一起的人群煽风点火。在他身后，在脚手架的较高处，有几个人正仰面朝上，奋力将合拢的一面巨大黑旗抖开。从下面张着大口的墙体豁口中，他看到了聚集在阿特拉斯神像大厅中全神贯注的人群。远在南边的停机坪看起来格外清晰而生动，就好像空气异乎寻常的清澈使得距离缩短了。一架孤独的轻型飞机从中央停机坪上突然惊起，仿佛去迎战即将到来的飞行对手。

“奥斯特罗格到哪儿去了？”格雷厄姆问。他发现当他发问时，所有人的目光都从他身上转向了理事会大厦的顶饰。于是他也朝那个大家共同关注的方向看过去。一时间，他看到的只是锯齿状的墙角，在天空的映衬下显得格外刺眼和清晰。接下来，他在阴影中看见了一间屋子的内景，而且怦然心动地认出了那绿白两色的装饰物——他曾待过的那间囚室的陈设。一个矮小的白衣人影，后面跟随着两个看起来更矮小的人影——身穿黑黄两色衣服——快速地穿过这间露天屋子，一直走到已经倾塌的建筑物的边缘。格雷厄姆听见身旁的一个人惊叫一声“奥斯特罗格”，于是转身向那人提了一个问题，但是那人没有回答。和他在一起的那些人当中又有一个人惊呼起来，而且伸出了一根细长的手指。格雷厄姆循着他指的方向看过去，只见刚刚从停机坪上起飞的那架轻型飞机正向他们驶来。那急速而平稳的飞行依然在他的心中激起新奇的感觉。

它愈飞愈近，随着速度的加快，愈变愈大，最后从废墟的另一边掠过，汇入下面密集着人群的深景中。它低垂着机首掠过人群，旋即升起，从理事会大厦建筑群上空疾速飞过，就像一个覆有薄膜的、半透明的模糊幻影，孤寂的飞行员正透过翼肋向下观察。它最终消失在以天空为背景映出的废墟轮廓的另一边。

这时，格雷厄姆将注意力转向了奥斯特罗格。此刻他正用双手示意，他的侍从忙着拆毁他旁边的那堵墙。不一会儿，那架轻型飞机又进入了视野，接着以大弧度绕行，然后渐渐地慢了下来。

这时那个黄衣人突然喊了起来：“他们在做什么？那些人在做什么？为什么奥斯特罗格被留在那儿？为什么他没被抓起来？他们会带走他，那架轻型飞机会把他弄走！哎呀！”

废墟中突然传出的喧嚣声仿佛是在回应他的惊呼。绿色武器的铿锵撞击声，越过这喧嚣声传到了格雷厄姆耳中。他向下俯视，看见几个穿黑黄色制服的人正沿着一条通向奥斯特罗格伫立处的露天走廊飞跑。他们边跑边盲目地开枪射击，这时，不知从何处冒出来几个浅蓝色人影，他们也在追击奥斯特罗格。这几个斗志昂扬的小矮人具有十分奇特的视觉效果，他们跑起来就像铅制的玩具兵。这场战斗发生在那幢被扯裂的房子里，这一奇特的外观使屋内短兵相接的搏斗和通道中捉迷藏式的追击蒙上了不真实的色彩。他站在二百码之外，距离下面废墟中的人群约五十码。身穿黑黄两色制服的人冲进了一道敞开的拱门，然后转身一阵齐射。一个蓝衣追击者朝裂开的边缘跨了几步，突然向上举起手臂，歪歪斜斜地倒向一侧。格雷厄姆感觉到那人仿佛在那边吊挂了一小会儿似的，然后便直直地落了下去，猛地撞在了一块凸出物上，旋即被弹了出去，在空中连翻了几个筋斗，最后倒栽在红色机械臂后面看不见的地方。

这时，一片阴影从格雷厄姆的头顶上闪过，他仰起头，天空依然清澈明亮，他知道那架轻型飞机刚从天空掠过。奥斯特罗格消失了，那个黄衣人突然挤到格雷厄姆面前，脸上汗津津的，一副兴奋的模样，用手指着远处，吼叫着。

“正准备着陆！”黄衣人喊道，“它正准备着陆。让他们向他开火，让他们向他开火！”

格雷厄姆不解其意。他听见喧嚣声在回应着这一莫名其妙的命令。

突然，他看见机首从废墟边缘上方滑过，然后猛地一颠停了下来，他立刻明白那飞机停下来是为了让奥斯特罗格脱身。这时从那豁口中冒出缕缕青烟，他意识到下面的那些人正在向机首开火。

他旁边的一个人嘶哑着嗓子欢呼着。他看到，先前被身穿黑黄制服的人扼守的那条拱道现在已落到了蓝衣反叛者手中。人们在沿着这条畅通无阻的拱道奔跑，就像流动的河水一样。

那架飞机从理事会大厦的边缘上方轻巧地滑过，突然落了下去，以四十五度的倾斜角向下坠落，越来越陡直，以至在格雷厄姆看来，也许下面的多数人也这么认为，它不可能再升起来了。

它落到如此低的高度，以至格雷厄姆可以清楚地看见奥斯特罗格正紧攥着支座导杆，那灰白的头发披散在脸上；脸色苍白的飞行员用力扳动着控制杆。他隐约听见从下面的人群中传来担心的喊叫声。

格雷厄姆紧紧地握住面前的扶栏，吓得心惊肉跳。这一瞬间长得就像一个时代。飞机呼啸着掠过，机翼几乎触及人群，人们尖叫着，嘶喊着，人仰马翻，乱成一团。

它又升了起来。

它难以置信地越过了对面的悬崖，接着又飞过了旋转着的风车轮。

看！它又凌空飞了起来，依然侧倾着，接着向上，再向上，一直飞入万里无云的天空。

当蜂拥的人群意识到奥斯特罗格已经逃脱时，一瞬间紧张的心情立刻变成了狂怒。虽然为时已晚，但怒火又被点燃，武器的撞击声与怒吼声交织在一起。这时，周围已笼罩在苍茫的暮色中，空气中充斥着刺鼻的硝烟。

为时已晚！那架轻型飞机越飞越远，然后在空中盘旋了一圈，便轻盈地朝它起飞的地方飞去。奥斯特罗格逃脱了。

废墟中响起了纷杂的人声，接下来人们的注意力又回到高居于脚手架中的格雷厄姆身上。他看见了那一张张向上仰起的面孔，听见他们为他的获救而欢喜的叫喊声。这时，从移动大道的入口处传来那支造反之歌，它就像一阵微风，在波浪起伏般晃动的人群上空吹拂。

簇拥在周围的一小群人为他的获救向他道贺。那个黄衣人紧挨着他站着，面色凝重，目光炯炯。那歌声越来越响，“咚咚咚咚”的节奏清晰可辨。

他渐渐地领悟到了这一切的真正含义，意识到了自己的地位在迅速变化。奥斯特罗格这个十恶不赦的坏蛋，现在已奈何不了他了。每当他面对喧嚣的人群时，奥斯特罗格是不离他左右的，但是现在再也不会有人替他执政了。他周围的百姓、百姓的首领和组织者都期待着他做出决定，等待着他的命令。他现在是名副其实的国王。他作为傀儡的那个政权已寿终正寝。

他热切地期望按百姓的意愿行事。他感到全身的神经和肌肉都在颤动，甚至感到有些心慌意乱，但是这既不是因为害怕，也不是因为愤怒。他那只曾被踩伤的手在震颤、在发烫。他为自己肩负的责任忐忑不安。他知道自己无所畏惧，但是他期望自己在百姓的眼里也是无所畏惧的。在过去的生活中，他常常更醉心于凭技术取胜的那种游戏。现在他渴望即刻采取行动，他深知在这场极为复杂的斗争中绝不能过于谨小慎微，否则一切努力终将成为泡影。远处暮色中方形停机坪的轮廓，意味着奥斯特罗格的力量仍旧存在，与奥斯特罗格对抗就是为这个世界进行斗争。

第二十三章
绝处逢生

这位世界的主宰曾一度连自己的头脑都难以驾驭，他的意志似乎也不听命于他。他所做出的举动常令他自己也感到意外，但这些仅仅只是他从各种纷繁的人生经历中感受到的部分体验。有些体验并非意外，比如，那些重型飞机即将来临，海伦·沃顿就曾经警告过人们，它们就要来临。他是这世界的主宰，这一点已毋庸置疑。所有这些似乎都在奋力挤进他的头脑，试图争夺对他意识的控制。潜藏在这些事实背后的是更为宽广的场面：拥挤的大厅，高架通道；理事会大厦的电影放映室和电话间济济一堂的卫队首领，临窗可以俯瞰到的沸腾人海。那个黄衣人和那些在他的想象中被称作卫队首领的人，或催促他前进，或顺从地跟随他，总之难究其详，抑或兼而有之。也许，他们都受到某种看不见的或未可知的力量的驱动。他意识到，他将要对全世界的百姓做出庄严的宣告，他的脑海中浮现出一些豪言壮语，那是他要对百姓表露的心声。后来，在他的脑海中又映现出许多东西，但都微不足道，接下来他发现自己和那黄衣人一同走进了一间小屋子。他将在那里发表宣言。

这间屋子的陈设具有当今特有的奇异怪诞的风格。中央有一卵形物，被悬于其上方的有罩电灯照得通体透亮，其他地方处于阴影中。那双扇门安装得极为精细，因此尽管阿特拉斯神像大厅人声嘈杂，但仅一墙之隔的这间屋子仍然寂静无声。在他进屋后，那双扇门便“砰”的一声合拢了，纷乱的声响突然销声匿迹，电灯的光环在颤动，阴影中模糊不清的侍者在窃窃私语，他们的动作快捷灵活、悄无声响，所有这一切让格雷厄姆产生了一种奇怪的感觉。机械录音机巨大的耳状装置正张着大口恭候他的演讲，大型照相机睁着黑洞洞的眼睛全神贯注地注视着他，后面的金属杆和卷片筒发出微弱的光，还有一样东西在不停地旋转着，传出沉闷单调的嗡嗡声。他走入光源中心，顿时脚边的阴影便聚集成一个小黑点。

他想要说的东西在他的头脑中已略具雏形，但眼前的这种寂静和孤立是他始料未及的。他突然从富有感染力的人群中撤出，而面对静默无声、张口瞪视着他的机器，他似乎骤然之间失去了可依傍的一切，陷入了一筹莫展、彷徨无助的境地。他的心态霎时改变了，他开始害怕起来，怕力不从心，怕过于夸张，怕声音缺乏感召力，怕头脑不够敏捷，总之害怕之余，他感到了惊愕，于是他转向那个黄衣人，做了一个息事宁人的手势。“这样吧，”他说，“我得等等。我没料到会是这样。我得想想我该说些什么。”

就在他仍然犹豫不决的时候，进来了一个神色慌张的信使，据他所报，第一批重型飞机已经飞临阿拉万上空。

“阿拉万，”格雷厄姆说，“阿拉万是哪儿？不管怎么说，它们已经飞来了，它们将飞到这儿。何时？”

“黎明前。”

“天哪！只有几小时了。停机坪有什么消息吗？”他问。

“西南卫队已经准备就绪。”

“准备就绪！”

他又不耐烦地转过身面对着木然的圆形透镜。

“我想这应该是一种类似演说的讲话。要是我能确定该说什么就好了！飞机到了阿拉万！他们肯定是先头部队，而我们的人刚刚准备就绪！毫无疑问……”

“哦！我的演说是好还是坏，这要紧吗？”他说。此时他感觉到那盏灯更明亮了。

他曾打算说些富有民主精神的话，但疑虑突然袭上心头。他历来崇信英勇的品质和神的感召，但是此刻他发现这一切是那样苍白无力，那样虚无缥缈。他意识到，奢谈无常的命运不仅盲目可笑，而且徒劳无益。骤然间他变得清醒起来，与奥斯特罗格进行的对抗过于仓促，因而注定会失败，百姓郁积的愤怒只是一时的冲动，尚不足以推翻奥斯特罗格。他想到了重型飞机疾速飞来，正如命运之神猝然向他扑来一样。他吃惊地发现，他本来有可能持完全不同的看法，但是现在一切都变了。在最后的紧急关头，他反复思量，终于果断地撇开这些瞻前顾后的思虑，决心不惜一切代价履行他所做出的承诺。但是他不知从何说起。他伫立在那里，感到窘迫而踌躇，只是哆嗦着用连贯的语句对自己的无能致以歉意，这时传来了许多人喧哗和跑动的声响。“等等。”有人喊道，这时一扇门打开了。“她来了。”他听见人们说，于是转过身去，这时聚集在他身上的那些灯光渐渐暗淡起来。

通过敞开的门厅，他看见一个灰白的人影正穿过宽敞的大厅朝这边走来。他的心开始狂跳起来。那是海伦·沃顿。在她的身后和左右不断地爆发出热烈的掌声。那个黄衣人从近处的阴影中走出来，站到了圆形的光环中。

“这就是把奥斯特罗格的一举一动透露给我们的那位姑娘。”黄衣人说。

他顿时感到脸上火辣辣的。那浓密的黑色卷发披散在她的双肩上，那绸衣的皱褶随着她的步履有节奏地飘拂着，她越走越近，他的心越跳越快。他的一切疑虑顿时烟消云散。门厅的阴影从她的脸上掠过，她来到了他跟前。“您没有背叛我们吧？”她大声说，“您和我们站在一起吗？”

“你到哪儿去了？”格雷厄姆问。

“在西南卫队那边。十分钟前我才知道您回来了。我到那里去找卫队长，以便通过他们转告百姓有关目前的局势。”

“我立刻回来了，我一听说——”

“我知道，”她大声说，“知道您会和我们站在一起。正是我，正是我透露给他们的。他们已经奋起反抗，整个世界都起来造反了。百姓已经觉醒。感谢上苍，我做的一切没有白费！您仍然是君主。”

“是你透露给大家的。”他缓缓地说。这时他看到，尽管她的目光坚定不移，但是她的嘴唇在颤抖，呼吸变得急促起来。

“是我透露的。我了解这一命令。我听说要调黑人来伦敦保卫您并镇压百姓，实际上是要把您扣起来。我制止了这一行动。我跑到百姓中去，告诉了他们。您现在仍然是君主。”

格雷厄姆扫了一眼照相机的黑色透镜和机械录音机硕大的听音装置，然后又将目光转到她的脸上。“我仍然是君主。”他若有所思地重复着，脑海中闪现出庞大的机群突飞猛进的情景。

“这一切都是你干的？你——奥斯特罗格的外甥女。”

“为了您，”她大声说道，“为了您！全世界的百姓都在翘首期待着您，您的王权不应被篡夺。”

格雷厄姆站在那里，注视着她，一语不发。在她面前，他的全部疑虑顿时释然。他记起了原先想要说的话。他重新面对照相机，这时，四周的灯光立刻变得明亮起来。他又一次转过身子朝着她。

“你救了我，”他说，“你挽救了王权。这场斗争正在展开。上天为证，不管今晚会发生什么，但绝不会是耻辱。”

他沉默了一会儿，然后开始对那些看不见的、用古怪的黑眼睛凝视他的人群发表演说。起先，他说得很慢。“新时代的男女百姓们，”他说，“你们已经奋起为全人类而战斗，但是胜利之路并不平坦。”

他停下来，在脑海中搜寻贴切的词句。在她回来前，他心中曾有过的理想化思绪，已显得不合时宜。“今晚仅仅是开始，”他大声说道，“这场即将来临的战斗、今晚我们将遭遇的这场恶战，仅仅只是开始。你们必须战斗，也许必须战斗到生命的最后一息。尽管我可能会失败，尽管我可能会被彻底推翻，但不要为我悲伤。”

他发现头脑中的东西太朦胧，无法用言语表达。他沉默了片刻，突然含糊其词地做了一些劝诫式的说教，接下来蓦然思如泉涌，口若悬河。他侃侃而谈的主要是一个已经消亡的时代所特有的那种陈腐的博爱精神，但是他声音中蕴含的那种坚定信念却赋予它生命律动的节奏。他向新时代的百姓、向他身旁的这个女子，阐释了昔日广为崇尚的博爱精神。“我从遥远的过去来到你们身边，我所信赖的那个时代尘封在我的记忆中。我的时代是一个充满幻想的时代，是人类历史的摇篮时代，也是充满高尚希望的时代，我们在全世界敲响了奴隶制的丧钟、播撒博爱的种子，让所有人都能分享追求美好生活的渴望和期盼。战争会终止，所有人，包括男人和女人，都能够在自由和祥和中过着高尚而体面的生活，那就是我们在已经逝去的那个时代怀有的希望。那些希望今日何在？经过二百年的变迁，人类生活得如何？

“宏大的城市、辽阔的疆域蔚为壮观，是我们那个时代从未梦想过的。我们从未为此而奋斗过，然而它出现了。但是在这宏伟之下的芸芸众生如何呢？百姓的生活如何呢？一如既往，忧伤和劳碌，在禁锢和无望中挣扎，在权力和财富的蔑视下苟活，在放纵和罪恶中沉沦。原有的信仰已经消失、改变，而新的信仰——有新的信仰吗？”

长久以来格雷厄姆一直满怀希望崇信的那些东西，他发现自己现在仍然对此矢志不渝。那信仰这会儿就像随波逐流的物体，正在离他而去，他毅然跃进水里，紧紧地抓住它，然后奋力朝海伦·沃顿所在的地方游去。他兴致勃勃地侃侃而谈，尽管语句支离破碎，但倾注了他的全部心力，谈到了他内心深处怀有的这一新的信仰，崇尚自我奉献的伟大，崇尚充满仁爱的不朽人生，这是在尘世间保持灵与肉结为一体的存在方式。他的声音抑扬顿挫，录音机发出嗡嗡的声响，就像连续不断的喝彩声，身影模糊的侍从站在阴影处观察着他。尽管他的演说并非无懈可击，但他始终是诚恳、真挚的，这完全得益于他身旁伫立的那位姑娘，她一直静默无声地倾听着。说到兴浓时，他甚至陶醉了。他自信自己拥有英雄气质，也不怀疑自己语言的高雅，但是他的演说却平铺直叙，而且渐渐流利酣畅起来。他的演说终于要结束了。“就在此时此地，”他大声说道，“我立下遗嘱。在这个世界上我所拥有的一切都献给你们，我把自己也献给你们。正如上帝的意愿，我将为你们而活，否则我将死去。”

他的演说以夸张的手势而告终。他从姑娘的脸上体味到了同样的兴奋之情。他们的目光相遇了，她热泪盈眶，那是喜悦的泪水。这时，似乎有一种力量在鞭策着他们，他们走到了一起，紧紧地握住对方的手，默然无声地对视着，此时无声胜有声。她轻声细语地说："我早就知道。"她又轻声说了一句，"我早就知道。"他一时不知说什么，只是紧紧地将她的双手握住。此时，他的内心已被强烈的情感所涨满。

那黄衣人就在他们近旁，谁也没注意到他是何时来的。他说，西南卫队正朝这里进发。

"我未料到他们能这么快，"格雷厄姆大声说，"他们创造了奇迹。你得传话给他们，让他们在进军途中士气更高昂些。"

格雷厄姆放开海伦的手，心不在焉地扫了黄衣人一眼，接着突然一惊，开始忧心忡忡地关注起那些停机坪来。

"对，"他说，"好样的，好样的。"他开始斟字酌句，"告诉他们，干得好，西南卫队。"

他又将目光移向海伦·沃顿。他的神色表明他正处于进退维谷的境地。"我们得夺取那些停机坪，"他解释道，"除非我们能够做到这一点，否则那些黑人就会借助停机坪着陆。我们必须不惜一切代价阻止他们着陆。"

他意识到，他的这番话实际上并不是他在被打断之前的想法。他在海伦的眼睛中看到了一丝吃惊的神色。她似乎刚要开口，刺耳的铃声便吞没了她的声音。

他突然想到，她可能期望他去率领这支匆匆赶来的部队，再说，这也是责无旁贷的。他突然对黄衣人做出了这一提议，但实际上却是在征求她的意见。他看见了她脸上的反应。

“在这里我起不到任何作用。”格雷厄姆说。

“这绝对不行。”黄衣人抗议道，“那是一片拥挤的战场，您的位置在这儿。”

黄衣人对此做出了认真的解释，并示意格雷厄姆必须待在那间屋子里，除此而外，不可能有其他选择。“我们必须知道您的位置，”黄衣人说，“随时可能出现危急情况，需要您在场并做出决断。”这是一间很舒适的套房，里面装有报道新闻的设备，还有一面破碎的镜子，曾经与桅楼守望台的反射镜连通。在格雷厄姆看来，海伦理所应当留下来和他待在一起。

他的脑海中闪现一幅鏖战的宏大场景，正如废墟中的百姓曾使他产生的联想一样。但是这儿，没有如他想象的那种壮观战场，只有离群索居的宁静，还有处于长久等待中的忧虑。正是在那个时间流逝得尤为缓慢的下午，他的脑海中逐渐拼缀出一幅更为真切的战斗画面。四英里外，在罗汉普顿停机坪下正进行着一场激战，但是他既看不见也听不到。这是一场陌生的、亘古未有的争夺战。它是由成千上万人的搏杀汇合而成的大战，是在纵横交错的沟道中展开的肉搏，既看不见天空也看不见太阳，只有电灯的眩光，一决雌雄的混战场面。一方是手持武器嗷嗷叫喊着向前冲杀的乌合之众，他们被单调乏味的劳动折磨得麻木而迟钝，在绵延二百年的任人宰割的传统束缚下失去了活力；另一方是放浪形骸、耽于声色的行尸走肉。双方都没有火炮，力量的对比无显著差别，唯一的武器便是那种小型的绿色金属卡宾枪。这种武器的秘密制造和突然间的大量分发，是奥斯特罗格在推翻理事会的最后关头采取的措施之一。会使用这种武器的人微乎其微，很多人一枪也未放过，更有甚者，很多人扛着空枪而来，弹药还未及配发。在战争史上从未有过比这更胡乱射杀的场面了。这是一场由业余枪手投入的战斗，简直是一场骇人听闻的战争实验。骚动不安的人们对射着，在狂热的战歌声中，人数占优势的一方踏着有节奏的步伐勇往直前，越来越多的人汇入这前进的人流，朝狭窄的甬道倾泻而去；升降机残缺不全，柱廊上流淌着黏滑的血液，大厅和通道中弥漫着呛人的烟雾。在停机坪下，倘若你身临其境，在那儿体验无路可退的绝境，你就会感悟到战争作为一种可追溯到久远年代的社会现象的玄妙之处。头顶上空晴朗而宁静，偶尔传来屋脊上几个狙击手的枪声，那一股股、一缕缕的烟雾越积越浓，朝着即将来临的夜幕迎去。现在奥斯特罗格已无计可施，在这次恶战之初的各个阶段，重型飞机均未起到作用。这广袤的天空明净透亮，一丝云彩也没有，就好像故意为重型飞机保留着施展才能的空间。

不断有消息传来，由远及近，先是从地中海这一港口，后是那一个港口，不久又从法国南部传来报告。尽管格雷厄姆一再催促，仍然没有关于奥斯特罗格曾经制造的那批新式枪炮的消息，但据说就在这座城市中，也没有从停机坪周围枪声最密集的地方传来是否有望获得成功的消息。劳工组织的各个不同派别络绎不绝地来报告已集合待命，或正在行军途中，或表现出对这场战争从理解到困惑的转变。那里究竟发生了什么？即使是那些忙碌的卫队首领也不得而知。尽管那双扇门不断有人进出，信使们行色匆匆，铃声不断，录音机不停地发出咔嗒、噼啪的声响，但格雷厄姆仍然感到孤独、萎靡和百无聊赖。

他有时感到，这独居一室的处境似乎是他苏醒以来的所有经历中最陌生、最意外的事。它具有在梦幻中才会有的那种静止性特征。最初是骚乱，然后他吃惊地意识到在他和奥斯特罗格之间存在着涉及世界命运的冲突，现在被限于这狭小的天地中，除了那些乐器吹口状的机械和铃状物体外，只有那面破碎的镜子！

现在，那扇门将要关上了，又只有他们待在了一起。那场史无前例地会聚起来的世界性风暴，突然与他们无缘了，唯有彼此的存在能够被清晰地意识到，而且也只有彼此可被关注。过后，那扇门又会开启，进来的可能是信使，抑或骤然响起的铃声会刺破宁静，就如同灯火通明的豪华住宅中的一扇窗户，蓦地被飓风推开一样。他们突然感觉到了黑暗中的混乱和骚动、那场战斗的紧张和激烈，接着便是手足无措、一筹莫展。他们似乎已经不再是血肉之躯，而仅仅是冷眼旁观的路人，抑或是受强大的震荡而留下印痕的物体。他们甚至变得连自己都感到不真实了，那么渺小，难以名状的小，唯有两种对抗的力量是真实的：第一是现实存在的这座城市，它在百姓为捍卫生存权利的怒火中颤动、轰鸣；第二是重型飞机正越过地平线朝他们猛扑过来，这是无法回避的严酷事实。

起初，他们感到兴奋和自信，洋溢着自豪感，为敢于向庞大的恶势力发起挑战而自豪。而他则在屋里来回踱步，竭力劝慰自己接受这不可思议的命运，尽管这种劝慰很难自圆其说。但是他渐渐地忐忑不安起来，他预感到失败即将来临。他们孤守在这里已经很久了。这时，他改变了话题，开始围绕自己谈了起来。他谈到了令他不可思议的迷睡和他经历过的那种微不足道的人生。这些残存的记忆虽然遥远但细微而清晰，就像透过倒置的观戏用的小望远镜看到的情景，浓缩着构成其全部人生的喜怒哀乐。海伦·沃顿缄默不语，但是伴随着他那富有表现力的语调，她喜形于色，激情难抑。此时，格雷厄姆似乎产生了一种终于找到知音的感觉。他将自己从怀旧的情愫中拉到她所赋予的伟大使命上。“正因为我经历了所有这一切，因此，我的未来是命中注定的，”他说，“但是我从未梦想过会有如此丰厚的馈赠。”

他们以崇高的精神献身于这一革命斗争，而对他们之间的关系则漠然置之，现在他迫切地想更多地了解她。她讲述了在他苏醒前的那些日子。她用简洁而生动的话语描述了对她的一生都有着影响的少女时代的梦想，以及他的苏醒在她心中激起的难以置信的强烈情感。她还谈到了少女时代的可悲命运，这使得她的一生蒙上了阴影，也促使她在小小年纪便意识到了社会的不公，并过早地体验到了这人世间的悲凉凄苦。他很快便感悟到，在他周围发生的这场宏大的战争，只不过是人生这些苦难的映衬，然而它能够使人变得高尚起来。

这些直抒胸臆的倾吐很快就中断了。信使进来报告，在阿维尼翁上空突然出现了庞大的机群。他走到屋角的水晶标度盘前，查明情况属实，接着又来到挂有地形图的房间，在地图上测出阿维尼翁与阿拉万和伦敦之间的距离，并迅速做出计算。他又走到卫队首领待的房间，打算询问有关夺取停机坪的战斗情况，但那儿空无一人。不一会儿，他回到了她身边。

他的脸色变得有些异样。他渐渐地明白这场斗争远没有结束，奥斯特罗格正在负隅顽抗，这些重型飞机的来临可能会带来恐慌，这将使他陷于一筹莫展的境地。信使的报告中偶然提到的一句话，使他隐约地意识到迫在眉睫的严峻事实。每一架大型飞机都载着上千名相当野蛮的黑人，准备殊死争夺这座城市。这时他对博爱主义的虔诚突然变得不那么狂热了。他们的屋子里只有两个卫队首领。他很快来到了阿特拉斯神像大厅，那儿似乎空无一人。他可以想象得到，外屋的那些侍从脸上神色的变化。他体验到了因理想幻灭而抑郁的那种感觉。当他回来时，她焦虑地注视着他。

“没有消息。”当他看到她那双探询的目光时，故意用一种漫不经心的语气答道。

接下来他又改变了主意，希望与她坦诚相见。“确切地说，是坏消息。我们将面临失败。停机坪尚未控制住，而飞机已经越飞越近。”

他从屋子的一侧走到另一侧，然后转过身。

“除非我们能够在一小时内夺取停机坪，否则后果不堪设想。我们将会彻底输掉。”

“不！”她说，“我们拥有正义，我们拥有百姓。我们有上苍的支持。”

“奥斯特罗格的部队训练有素，而且有既定的计划。你知道吗？刚才我去那儿时，有一种感觉，当我听说这些飞机超越一座座平台，越飞越近时，我仿佛觉得是在与超自然的力量——命运——进行较量。”

她停了一会儿，没有应声。“我们没有做错。”她终于开口了。

他用怀疑的目光看着她。“我们竭尽全力，但是，这仅仅取决于我们吗？难道这不是一种深重的罪恶、一种更广泛的罪恶吗？”

“您这是什么意思？”她疑惑地问道。

“这些黑人受白人的统治长达二百年之久。难道这不是种族不和吗？种族犯下的罪孽，种族就应当为此受到报复。”

“但是这些是劳工，是伦敦的穷苦百姓！”

“替代性赎罪。容忍犯罪就是参与罪恶。”

她目光敏锐地注视着他，对他所陈述的这一新见解感到惊讶。

这时，外面传来了刺耳的铃声、脚步声和从留声机中传出的急促不清的唠叨声。那个黄衣人出现在他们面前。“情况怎么样？”

格雷厄姆问。

“他们已经到了维希。”

“神像大厅里的那些侍从到哪儿去了？”格雷厄姆突然问。

不久，播音机又开始聒噪起来。“我们仍然有可能取胜。”正准备到播音室去的黄衣人说，“只要我们能够找到奥斯特罗格藏枪炮的地方。成败在此一举。”

格雷厄姆紧随其后。但是唯一的消息是关于那些飞机的，它们已经到达奥尔良了。

格雷厄姆回到海伦身边。“没有消息，”他说，“没有消息。”

“那么我们就坐等吗？”

“是的。”

他不耐烦地踱着步。突然，他感到怒不可遏，动辄发怒是他的秉性。“这个该死的复杂世界！”他大声地叫喊着，“所有该死的发明！让那些发明这些玩意儿的人像掉在陷阱里的老鼠一样死掉，永不见天日！哦！哪怕就是给他一拳！”

他转过身来时，举止突然发生了变化。“无稽之谈，”他说，“我是一个粗人。”

他迟疑了片刻，然后停了下来。“毕竟伦敦和巴黎只是两个城市。整个温带地区都已经爆发了起义。即使伦敦在劫难逃，巴黎被摧毁，又有何要紧？这些仅仅只是偶然。”这时又传来消息，就如同拿他寻开心一般，无非是又做一次询问，不会有什么好结果。他脸色更加阴沉地回到屋子里，然后在海伦身边坐下。

“败局已定，”他说，“百姓进行了殊死的战斗，看来阵亡者不计其数，罗汉普顿周围的大道肯定像冒着浓烟的蜂巢。他们白白地死掉了，还没有到达停机坪就战死了。飞机已经接近巴黎，即使现在有一线生机，也无能为力了。在它们扑向我们之前，已经来不及做任何事情了。那批枪炮本来是可以挽救我们的，但是被丢失了！你能够想象吗？如此的混乱，如此愚蠢的混乱，竟连武器也找不到！哦！哪怕就是一架轻型飞机，仅仅一架！就因为缺少了这么一架飞机，我就被击败了，博爱精神就被击垮了，我们的事业就输掉了！我的统治，我鲁莽而愚蠢的统治连一夜也维持不到。我鼓动百姓去战斗——”

“即使您不鼓动，他们也会去战斗。”

“对此我表示怀疑。我来到了他们中间——”

“不，”她大声喊道，“不是因为这个。我们不会失败，您也不会死，不会的，在经历了这么多年以后。”

“哦！我们的意愿是善良的。但是，你真的相信吗？”

“如果他们击败您，”她大声说道，“正如您所说的，您的演说就像狂风一样已经席卷全球，自由之火定会熊熊燃烧起来。哪怕是星星之火！任何东西都无法阻挡已经发出的誓言。您的思想将被人们传颂……”

“结局究竟如何？说不定，说不定就是这样了。你明白我的意思，可现在你又对我说了这一番话，天哪！时间还剩下不到二十个小时！我曾经说过我不值得你信任，好了，无论如何现在已经无能为力了……”

“您不值得我信任！您是说——您后悔了？”

“不，”他慌忙说，“不！上天作证，不！”他的语调变了。“但是——我认为——我不够审慎。我孤陋寡闻，我操之过急。”

他沉默了一会儿。他直言不讳地道出了自己的过失，他为之感到羞愧。“失去的无以弥补，但是我获得了一种补偿。那就是我认识了你。越过时空的阻隔，我来到了你的身旁。其余的一切都已经幻灭。而对于你，这抑或是得，抑或是失——”

他停了下来，目光探询着她的脸。外面，信使大声报告，飞机已进入亚眠上空，但无人理会。

她倏地用手扼住喉咙，双唇煞白。她瞪视着前方，好像看见了什么可怖的东西，刹那间大惊失色。“哦，但我是正义的，难道不是吗？我曾经爱过这世界，渴望过自由，我憎恨的只是残酷和压迫。”她说。

“是的，”格雷厄姆说，“是的。我们已经尽力了。发表了我们的宣言，我们的宣言！我们已经开始了令世人紧张关注的善与恶的大决战！但是现在，既然我们已经相聚在一起，也许这是我们最后的时刻，既然我们已无所牵挂……”

他停了下来。她静静地坐着，神色扑朔迷离。

就在这一瞬间，他们注意到了外面有动静，不是那种突然的骚动，而是来回跑动的声响和呐喊声。她蓦地全身绷紧，神色专注起来。“这是——”她大声喊着，接着站了起来，不敢相信这是真的，格雷厄姆也听见了。那是刺耳的叫喊声。“胜利！”是的，那是“胜利”二字。他也站了起来，眼中闪动着绝处逢生的那种光芒。

黄衣人掀开帷幕闯了进来。他欣喜若狂，衣冠不整，头发散乱。“胜利！”他喊道，“百姓胜利了，奥斯特罗格的人瓦解了。”

她恢复了生气。“胜利？”她的声音听起来沙哑而虚浮。

“你说什么？”格雷厄姆问，“告诉我！什么？”

“我们已经将他们从诺伍德的地下甬道中赶了出去。斯特雷特姆起了大火，火势正在蔓延。罗汉普顿已在我们手中，在我们手中！停在那儿的一架飞机已被我们截获。”

此刻，格雷厄姆和海伦默默无语地对视着，两颗心怦怦地跳动着。此刻，在海伦的辅佐下，执掌君权的梦想突然重现在他的脑海中，但仅仅是瞬息的闪现，随后便熄灭了。

刺耳的铃声响了起来。从卫队首领的房间里走出来一位头发灰白的老人，他激动得浑身颤抖。“一切都结束了。”他大声喊道。

“既然罗汉普顿已在我们手中，那么现在的问题是什么呢？那些重型飞机已经到了布洛涅上空。”

“英吉利海峡！”黄衣人说，他敏捷地计算着，“距离海峡还有半小时航程。”

“那些火炮怎么样？”格雷厄姆大声问道。

“在半小时内我们无法安装。”

“你是说火炮已经找到了？”

“太迟了。”老人说。

“如果我们能够再阻挡它们一小时，火炮就可以准备就绪！”黄衣人大声说。

“现在没有什么能够挡得住他们，”老人说，“他们的机群约有一百架飞机。”

“再有一小时？”格雷厄姆问。

“眨眼的工夫！”卫队首领说，“既然我们已经找到了那些火炮，事不宜迟，只要能够将它们弄到屋顶上。”

“这需要多长时间？”格雷厄姆突然问道。

“一小时，毫无疑问。”

“太迟了，”那位首领说，“太迟了。”

“迟吗？”格雷厄姆说，“即使现在？一小时？”

他突然意识到存在某种可能。他试图用镇定自若的语调说话，但是脸色变得煞白：“还有机会，你们刚才说弄到了一架轻型飞机？”

“在罗汉普顿停机坪上，陛下。”

“毁坏了吗？”

“没有。就停在对着机动跑道的交叉道上。可以把它弄到路轨上去，很容易。但是没有飞行员。”

格雷厄姆的目光停留在眼前的这两个人身上，然后移向海伦。在长久的沉默之后，他说：“没有飞行员？”

“没有。”

“那些重型飞机很笨拙，”他若有所思地说，“与轻型飞机相比。”

他突然转向海伦，决心已定：“我必须做这件事。”

“您要做什么？”

“到停机坪去，上那架飞机。”

“什么？”

“我就是飞行员。毕竟——你曾经责备我虚度了那些时光。”

他又转向黄衣人，吩咐道：“把飞机弄到路轨上去。”

黄衣人迟疑着。

“您想干什么？”海伦大声说。

“驾驶飞机，这是最后的机会。”

“您不会是想——”

“是的，战斗！在空中战斗！我已经想过了，重型飞机是个笨家伙，需要一个坚定果敢的人！”

“但是，自您开始飞行以来，还从来没有——”黄衣人喊道。

“已经没有必要了。这个时刻已经来临了。去告诉他们，传达我的命令，把飞机弄上路轨。”

那位老人无言地看了一眼黄衣人，像在询问，然后点点头，匆匆地走出去。海伦向格雷厄姆近前走去，她的脸色苍白。“但是，孤身一人如何能战斗呢？您会被杀死的。”

“也许吧。然而，如果我不去，或许让别人去试试——”

他停了下来，说不下去了，做了一个手势挥去了这个念头。

他们伫立着，相视无语。

“您是对的，”她终于用低低的声音说道，“您是对的。如果这样做有作用的话……您必须去。”

那几天他们的关系若即若离。

他朝她近前走了一步，而她却退了回去，她那张苍白的脸令他望而生畏，大有拒人于千里之外的感觉。“不。”她气喘吁吁地说，“我无法忍受。现在就走吧。”

他不知所措地伸出双手。她攥紧拳头，大声地喊道：“现在就走，现在就走。”

他踌躇了一会儿，然后终于明白了。他猛地扬起双手做了一个略带戏剧性的奇怪手势，然后一句话也没说，转身从她身边走开了。

黄衣人赶紧朝那扇门走去，虽然算得上得体，但显得笨拙而且不够及时。格雷厄姆从他身边走过，昂首阔步穿过卫队首领的那间屋子，卫队首领正朝着电话嚷嚷，吩咐那儿的人立刻将飞机弄上路轨。

黄衣人扫了一眼像塑像般静静伫立着的海伦，迟疑了片刻，然后匆匆跟在他后面走了。格雷厄姆再也没有回首，也没有说话，直到大厅前堂的帷幕在他身后落下。然后他转过头，发出了快速而简短的指示。这时，他的嘴唇已毫无血色。

第二十四章

善与恶的决战

两个身穿浅蓝色衣服的男人正躺在一条曲折的铁路线上，这条线路沿着被夺取的罗汉普顿停机坪的边缘，从一端一直延伸到另一端。他们手握卡宾枪，盯着被称作“温布尔登公园”的平台投下的阴影。他们不时地交谈几句，说的是那种支离破碎的英语——他们那个阶级和那个时代特有的一种语言。奥斯特罗格的追随者们放的那把火逐渐减弱，现在已经不再燃烧了。难得见到几个敌军的踪影，但是在平台下方较低处的地下甬道中，仍在进行着厮杀，在百姓这一方断断续续射出的枪声中，不时夹杂着从下面传来的厮杀的回声。其中一人正向另一人绘声绘色地描述，他曾在下面见到一个人躲在纵梁背后，没等敌人避开，就凭直觉瞄准开了枪，结果干净利落地将其击毙。

“那傻瓜安静地躺在那下面，”这狙击手说，“是的，就在那两根铁杆之间。”

在他们身后几码处躺着一具陌生人的尸体，他的脸仰视着天空，蓝色粗帆布外套的胸口处有一个匀整的弹孔，其四周正在闷燃着，冒出一缕缕青烟。紧挨着他们坐着一个伤员，他的腿缠着绷带，神情木然地看着在他们背后正燃烧着的庞然大物。在机动跑道上横跨着那架被截获的轻型飞机。

“我现在看不清楚。”第二个人用被激怒的语气说。

这狙击手兴致勃勃地描述他准备射击的那个对象，但是出言不逊，而且显得激动烦躁，声调也跟着高了起来。这时，从平台下方突然传来纷乱的嘈杂声，打断了他的话。

“发生了什么事？”他问，并用手撑着地、支起身子朝平台中央的梯口处张望。一些蓝衣人影正逐级而上，然后越过平台向那架飞机拥过去。

“我不希望这些傻瓜都站在那儿，”他的朋友说，“他们聚在那里，我没法射击。他们在干什么？”

“嘘！他们好像在叫嚷。”

这两个人侧耳倾听。蜂拥而来的人已经将飞机团团围住。三个卫队首领身披黑色斗篷，佩带黑色标记，显得格外触目。他们爬入机舱，将上半身露在外面，紧接着，他们的手下一齐冲了上去，紧紧抓住机翼，直到机身四周密密麻麻地站满了人为止，有的地方足有三排人之多。

一个狙击手跪起来说道：“看！他们打算把它弄到机动跑道

上去，这就是他们想要干的事情。”

他站了起来，他的朋友也跟着从地上爬起来。“可那有什么用呢？”他的朋友说，“我们又没有飞行员。”

“横竖他们就是要做这件事。”他看着手中的枪，又抬头看了一眼正用力拖着飞机的那群人。突然，他转身对着那伤员说：“替我照看这些，老兄。”边说边把卡宾枪和子弹带递了过去，然后疾速地向飞机方向跑过去。他们拉的拉，推的推，叫喊声此起彼伏，其中还不时地传出首领们发号施令的叫声。仅仅一刻钟的时间，他就已经大汗淋漓了。他们终于成功了，他站在人群中和大家一起欢呼。此刻他才知道，正如这城市中每个人都知道的，国王打算亲自驾驶这架飞机，尽管他还是个新手。国王此次来这儿就是为了驾机，而且不愿让其他任何人去尝试。“冒最大风险的人，担负最重大责任的人应当是国王。”据说国王就是这样说的。在这位狙击手欢呼的时候，在他的汗珠接连不断地从凌乱的头发中洒落的时候，他听见了雷鸣般的吼声，在断断续续的革命之歌中有节奏地律动。他从人群让出的一条甬道望过去，只见密集的人流沿着阶梯滚滚而来。“国王来了，”喊声四起，“国王来了。”他周围的人群越来越密。他开始向平台中央方向硬挤过去。“国王来了！”“迷睡人，国王！”“上帝和国王！”人声如潮。突然，他在离自己很近的地方看见了革命卫队的黑色制服，紧接着格雷厄姆出现了。这是他平生第一次也是最后一次如此近地看见他。一个身材颀长、深色皮肤的人，身上的黑袍飘拂着，脸色苍白，目光坚定，凝视着前方。一个对其周围的一切无动于衷的人……整整一天，那位狙击手的脑海中都浮现着格雷厄姆那张毫无血色的脸庞。眼前的情景瞬间便消失了，他在涌动的人群中奋力地挤着。一个吓得哭了起来的少年，在后面猛推着他朝阶梯挤过去，嘴里不停地叫着："让开，飞机要起飞了！"这时响起了叮当的铃声。这是要求清除停机坪障碍的铃声，而且越来越响，越来越刺耳。

铃声响彻耳畔，格雷厄姆离飞机越来越近，一直走到那倾侧的机翼投下的阴影中。格雷厄姆意识到，周围有几个人正向他请求，要伴他同行。他挥了挥手拒绝了他们的提议。他开始考虑如何启动引擎。这时，叮当的铃声越敲越急，人们向后退去，脚步声越来越快，越来越响，听起来像轰鸣声。黄衣人扶着他从翼肋处钻进机舱。他爬进驾驶员的座位，然后仔细而从容地系好安全带。那是什么？黄衣人指着南边天空中疾速向上飞行的两架轻型飞机。无疑，它们正在迎战即将来临的敌机。那现在，现在该做的事就是启动。这时，纷至沓来的叫喊声向他袭来，询问声、告诫声，不一而足。他们为他感到担心。他现在需要把注意力集中在这架飞机上，需要回忆起以往架机时的每一次教训。他挥手示意人们离开飞机，紧接着他看见黄衣人从翼肋处跳了下来，看见人群按照他的示意向两旁散开。

格雷厄姆一动不动地凝视着操纵杆、发动机变速盘，以及那些他知之甚少的灵敏仪表。他的目光转瞬间又被一个面对着他的气泡酒精水准器所吸引。他记起了一件事，他曾经花十几秒钟时间使发动机旋转，直到气泡飘浮在水准器中央。这时，他发现人们不再叫喊了，他知道他们已经注意到了他的谨慎。突然，一颗子弹击在他头顶上方的金属杆上。谁开的枪？纵梁沿线的人群是否散开了呢？他站起来观察后又坐了下来。

片刻之后，螺旋桨开始旋转起来，飞机沿着路轨猛冲下去，他紧紧握住方向盘，然后回转发动机，抬起机首，这时人群喧嚣起来。转眼间，他的心脏便伴随着发动机的颤抖兴奋地搏动起来。喧嚣声迅疾减弱，转眼便销声匿迹了。风在挡风玻璃边缘上方呼啸着，整个大地疾速地下沉。

砰，砰，砰，砰，砰，砰，他心如鼓擂般驾机向高空飞去。他想象着自己摆脱了所有骚动，只有镇静和从容伴随着他。他将机首抬得更高，并打开左翼上的风门，在空中疾速绕行一圈后向高空飞去。他沉着地向下观察了一会儿，又仰视上空。有一架奥斯特罗格的轻型飞机正穿过他的航线，于是他呈四十五度角直冲过去，而且很可能会陡直地从它下面掠过。机上的那几个看起来很小的飞行员正在向下盯视着他。他们想干什么？他的思维变得活跃起来。他看见其中一人端着一件武器瞄准着，似乎在准备射击。他们认为他想干什么呢？转瞬间他明白了他们的战术，于是拿定了主意。他曾经出现过的短暂呆滞状态现在已烟消云散。他又打开左翼上的两个风门，然后掉转机首，直对着这架居心叵测的飞机，接着关闭风门，连续射击。机首和挡风玻璃挡开了对方的回击。他们将机首微微翘起，似乎要越过他。他毫不迟疑地猛然将机首抬起。

砰，砰，砰，砰，砰，砰。他咬紧牙关，不由自主地做了一个鬼脸，紧接着哗啦一声，他击中了！他向上攻击，击中了距他较近的机翼。

在巨大的冲力之下，敌机猛地向上翘起，与此同时，被击中的机翼似乎在不断扩大，然后整个舒展开来，向下滑去，最终从视线中消失。

他感觉到机首在往下掉，于是把紧握在操纵杆上的手用力向下扳动，以便使发动机回旋。紧接着，他突然被猛地一推，旋即机首陡然翘起。有一瞬间他似乎处于仰卧状态，发动机在不停地震颤和晃动，就好像在螺旋装置上跳跃一样。他使足全身的劲儿，死死地抓住操纵杆，渐渐地发动机又平静了下来。飞机仍然在向上飞行，但已经不那么陡直了。他稍稍喘了口气，不顾一切地紧攥住操纵杆不放，风在他周围呼啸着。他又做了一次努力，这时飞机几乎呈水平状态飞行了。现在他可以舒口气了。他转过头观察对手的情况，紧接着又不放心地把头转向操纵杆，然后又掉转头去看。他简直不敢相信他们已经被歼灭了。他看见东边的两个停机坪之间有一个断层，一个狭长的东西疾速地落了进去，然后便消失了，就像一枚六便士的硬币落入缝隙中一样。

起初他并不理解，但接下来他感到一阵狂喜。他扯开嗓子拼命喊，但因过分激动而未喊出声来。他越飞越高，砰，砰，砰，

砰，砰，砰。他听见自己的心脏在兴奋地搏动。“另一架飞机在哪儿？”他想，“他们也——”当他在广袤的天空中四处张望时，恐惧感接连不断地袭上心头。这架飞机已经升到了他的上方，后来他终于看见了。它正降落在诺伍德停机坪上。他们想朝他射击，但是当代人没有勇气与从两千英尺高空俯冲下来的飞机相撞，这太冒险了。于是这场战斗被避免了。

他在空中盘旋了一会儿，然后猝然朝西边的停机坪俯冲过去。砰，砰，砰，砰，砰，砰。苍茫的暮色已在不知不觉中降临，从斯特雷特姆停机坪上升腾起来的浓烟现在已经变成了火柱。所有呈弯曲状交织在一起的移动大道、半透明的屋脊和圆顶以及建筑物之间的苍穹，都发出柔和的闪光。那是远处炫目的电灯弥散的光亮。由奥斯特罗格部队控制的三个停机坪，因罗汉普顿的大火而失去作用，而斯特雷特姆已成了一座火炉，闪闪发光，那是为飞机导航的灯光。当格雷厄姆掠过罗汉普顿停机坪时，看见了下面黑压压的人群，听见了疯狂的喝彩声，也听见了子弹穿过空气发出的啾鸣声，那是从温布尔登公园停机坪方向射来的。接下来，飞机又振翼高飞，越过了萨里荒野。他感到从西南方向吹过来一阵微风，于是抬起向西的机翼——这是他以前学开飞机时练习过的动作——向上倾侧着飞入高层大气中。砰，砰，砰，砰，砰，砰。

他驾着飞机向上，再向上，伴随着心脏有节奏的搏动，只看到下面的乡野变得苍茫而朦胧。展现在眼前的伦敦像被光线照着描摹出来的一小幅地图，像地平线边缘一座城市的模型。西南方是一片蔚蓝色的天空，下面是苍郁的地平线，他越往高空飞，星星越多。

看！南边，在下方的低矮处，两小片星云状的灯光闪闪发亮，疾速地向眼前移动。紧接着又出现两片，然后又是疾速移动的星云状的夺目闪光。现在他可以点数了。一共二十四片。第一批机群已经出现！远处还有更多的移动光点。

他在空中快速地兜了半圈，目不转睛地盯着不断向前推进的机群。它们呈楔行飞行——一种三角形的飞行编队。磷光闪烁的幽灵般的机群穿过低层大气急速地掠近。他迅速地算出它们的速度，然后旋转小小的变速盘，使发动机向前转动。这时他触到了一根控制杆，于是发动机有节律的颤动停止了。飞机开始下坠，下坠得越来越快。他瞄准了楔形编队的尖端。从凌空飞翔的那一刻起，到撞上最前面的那架飞机，似乎不到一秒钟。

在那黑乎乎的一大群人中，没有一个人看到他们即将大难临头，他们做梦也想不到，那只凌空翱翔的雄鹰会将他们从空中撞落。那些因晕机而无精打采的黑人正翘首观看着从烟雾中渐渐显露出来的这座朦胧的城市，一座五彩缤纷、灿烂辉煌的城市，而奥斯特罗格——他们的“领袖”——为这座城市带来的是这些野蛮而愚昧的黑人，白得耀眼的牙齿，黝黑发亮的面孔。他们听说过巴黎。他们知道此行的目的是到“贫穷的白人”中去耀武扬威。可他们做梦也想不到，格雷厄姆会撞上他们。

他瞄准了机身，但是在最后的一瞬间，他想到了更妙的主意。

飞机在空中盘旋着，然后以其积聚的全部力量，撞在对方右机翼的边缘，他的飞机被猛地弹了回来。他的机首继续沿无障碍的空间向其边侧急速飞行，他感觉到一个巨大的机身猛冲过来，从他的飞机旁边掠过。那一瞬间长得像一个世纪，他无法判断发生了什么。他听见不计其数张喉咙在叫喊，这时他意识到自己这架飞机正依靠边缘的巨大浮筒保持着平衡。但飞机在不断往下坠落、坠落，他转过头，看见了那架飞机的脊骨，另一侧的浮筒在向上倾斜。透过翼肋，他看到了滑动的座椅、目瞪口呆的面孔，紧攥住倾侧的导杆的双手。正当飞行员试图恢复平衡时，门窗在飞机的漂浮中突然洞开。他看见在它后面的另一架飞机突然开始俯冲，以避免被倾侧的飞机所殃及。那晃动的机翼突然向上翘起。他感到自己这架飞机在毫无阻拦地坠落，那怪兽般的飞机躯壳完全翻了过来，就像一堵墙高悬在他的上方。

他似乎记得撞上的是那架飞机的侧面浮筒，然后便疾速地溜走了，但是现在他意识到自己正在毫无约束地向下滑行，而且正在快速地接近地面。他做了些什么呢？他的心脏在怦怦地跳着，就像喉咙里有一台噪声隆隆的发动机。在这生死攸关的瞬间，他无法操纵控制杆，因为他的手麻痹了。于是他使劲地去扳，试图使发动机回旋，经过两秒钟拼死的努力，终于使飞机恢复了水平，发动机又开始发出了颤动声。

他放低了飞机尾部，又开始观察起来。飞机在向上爬行，但是他忽略了飞行的方向。他看到风向标塔楼已经坍塌，刚才那架巨大的飞机躯壳撞上了地面，下方的机翼因坠落时承受的重力而扭弯，接着又翻了过来，重重地压在倾侧的轮子上，四周散落着破碎不堪的飞机部件。砰，砰，砰。从隆起的残骸中窜出的白色火舌向上卷起，直冲云天。这时他意识到一个巨大的物体正向他扑来，他猛地向上抬起机首，及时地避开了这一攻击。如果这是一次攻击，那么还有一架飞机在下方盘旋，强大的涡动气流迫使他下降了相当于一寻的高度。紧接着它像旋风似的从他近旁掠过，几乎将他掀翻。

他意识到又有三架飞机朝他猛冲过来，因此现在迫切需要向上飞，越过它们。这时它们已经包抄过来，围着他疯狂地盘旋，似乎为了避免与他正面相撞。它们在他的上下左右急速掠过。在他的西边，远远地传来撞击声，只见突然燃起的两团火焰在坠落。这时，从南边又飞来了一个机群。他沉着地将机首拉起，向高空飞去，很快，所有飞机便处在了他的下方，但是刹那间他又开始怀疑与它们的距离是否拉得足够开，因而没有贸然地朝它们扑去。接下来，他偶然与一架飞机相遇，上面乘坐的士兵看见他迎面扑来吓得乱作一团，争先恐后地朝机尾拥去。武器集中在那里，于是这架大型飞机开始倾侧，并摇晃起来。空中传来密集的枪声，清脆而响亮，厚厚的挡风玻璃上溅起了火花。它们慢了下来而且降低了高度，目的是使他的突袭不能得逞，但是它们降得太低了。就在这时，他瞥见了布罗姆利山扑面而来，于是立刻旋冲而起，而那架在他身后紧追不舍的敌机却与山相撞、坠落到群山之中。

坠落时的碎裂声与可以感觉到的哀号声会成一片。巨大的机架直立在地上，周围是倾侧的、断裂的翼板，瞬间它便轰然倒下，分崩离析，大块的碎片四处飞散，迸裂的发动机碎块就像炮弹一样弹入空中。熊熊的烈焰向上腾起，蹿入黑暗的天空。

“两架。”他兴奋地大喊。就在这时，一颗炮弹从他头顶上空掠过，当它在空中炸开时，他已经又爬到了高空。此刻，他的心中充满了难以抑制的欣喜，他感到了从未有过的活力。他曾经为人类的命运担忧，曾经为自己的力不从心而烦恼，现在这一切都永远地消失了。他为自己在战斗中游刃有余的能力而欢欣。此时，敌机似乎又从四面八方包抄过来，但仍然坚持避免与他正面交锋。当它们从身边掠过时，机上拥挤的人群中传出一阵阵叫喊声。他选择了第三个对象，以迅雷不及掩耳的速度予以打击，但是他需要先激恼它。它竭力逃避他的追逼，结果在伦敦外围的壁垒——高耸的峭壁——上碰得粉身碎骨。

他迅速地飞离冲撞区域，滑过一片黑暗的空地。他距离地面如此近，以至可以清楚地看见惊恐的兔子突然窜上一段斜坡。他急忙拉起机首陡直地向上飞去。此时，他发现自己正飞行在伦敦南边的城区上空，周围的空间一览无余。在他的右侧传来震耳欲聋的砰砰声，那是奥斯特罗格的人向空中胡乱发射的信号火箭。南边，六艘飞船的残骸正喷着烈焰。其他飞船四处逃窜，先飞往东边和北边，然后再绕行到南边，因为它们不可能在空中停留。在这种混乱的状况下，如果试图变换空中位置，必将招致灾难性的碰撞。他几乎未意识到自己做了什么。敌机从各个方向向后退去。它们在后退，越变越小，越变越模糊。它们逃之夭夭。

他在距罗汉普顿停机坪约二百英尺的空中掠过。下面是黑压压的人群，疯狂的喊叫声一浪高过一浪。但是为何温布尔登公园停机坪也同样人头攒动、欢声雷动呢？斯特雷特姆的浓烟和烈火遮住了更远处的三座平台。他在空中盘旋着，然后又爬高，以便观察那儿和北边城区的动静。从浓烟背后最先映入眼帘的是射手山的方形台地。那儿灯火通明，秩序井然，停着刚刚着陆的飞机。黑人士兵正从飞机上下来，接着他看见了布莱克希思和矗立在浓烟下方一个角落的诺伍德停机坪。在布莱克希思平台上没有降落的飞机，但是路轨上停着一架轻型飞机。诺伍德停机坪上黑影点点，川流不息，已陷入完全受情绪支配的混乱之中。原因何在？骤然间他明白了。在停机坪上负隅顽抗已经不可能了，那些人正涌入地下甬道，奥斯特罗格为篡权准备的最后据点。就在这时，从远处，从城市的北部边界——那儿对他具有非同寻常的含义——传来一种声音、一种信号、一种欢庆胜利的曲调，还有沉闷的枪声。他的双唇不由自主地张开，脸上漾出激动的神色。

他深深地吸了一口气。“他们胜利了，”他对着广袤的空间高声喊着，“民主胜利！”又传来一声枪响，像对他的叫喊的回答。接下来他看见布莱克希思停机坪上的那架轻型飞机正沿着路轨冲下去准备起飞。它灵巧地腾空升起，疾速地冲上云天，然后径直向南离他远去。

刹那间它就变成了像扁平的刀刃一样微细的影子。瞧！他眼睁睁地看着它飞走而无能为力。他不顾一切地跟了上去，尽管他的实力不足以与之抗衡。

他暴跳如雷，怒不可遏。他使发动机沿旋轴倒转，然后不断地盘旋上升。他看见奥斯特罗格的飞机在他前面螺旋式向上攀爬。他径直向它飞去，终于居高临下取得了优势。这是因为他的俯冲带来的动力所致，而且他单枪匹马，因而飞机轻如燕，快如箭。他快速地下降，再下降，还是未撞上！当他猛冲过去时，看见了飞行员的那张脸自信而镇定，而从奥斯特罗格的神色中却可以看到坚定果敢的决心正在消退的迹象。奥斯特罗格避开他的盯视，目光凝重地看着前方。他有点气恼地意识到，自己的飞行在对方看来是多么的笨拙。他看到了下方的克罗伊登丘陵。这时他突然向上冲去，又一次占了上风。

他转过头，注意力顿时被一样奇怪的东西吸引住。射手山上那个朝东的停机坪似乎在升高，突然一闪，变成了一个高大的灰色人影，一根装有帽罩的导管正逸散着浓烟，接着又猛地被抛入空中。这一人状影像一动不动地伫立在空中，接着从它的双肩处落下大块大块的金属，紧接着从顶部慢慢地冒出烟来。百姓把这个停机坪炸掉了，包括上面的飞机和所有一切！又是突然的一闪，灰色的影像从诺伍德停机坪上拔地而起。正当他凝视这一影像时，传来一声沉闷的爆炸声，爆炸掀起的气浪撞击着他，他被抛起来、甩了出去。在这一瞬间，飞机几乎侧卧在空中，机首低垂，似乎在怀疑自己是否能够再翻转过来。格雷厄姆站在挡风玻璃上，用力扳着头顶上方向上倾斜的变速盘。这时又一次爆炸引起的震荡将飞机抛向一侧。

他发现自己正紧紧抓住翼肋。风从他身边刮过，然后向上掠去。他似乎静静地悬在空中，任凭风的摆布。他突然想到自己是在下落，很快便对此确信无疑。他不敢向下看。

此时，他的意识以难以置信的迅捷重现他苏醒以来的几天中所经历的一切。那是疑虑丛生的几天、帝国统治摇摇欲坠的几天、发现奥斯特罗格背信弃义后出现骚动的几天。他失败了，但是伦敦得救了，伦敦得救了！

他的思想完全处于虚幻状态中。他是谁？为何用手紧紧地攥住？为何不能松开？在空中坠落的过程中，所有梦幻都如同过眼烟云，但片刻之后，他会醒来……

他的思维愈益迅捷。他不知是不是应该再见海伦。这似乎是那么的不合情理，仿佛一场梦！然而千真万确，他理应见到她，至少她是真实的，是真实的。他会醒来，并与她重逢。

尽管他不敢向下看，但骤然意识到大地已近在咫尺。

H.G. 威尔斯年表

1866 年　9 月 21 日，出生于伦敦肯特郡布罗姆利。

1874 年　进入布罗姆利学院读小学。

1880 年　在温莎一家布店做了一个月的学徒工。

在萨默塞特一所乡村学校担任很短一段时间的小学老师。

1881 年　在米德赫斯特给一名药剂师当学徒。

在米德赫斯特语法学校学习。

在南海镇一个布料市场当学徒。

1883 年　在米德赫斯特语法学校担任小学老师。

拓宽自学范围，开始广泛学习自然科学和政治经济学。

为参加全国理科考试做准备。

1884 年　进入伦敦肯辛顿科学师范学校（皇家科学院的前身）学习，主修由托马斯·赫胥黎授课的生物学和动物学。

1885 年　在夏季考试中获得一等荣誉，再次获得奖学金。

1886 年　很快对主课失去兴趣，而对文学和政治学兴趣倍增。

在威廉·莫里斯家里参加社会主义集会。

撰写有关社会主义的论文并向学校的辩论协会投稿。

创办《科学学派杂志》（*Science Schools Journal*）并担任主编（直至 1887 年 4 月）

1887 年　期末考试地质学不及格，失去奖学金，离开师范学校且未能获得学位。

在北威尔士的霍尔特学院任教。
在一场校内足球比赛中遭到撞击，造成肾破碎和肺出血，被迫从霍尔特学院辞职。
全身心投入写作。

1888 年　在伦敦的亨利豪斯学校任教。
《时空长河中的寻金羊毛者》（*The Chronic Argonauts*）在《科学学派杂志》上连载，这也是《时间机器》（*The Time Machine*）的部分初稿。

1890 年　通过伦敦大学的考试，被授予伦敦大学理学学士学位。
获得生物学一等荣誉和地质学二等荣誉。
被选为动物学协会会员。
被大学函授学院聘为生物学专业学生的助教。

1891 年　第一篇学术论文《独特之物的重新发现》（*The Rediscovery of the Unique*）刊登在《半月评》（*Fortnightly Review*）上。

1893 年　出版《生物学教程》（*Text-Book of Biology*），开始职业记者生涯。
肺出血复发，决定放弃教学工作，专攻写作。
开始在伦敦各类刊物上发表短篇故事、小说、剧评以及各类主题的文章。

1894 年　《国家观察家》（*National Observer*）刊登其七篇连载（3 月至 6 月），后整编为作品《时间机器》。

1895 年　《时间机器》在《新评论》（*New Review*）上连载（1 月至 5 月）。5 月，海尼曼公司（Heinemann）将该书出版发行。
出版短篇小说集《与一位大叔的对话选段》（*Select Conversation with an Uncle*）和《失窃的细菌与其他事件》

（*The Stolen Bacillus and Other Incidents*）以及小说《神奇之旅》（*The Wonderful Visit*）。

1896 年　出版第二部科幻小说《莫罗博士岛》（*The Island of Dr. Moreau*）以及家庭小说《机会之轮》（*The Wheels of Chance*）。

1897 年　与阿诺德·本涅特开始了长达一生的通信。

出版《隐身人》（*The Invisible Man*）、《普拉特纳的故事和其他》（*The Plattner and Others*）、《三十个奇怪的故事》（*Thirty Strange Stories*）、《水晶蛋》（*The Crystal Egg*）、《星》（*The Star*）和《某些个人私事》（*Certain Personal Matters*）。

1898 年　见到亨利·詹姆斯、约瑟夫·康拉德、福特·马多克斯·休弗（后称为福特）以及史蒂芬·克雷恩。

出版《世界大战》（*The War of the Worlds*）。

1899 年　出版《昏睡百年》(*When the Sleeper Wakes*)和《时空传说》（*Tales of Space and Time*）。

1900 年　出版《爱情和鲁雅轩》（*Love and Mr. Lewisham*）。

1901 年　出版《月球上的第一批来客》（*The First Men in the Moon*）和社会学著作《预期》（*Anticipations*）。

1902 年　应邀在皇家科学研究所演讲。

出版小说《海上女王》（*The Sea Lady*）和非小说类作品《发现未来》（*The Discovery of the Future*）。

1903 年　加入社会主义团体费边社。

参加了名为“系数”的讨论组。

与乔治·萧伯纳、西德尼·韦博和碧翠斯·韦博兄妹以及弗农·李成为好友。

出版《十二个故事和一场梦》（*Twelve Stories and a*

Dream）和非小说类作品《制造人类》（*Mankind in the Making*）。

1904 年　出版科幻小说《神食》（*The Food of the Gods and How It Came to Earth*）。

1905 年　出版小说《现代乌托邦》（*A Modern Utopia*）和《基普斯》（*Kipps*）。

1906 年　赴美国巡回演讲，见到西奥多·罗斯福、马克西姆·高尔基和布克·T. 华盛顿。

出版科幻小说《彗星来临》（*In the Days of the Comet*）以及非小说类作品《美国的未来》（*The Future in America*）、《社会主义与家庭》（*Socialism and theFamily*）。

1908 年　与萧伯纳和韦博兄妹产生分歧并因此离开费边社。

出版科幻小说《大空战》（*The War in the Air*）以及非小说类作品《新世界》（*New Worlds for Old*）、《一劳永逸的事物》（*First and Last Things*）。

1909 年　出版小说《托诺·邦盖》（*Tono-Bungay*）、《安·维罗妮卡》（*Ann Veronica*）。

1910 年　出版《波利先生的故事》（*The History of Mr. Polly*）。

1911 年　出版短篇小说集《盲人乡及其他故事》（*The Country of the Blind and Other Stories*）、《墙上之门及其他故事》（*The Door in the Wall and Other Stories*）、小说《新马基雅维利》（*The New Machiavelli*）和非小说类作品《地面游戏》（*Floor Games*）。

1912 年　出版小说《婚姻》（*Marriage*）和非小说类作品《伟大的国家》（*The Great State*）、《威尔斯的伟大思想》（*Great Thoughts From H. G. Wells*）、《威尔斯的思想》（*Thoughts From H. G. Wells*）。

1913年 出版小说《感情热烈的朋友》（*The Passionate Friends*）和非小说类作品《小型战争》（*Little Wars*）。

1914年 访问俄国。

出版小说《获得自由的世界》(*The World Set Free*) 和《哈曼先生的妻子》（*The Wife of Sir Isaac Harman*）以及非小说类作品《一个英国人看世界》（*An Englishman Looks at the World*）、《结束战争的战争》（*The War That Will End War*）。

1915年 出版小说《比尔比》（*Bealby*）、《辉煌的研究》（*The Research Magnificent*）以及非小说类作品《世界的和平》（*The Peace of the World*）、《战争与社会主义》（*The War and Socialism*）。

1916年 出版以第一次世界大战为主题的小说《布特林先生看穿了它》（*Mr. Britling Sees It Through*）以及非小说类作品《世界将要发生什么？》（*What Is Coming*？）和《重建的要素》（*The Elements of Reconstruction*）。

1917年 暂短的宗教信仰经历促成了小说《一位主教的心灵》（*The Soul of a Bishop*）和非小说类作品《上帝是看不见的王》（*God the Invisible King*）的出版。

1918年 受聘于英国信息部，从事战争宣传工作。

加入国际联盟筹建委员会。

出版《第四年：展望世界和平》（*In the Fourth Year: Anticipations of World Peace*）和《英国民族主义与国际联盟》（*British Nationalism and the League of Nations*）。

1919年 出版小说《不灭的火焰》（*The Undying Fire*）。

1920年 出访俄国，见到列宁、托洛茨基、高尔基、莫拉·巴德勃格。

出版《阴影下的俄国》（*Russia in the Shadows*）以及广受好评的畅销书《世界史纲》（*Outline of History*）。

1921 年　访问美国，参加在华盛顿召开的世界裁军大会。
出版《新历史教学》（*The New Teaching of History*）。

1922 年　出版《世界简史》（*A Short History of the World*）和《世界史纲》（*Outline of History*）修订版。
出版《华盛顿与和平的希望》（*Washington and the Hope of Peace*）以及小说《心脏的密所》（*The Secret Places of the Heart*）。
加入劳工党，竞选国会议员失败。

1923 年　竞选国会议员再次失败。
出版小说《神秘世界的人》（*Men Like Gods*）和《梦想》（*The Dream*）、非小说类作品《社会主义与科学动机》（*Socialism and the Scientific Motive*）、《劳工的教育理想》（*The Labour Ideal of Education*）以及传记《一个伟大校长的故事》（*The Story of a Great Schoolmaster*）。

1924 年　《大西洋月刊》（*The Atlantic*）出版《威尔斯作品集》（*The Works of H. G. Wells*）。

1925 年　出版小说《克里斯蒂娜·阿尔贝塔的父亲》（*Christina Alberta's Father*）和非小说类作品《世界事务预测》（*Forecast of the World's Affairs*）。

1926 年　与天主教作家希莱尔·贝洛克就《世界史纲》（*Outline of History*）发生争论。
出版小说《威廉·克里索尔德的世界》（*The World of William Clissold*）。

1927 年　出版《威尔斯短篇小说集》（*The Short Stories of H. G. Wells*）以及小说《与此同时》（*Meanwhile*）和非小说类作品《遭到修正的民主》（*Democracy under Revision*）。

1928 年　出版《凯瑟琳·威尔斯之书》（*The Book of Catherine Wells*）。

出版小说《布莱沃锡先生在兰波岛》（*Mr. Blettworthy on Rampole Island*）以及非小说类作品《世界的走向》（*The Way the World is Going*）、《公开的密谋》（*The Open Conspiracy*）。

1929 年　在德国议会发表演讲，演讲内容被整理成《世界和平的共识》（*The Common-Sense of World Peace*）并出版。

出版了电影剧本《曾是国王的国王》（*The King Who Was a King*）和儿童读物《托米历险记》（*The Adventures of Tommy*）。

1930 年　与其儿子 G.P. 威尔斯以及朱利安·赫胥黎共同出版教科书《生命的科学》（*The Science of Life*）。

出版小说《帕尔厄姆先生的独裁》（*The Autocracy of Mr. Parham*）和非小说类作品《通往世界和平之路》（*The Way to World Peace*）。

1932 年　出版小说《伯尔平顿沦落记》（*The Bulpington of Blup*）、教科书《劳动、财富与人类的幸福》（*The Work, Wealth, and Happiness of Mankind*）和非小说类作品《民主之后》（*After Democracy*）。

1933 年　出版《科幻小说集》（*Scientific Romances*），收录了其七部最受欢迎的作品。

出版小说《未来世界》（*The Shape of Things to Come*）。

担任国际笔会主席。

1934 年　出访苏联和美国，见到约瑟夫·斯大林和富兰克林·罗斯福。

出版《威尔斯自传》（*Experiment in Autobiography*）。

1935 年　与导演亚历山大·柯达合作，制作电影版《未来世界》（*The Shape of Things to Come*），1936 年以《笃定发生》（*Things to Come*）之名发行上映。

1936 年　出版非小说类作品《剖析挫折》（*The Anatomy of Frustration*）和《世界百科全书的设想》（*The Idea of a World Encyclopedia*），小说《槌球手》（*The Croquet Player*）和剧本《创造奇迹的人》（*The Man Who Could Work Miracles*）。

1937 年　担任英国科学促进会 L 分会主席。

出版小说《新人来自火星》（*Star Begotten*）、《布林希尔德》（*Brynhild*）、《剑津之旅》（*The Camford Visitation*）。

1938 年　出版小说《兄弟》（*The Brothers*）、《关于多洛雷斯》（*Apropos of Dolores*）和非小说类作品《世界的大脑》（*World Brain*）。

开始澳大利亚巡回演讲之旅。

1939 年　出版小说《神圣的恐惧》（*The Holy Terror*）和非小说类作品《一位共和激进分子的寻找激流之旅》（*Travels of a Republican Radical in Search of Hot Water*）、《人类的命运》（*The Fate of Homo Sapiens*）、《新世界秩序》（*The New World Order*）。

1940 年　赴美进行巡回演讲。

出版非小说类作品《人的权利》（*The Rights of Man*）、《战争与和平的共识》（*The Common Sense of War and Peace*）、《两个半球还是一个世界？》

（*Two Hemispheres or One World?*），以及小说《黑暗树林中的婴孩》（*Babes in the Darkling Wood*）、《驶向阿勒山》（*All Aboard for Ararat*）。

1941 年　出版最后一部小说《小心驶得万年船》（*You Can't Be Too Careful*）以及另一部作品《新世界指南》（*Guide to the New World*）。

1942 年　出版《科学与世界思想》（*Science and the World Mind*）、《征服时间》（*The Conquest of Time*）和《菲尼克斯》（*Phoenix*）。

发表题为《论幻觉在高等后生动物个体生命延续中的特质——兼论智人类》（*On the Quality of Illusion in the Continuity of Individual Life in the Higher Metazoa, with Particular Reference to the Species Homo Sapiens*）的动物学博士论文。

1943 年　被授予博士学位。

出版《克鲁克斯·安萨塔》（*Crux Ansata*）。

1944 年　出版 1942—1944 年的论文集。

1945 年　出版最后两部书《穷途末路的心灵》（*Mind at the End of Its Tether*）和《快乐的转折》（*The Happy Turning*）。

1946 年　8 月 13 日，在伦敦的家中去世。

致谢

好的文学翻译家就像架桥人，他们翻译的文学作品则如同亲手架设的桥梁，帮助读者成功跨越语言和文化的障碍，从而顺利抵达外国文学的瑰丽世界。本书的译者王松年教授正是这样一位架桥人。不幸的是，当时代的发展要求对《昏睡百年》这座桥梁进行修缮的时候，他却已于 2005 年病逝。幸运的是，王松年教授的挚友、著名旅美华人作家谢舒女士圆满完成了本书的审译和审校工作。感谢谢舒女士，是她深厚的英国文学素养和严谨的文学翻译态度使本书更加多彩和完善，是她辛勤的劳动使《昏睡百年》这座连通威尔斯科幻世界的桥梁更加宽阔通畅！